キム・グミ

すんみ 訳

敬愛の心

晶文社

Originally published in Korea by Changbi Publishers, Inc.

Japanese edition is published by arrangement with Changbi Publishers, Inc. through K-BOOK Shinkokai (CUON Inc.).

This book is published with the support of the Literature Translation Institute of Korea (LTI Korea).

目次

ブックデザイン＝須田杏菜
イラストレーション＝朝光ワカコ

空白はやっかいだ

コン・サンスの車と言えば、彼の人生そのものを物語っている。というのも、五人乗りなのに後部座席には荷物がいっぱいで、助手席にもとっさに使えるこまごまとしたものが積み込まれているため、紛れもなく彼だけの車だった。勤続十年目のサラリーマンらしく、荷物の中には数々のカタログが紛れている。サイズはバラバラで、当然ながら色や紙の種類やページ数、古び加減や印刷のトーン、匂いもそれぞれ違った。カタログからは、はっきりとした蓄積の匂いがした。経年による劣化と吸着で紙本来の匂いが失われて、周りの環境になじみ、その結果すっかり変化してしまった匂いが。さらに言えば、脱ぎ捨てたジャケットにしみ込んだ汗の匂い、一人で食事する際によく利用するコンビニ弁当の匂い、ハムの匂い、キムチ炒めの匂い、殺伐としたインスタント食品の世界に注がれる慰めのようなサラダドレッシングの匂い、それから不思議なことに、糸の匂いがした。

ミシン会社の営業マンだからと言って、客からの要望があればいつでも商品を見せられるように、ミシンの本体やペダル、モーターなんかをトランクに積んでいるのだろうと思うのは早計だ。販売中のミシンはあまりにも種類が豊富で、工場用のミシンは実物を見せられないくらい巨大なのだ。それで彼は、ミシンをイメージさせるための糸を持ち歩いた。ミシンを売ろうとして説明ばかりしたところで、なんの役にも立たない。なぜなら、想像する余地を残さないからだ。余地とは人生における息抜きのようなものだ。息抜きできない人生など悲しくて耐えられないだろう。

サンスには、他にも悲しいことがたくさんあった。いつもこれまで恋しては別れた女性たちを思い出しては涙を流しているが、そのほとんどは小説や映画で出会い、別れた女性たちだった。昨夜は中学生の頃に読んだ『ジェーン・エア』を思い出して泣いた。寒い夜の冷気に鼻をさらしたまま横向きに寝て、布団を抱きかかえて鼻をすすった。幼いジェーン・エアが恵まれない子どものための寄宿学校に入った時のあの校舎の冷たい空気を想像して泣き、ロチェスターに隠していた妻がいることを知って積もった雪をかき分けながら一人で逃げ出した時の苦しみがどんなものだったろうかと想像して泣いた。痛みはそのか細い体に突き刺さったのだろう。雪は小さくて、きれいで、柔らかそうに見えても、凍ってしまうとひりひりとした痛みを残す。まるで恋が消え去りながら残す傷跡のように。

恋から遠く逃げ出そうとする人たちに、サンスは容易に感情移入することができた。恋という情念に負けずに、決別や不在という苦しみを乗り越えて、目の前に何が繰り広げられるかわからないまま広い空き地を命がけで走りぬく状態。サンスはよくそんな想像に駆られていた。それは単なる失恋談ではなく、英雄譚や出世話を連想させるところがあった。もちろんサンスは失恋しておらず、英雄でもなければ、出世もしていなかったが、広大な想像の世界ではそんな気分を味わうことができた。気分だけは確かなものだった。

こうした感情的なアプローチ、これこそがサンスの営業戦略だった。サンスは、「糸」には機械と違ってアナログ的に人の心を動かす力があると信じていた。人の心を動かすのは、機械を買うかどうかを考え計算する領域ではなく、さまざまな記憶やノスタルジーを刺激する感情の領域だと。

それでサンスは、機械の代わりに機械が巻き上げる糸を見せることで、経営者たちが工場を回して手にするだろう実物の世界――Tシャツかもしれないし、ブリーフや登山ウェアや枕カバーかもしれないもの――を想起させ、自分の目的を達成しようとした。実物の世界には、機械から連想されるさまざまな手続き、例えば契約を結んで契約金を払って、機械を設置して、当然ながら残金を支払って、機械を回すために労働者を雇って、労働者を雇うために賃金を支払って、賃金は年々上がっていって、じゃないと労働者によるストライキが起こるはずで、機械は機械で故障する可能性があるから修理費用を負担しなければならなくて、ストライキがエスカレートした場合には窓ガラス数十枚や機械が壊れる可能性があるから気をつけなければならなくて、できるだけ機械を守らなければならないけれど、怒っている労働者たちが機械を壊すのはそれはそれで自分の権利を主張するためだからその費用のことも考慮しておかなければならなくて、だからと言って機械を壊した人間を放っておくわけにはいかないからどうにか損害賠償を請求するべきではあるけれど、恨みを買って報復されることもあるだろうから請求できるわけがなくて、だから機械を守るのは思ったより簡単なことではないし、ビジネスというのは突然どう変わるかわからないものだし、家族を守ることさえままならず、すべてが水泡に帰すこともあるから、やはり機械なんか買わずに手持ちのお金で不動産に投資でもしようか……なんてことを考えさせない効果があると信じていた。

その結果、サンスは入社同期と違ってチームリーダーに昇進することができずに、チームリーダー代理という中途半端な肩書きを持つようになった。

この会社でチームリーダー代理とは、部下を持たないチームリーダーのことを意味した。

朝鮮戦争が休戦した一九五三年に日本との技術協力によって設立された半島《パンド》ミシンは、古い会社ならではの職制や運営システムを変えない保守的なところがあったが、サンスのためにチームリーダー代理という肩書きを考え出すことには、幹部たちも久しぶりの柔軟性を発揮した。彼の昇進は、皮肉にも、激しい感情の起伏のおかげだった。発作的に涙を流したり緊張や不満が高まったりした時に始まるあの「ウギャーウギャー」という意味不明なひとり言が、同じフロアにいる従業員たちの居心地を悪くしたので、しかたなく営業部長の部屋を小さくしてサンスの専用部屋を用意することになったのだ。その部屋をつくるための口実として、サンスの昇進が――勤続年数によってベルトコンベアのように順番が回ってくる昇進が――必要だったが、昇進するほどの実績がなかったためにサンスは「代理」という制約つきのチームリーダーになった。

幹部たちは会議でその案件を決めつつ、サンスが新人だった頃について長々と雑談した。サンスが入社した二〇〇七年の終わりを、なんというか「前向き」な空気があったと振り返った。建設会社の平社員から社長にまでのし上がった人間が市長になり、大統領にもなったというブルドーザーみたいな成功の神話がサラリーマンたちの心を躍らせていた。何かと勝負を挑んでみたくなるような空気があった。

　幹部たちは、当時はサンスでさえ希望や情熱に憑かれて昼夜を問わずミシンのカタログを積んだ車で津々浦々を訪ねていたのに、いまは残念で仕方がないと意見を交わした。サンスの車は年式の古い小型車で、家は自分の名義ではあるものの、五十㎡ほどの小さなマンションだった。結婚どころか恋愛経験すらあるかどうかわからなくて、同期でチームリーダーのキム・ユジョンに片思いしている。彼のその片思いは、殺伐としたオフィスにぽつんと置かれた黄色いフリージアのような貞操の切なさを漂わせていた。

　しかし、そんな幹部たちの雑談は欺瞞に近かった。彼らがサンスの境遇に思いを馳せているのは、サンスを哀れんでいるからではなく、サンスの父親が元国会議員で、かつ会長の浪人時代の予備校の同期だったからである。サンスはいわゆる「落下傘《パラシュート》」[1]だったが、入社してから会長の関心を引くことがなかったために繋がりを断たれていた。サンスが問題を起こすと、そのたびにクビにしようという空気になってはいたが、誰ひとり決断することができなかった。とはいえ、一営業マンのことで度々会長に相談を持ちかけるほどの馬鹿な幹部もなく、サンスは入社からかれこれ十年という月日を過ごしていた。ひとまず地上に降り立つことはできたものの、地に足をつけることはできずに、社内で妙な機運が迫ってくるたびに大きい落下傘のキャノピーを開いたり閉じたりしながら。

サンスは自分なりのやり方で頑張っていたが、韓国の工場長たちにはあまり好かれなかった。取引先の社長とはケンカまでした。女性が出てくる飲み屋に行くのを拒んだり、物品売買契約書を偽造するなどの融通を利かせることができなかったり、中間管理者に賄賂を渡さなかったり、政治の話で言い争いになったりした。昨年は取引先の社長の紹介でキム・ユジョンがお見合いする大邱《テグ》まで押しかけたこともある。上司のナム部長は、当時のことを思い出すたびに胸がざわついてしまう。お見合いをあっせんした取引先の社長が気を悪くしてサンスを名誉毀損で訴えたのだ。同僚のお見合いに突撃し、ごたくを並べ、場を設けた取引先の社長を罵倒した事件だから、社長本人の名誉もだが、パンドミシンの名誉もまたどれほど傷ついたものか。さらにサンスは二人の首を余裕で絞めつけられそうな、太さがアオダイショウほどのカセ糸をバッグに入れていたために、二人を脅そうとしたという疑いまでかけられてしまった。なんでそんなものまでせっせと持ってってたんだよ、とナム部長は舌打ちをした。なんで炎天下の大邱まで、リュックサックを背負ったスーツ姿で、糸に、カタログに、傷ついた恋心に、鬱憤まで抱え込んで駆けつけたのかと。

　実家がふつうの家庭ではなく、衰退しているとはいえ国会議員まで務めた政治家の息子で

1 上層部の指示により、組織のルールを無視して入社すること。またそのように入社した人を指す言葉。

あることをサンスがみずから強くアピールしなかったらとんでもない事件になるところだった。実のところ、裏で手を回していたのはサンスの継母だった。ナム部長はこの時に初めてサンスの家族と言葉を交わして、それまで密かに見くびっていたサンスへの印象が少しばかり変わったことを実感した。継母の声は非常に若々しく、必要な時に電話をよこして切りたい時に切る様子からは、長年人を使ってきた感じがよく伝わった。それであの子は今どこにいます？　と訊いては、困ったね、騒ぎになりそうね、とそっけない言葉遣いでひとり言を言い、お金で解決できそうにないね、社長だもの、と状況を把握すると、ちょっと電話を回してみるから待ってください、と言って、もっぱら電話だけで午前中に相手に告訴の取り下げを決断させた。

先方の社長もどんなお家の息子さんかと、部長のところに電話をかけて尋ねるほどだった。本当にどんなお家なのだろう、サンスの実家は。どのくらい裕福で、威光があって、どれほどの人脈があるのだろう。いや、そんなことより、会長とはどれほど親しい仲なのだろうか。

事件が一段落してから、部長はキム・ユジョンに休暇を与えた。かなりの衝撃を受けただろうと推察したからだ。しかし、ユジョンは有給を一日だけ使い、さっそく取引先の社長を訪ねて今回のトラブルが今後の取引に与える影響はないことを確かめてきた。中国に工場を移す際に、パンドミシンから八千万ウォン[2]相当の機械を購入するという内容だった。その旨を部長に報告しながら「サンスさんは何もしてませんから」と事実を述べているのか、彼をかばおうとしているのかわからないようなことを言った。

「しかし、困りますよね。コン・サンスさんがやったことは。ユジョンさんだっていろいろ困ったでしょう?」

「もちろんです」

実のところ、ユジョンはそれほど困っていなかったが、部長に調子を合わせるうちに本当に困っていたかのような気がしてきた。本当は、サンスの行動には察しがついていた。前日にお見合いの話を耳にしたサンスから電話がかかってきて、ユジョンがその電話に出ずに、しまいには携帯電話の電源を切ってしまった時、結果はすでに決まっていたのかもしれない。サンスは取引先との関係のためにユジョンがいやいやお見合いを引き受けたことを知っていて、そんな不当な状況からユジョンを救い出そうとしたのだった。基本的には気の小さいサンスだったが、ここぞという時は問題を一気に解決しようとするとんでもなく過剰な意欲を見せることがあった。

お見合いの話は、社内の誰かから教えてもらったのだろう。他の従業員たちはサンスを恐るべきライバルだとは思わなかったが、かといってそっといじめてやりたいという気持ちを

2 約八百万円。十ウォンは一円に相当する。

抑えることもできなかった。彼らは時々せこいやり方でサンスの不安と恐怖を掻き立てた。そんな悪趣味を見ていると、ユジョンは人間にいろいろな顔があるように、悪意にもグラデーションがあるのだろうと思うことがあった。

とにかくサンスは、二か月もの間、チームリーダー代理という肩書に慣れようと努めていた。しかし、「代理」という変なレッテルがついているとはいえ、チームリーダーであることには変わらないのにチーム員が一人もいないのはおかしい気がしてきて、部長にチーム員がほしいと申し出た。

「チーム員を?」

部長は驚いた。と同時にチーム員がほしいというチームリーダーの要求に驚いたことへのバツの悪さを感じた。

「このチームをどう回していけばいいか考えてみました。パートナーシップを育ててチームとしての力量を高めてから、海外、特にベトナムを攻略すべきではないかと」

「ベトナム?」

部長はこう問い直し、思わず笑みをこぼした。ちょうど幹部会議で、サンスには国内ではなく海外の営業を担当させるべきだという意見が出たばかりだったのだ。英語がうまくないからバイヤーとケンカもできないだろうし、そうすれば取引先が減る心配もないだろうから。トラブルを起こしてばかりのサンスが、パートナーシップだのチームリーダーとしての役割だのと口にするのがおかしくてたまらなかったが、とりあえず彼をなだめた。

「これまでコンさん一人で培ってきた営業ネットワークがあるでしょう？　頑張って働いてきたんだから。二十代の青春を捧げて全国を回ってたんだし。ほら、台風の時に死にそうになったんでしょう？　釜山《プサン》で」

「影島《ヨンド》橋で飛ばされそうになりました」

「そうやってずっと苦労してきたのに、いまさらどうしてチーム員なんかが必要なんですか。私の行きつけの店に〈ポウン刺身〉というところがあります。そこの社長が朝鮮ホテルの元シェフで、焼酎は一人一本と貼り紙がしてあるんです。そしてどんなことにもご無理はなさらず、と書いてある。名言でしょう？　無理はしなくていいんです。いざチーム員ができると、やりたいようにできないからね。ほら、私を見てください。抱えている部下が多くてどこに行っても好きなようにはできないんですよ。大変ですからね、自分の野性を押し殺さなきゃいけないから」

サンスはそれでも原則に反することだと思った。チーム員のいないチームリーダーなんか、あり得ない空白ではないか。空白への思いは、何日経っても消え去らなかった。サンスはどうしてチーム員が必要かについて計画書を作り、部長を訪ねていった。そのたびに部長は言葉を濁すばかりではっきりとした返答をしなかったが、サンスも引き下がらなかった。部長の部屋で意見を述べ、昼休みにまた訪ねて一緒にクッパやフグ鍋などを食べながら問題提起することが、チームリーダー代理としてやるべき重要な課業となった。ごはんを食べてからは会社に戻る途中でアメリカーノやカプチーノが好きな部長を行きつけのカフェに連れて行き、クーポンのスタンプを二つ貯めることも忘れなかった。会社が汚い手を使っているのではないか、つまり辞めさせるための処分ではないかと問い詰めた。そういうことじゃないと部長が答えると、今度はどうして原則が守られないのかと詰め寄った。そのたびに部長は苦しみ、融通も利かなければ鈍すぎるコイツをクビにしてやろうかと思った。しかし、そんな決断に踏み切るには会長とサンスの父親の関係がいまひとつ確かではないのだ。部長はうんと堪えて、ふと思いついたかのように「お父さんはお元気で？　会長とは親友でしたっけ？」と確かめた。

「どうして父のことを？」

サンスの表情が一気にこわばった。

「父とは絶縁しました。父の恩顧を受けようと思ったこともありません」

「そんなことは言ってません」

「しかし思ってらっしゃるじゃないですか」

「思ってませんって。コンさんがお父さんの恩顧を受けていないことは、全世界の人が承知している。コンさんはそういうタイプの人間じゃないでしょう？　コンさん、営業は魂を込めてやらなくちゃ。魂にかかわる仕事だから。娑婆世界を理解してこそ商品を売ることができる。人の気持ちを理解しようと努力してほしいです。じゃないと化け物になってしまいます。いいですか？　コンさんが化け物だと言ってるんじゃありませんよ……ところで、お父さんはお元気で？　この頃も会長とゴルフされてる？」

サンスはこういう質問にあまり答えないようにしていたが、少し間をおいて会長は最近ゴルフをしないと、手首をケガしているとしぶしぶ答えた。

「ケガ？　なんでそんなことがわかるんですか。お父さんとは絶縁してるんでしょう？」

「母から聞きました。それはどうでもいいことかと」

「お母さんとなら私も電話で話をしたことがある。会長の奥さんとも親しいそうで」

「はい、頼母子講の講員どうしです。ですから僕の話は」

「チーム員がほしいってことでしょう？」

「はい。仕事のためです」

「そりゃそうだよな」

サンスは部長がほぼ一か月ごしにあっさりと同意を示したことに驚いた。

「そうですよね、チーム員もいないのにチームリーダーをやれって言われてもねえ。私もそれが問題だとは思っていました。すべて自分の実益にしか目がないマネージャーたちのせいです。もう少しだけ待ってください。私が解決しましょう」

幹部たちは「代理」という言葉が持つ臨時というニュアンスで負担を軽減し、と同時にサンスをなだめようとした計画を変更せざるを得なくなった。会議が開かれ、今回もまたサンスの父親と会長がどれほど親しいかが議論の焦点になったが、総務部から追い出したい社員がいるということで結論が出た。入社八年目の朴敬愛《パク・キョンエ》だった。

朴敬愛という名前を聞いた幹部の頭の中に、いくつもの不快な記憶がよみがえった。のっぽの敬愛が片手をポケットに突っこんだまま通りすがりに首だけちょこんと下げること、二重駐車したのが幹部かどうかお構いなしに電話をかけて車をどかすよう要求すること、昼食後に散歩をしながら立て続けにタバコを吸うこと、といった記憶だった。数年前の組織改革で部署異動とリストラが行われた時――もともと広報部にいた敬愛は、総務部に異動させられた――座り込みに参加し、幹部たちの頭をかなり悩ませた。あの女がまだ社に残っているのかと驚く幹部もいた。座り込みの時、何に怒ってか他の従業員と一緒に剃髪していたのと、にもかかわらず皮肉にも座り込みを中断させるきっかけになったことで、社内では誰もが敬愛を知っていた。

会議の結果が伝わり、サンスはついに待ちに待ったチーム員の名前を聞くことができた。その名はサンスにもある場面を想起させた。隔週の金曜日三時三十分から四時三十分まで、敬愛は社内食堂の隣にある簡易倉庫で、従業員が申請した事務用品を配っていた。物品の購入を事後請求にすると従業員がとんでもなく高額の物を買うという理由で、創業当時からなんと六十年も守り続けてきたやり方だ。地味なデザインで、ただただ実用性だけが重視された事務用品を倉庫に積み上げておいて一括配給するシステム。

敬愛は暗くて湿っぽい倉庫に入り、物品を配ったり、申請した物品を取りに来ない従業員を待ちながら倉庫の横にしゃがんでタバコを吸ったりしていた。たいていのことに遅刻しがちなサンスがあたふたと倉庫に駆け込むと、ふさふさの前髪をかきあげたままタバコを吸っていた敬愛は「あのですね」とサンスを呼んだ。低くてハスキーな声は、倉庫の湿気に負けないほどじめじめしていて、その声を聞けば誰でも憂うつになりそうだった。

「いいえ、あのじゃなくてコン・サンスです」

サンスがつまらない冗談を言うと、敬愛はもちろん笑わずにもう一度タバコを吸った。

「承認不可だそうです」

「え？」

「物品申請書の話です。あれでいいんだと思って課長に持っていったら怒鳴られました。文鎮と書見台は、いったいどこに使うんですか。そんなものを使う人は、この会社にいないそうです」

そんな話を聞かされた日には、サンスは手ぶらで席に戻るしかなかった。「不要」という理由で承認がおりなかった日には。もちろん常に手ぶらだったわけではなかった。せっかくだから、と敬愛からタバコを一本持たされる日もあったから。敬愛から渡された細長いメンソールのタバコを、サンスはここは禁煙だから、と吸わなかった。ただそのまま帰るのもなんなのでぼうっと立ち尽くしていると、敬愛はサンスのことをすっかり忘れてしまったかのように視線を遠くに向けたまま煙を吸ったり吐いたりしていた。フォークリフトを見ているようだった。荷物を積んで工場から出て、トラックに近づき、ゆっくり荷物を下ろす一連の動きを。紙コップを持ったまま会話している青い制服姿の工員を見ているようでもあった。あるいは大きい声でおしゃべりしながら盥に入った大根を洗う食堂の女性たちを。リズムを刻むように金曜日の午後を作り上げている風景を。

「あのですね」

敬愛は時計も見ずに四時三十分ぴったりに指先でタバコを弾き、火を消した。

「会社に目をつけられちゃいけないんです」

敬愛は倉庫のドアを閉め、体操をするみたいに腕を前後に振りはじめた。

「会社に目をつけられてもいい人なんていません。僕だって同じです」

「そっちはちょっと違うと思いますけど？」

「何がですか？」

敬愛は肩をすくめ、吸わないつもりならタバコを返してほしいと言った。サンスはタバコを吸わないけれど、一度もらったものを返すのもなんだからと思って応じなかった。

「私の場合、上司の目につくようなことをしたら解雇ですから。だからよろしくお願いします。いいですか？」

しかし、その後もサンスは敬愛の願いを叶えてあげることはできなかった。見込みのないラブレターを書くように、承認がおりるはずのない、不要と判断されるに違いない物品申請書を書いた。サンスの申請書は、世の中で求められているものより正確で、具体的すぎるのが問題だった。「ボールペン（黒）」という欄には、チェックするか空欄のままにしておけばいいだけなのに、サンスはわざわざ「ステッドラー　ボール432」と書き加えていたし、「ペン（青）」が必要ならV字でチェックを入れておけばいいだろうに、「ゼブラ　サラサクリップ0・3」とメモを残した。サンスの要望は、たかが事務用品にさえ細かすぎたうえに切実すぎて、それだけにいつまでもあきらめることができなかった。そうこうするうちに社内イントラネットが整備され、承認の可否を面と向かって言い渡されることはなくなったが、オンライン上では敬愛とサンスの承認をめぐるピンポンが続いていた。そのようにしてついに迎えたマッチポイントが、突如として組まれたチームにどのような活力を与えるかは誰にも知る術がなかったし、なんの期待もされなかった。

敬愛は総務課長から営業部への異動が立派な昇進でもあるかのように言い渡され、乾いた笑みを浮かべてしまった。広報部から総務部へ、そして営業部への異動はなんの脈略もなく、専門を生かしたものでも、キャリアを評価されたものでもなかった。だが、どの部署にいようと耐えているということには変わらないので、敬愛はわかったと言わんばかりにうなずいた。

その日の夜、話を聞いた男友だちのイリョンは、目を掩うて雀を捕らおうとしてるんだなと言って状況を整理した。あの会社は全然変わってないと。三年前の座り込みの時に、彼がその言葉をスローガンにしようと言っていたのを思い出した。敬愛はその言葉が、「不当解雇を糾弾せよ」「命がけで闘争せよ」というようなスローガンよりも好きだった。糾弾や闘争という言葉では、会社と闘うことができない気がしたのだ。会社のやり方は、なんというかもっと古狸みたいにずるかった。より露骨なやり方なら対処しやすいだろうに、そうでないためひどく気が削がれた。従業員たちはみんなで辞表を出す最終手段に乗り出し、会社はそのうち四十人あまりには辞表を返さなかった。そのほとんどは事務職で、物流センターの従業員と生産職が一部含まれていた。会社が斜陽の一途をたどっているミシンではなく、プリンターや自動車部品のインジェクター、カラオケ音響設備などの製品に注力した結果、不要となってしまった人員だった。

辞表を返されなかった従業員は、みずから辞表を出したとはいえ会社の判断を受け入れて素直に辞めることができず、廃れた屋敷をさまよう幽霊のように変わり果てていった。会社がどういう基準でか一人ずつ呼び出して復帰を認めることもあったために、座り込みに参加することを明らかに嫌がる人も多かった。

イリョンは物流センターで働いていた。賃金の引き上げを約束しつつ、勤務時間を減らすことで受取金額を変えなかった会社に抗議し、返事——つまり辞表の返却——をもらうことができなかった。彼は敬愛と同じくらい背が高く、集会に行けば二人の顔だけがぬっと浮かび上がっていた。敬愛は最初からイリョンが気に入ったが、それは「女のくせになんでそんなに背が高いんだよ」なんて言葉を口にしなかったからだった。時々「背が高くてすげー面倒くさい時もあるよね」と言うだけ。座り込みに参加した労働者の中にも上下関係はあって、イリョンと敬愛は徹夜の際にインスタントラーメンを作ったり、座り込みテントをきれいに片付けたりする雑用をこなしながら五十日を一緒に過ごすうちに親友になった。

最初から気が合い、気兼ねなく過ごすことができた。二人の会話は、テーブルの上のつまみをふと思い出して手を差し伸べるような具合に、途切れたり、また続いたりした。敬愛が詳しく説明しなくても、イリョンは「だよな」「わかる」と返事し、敬愛が「わかるでしょ?」と言うと、「それってこういうことだろ?」とイリョンは最後に話を整理した。「風前が灯火でさ」とか「有備すれば無憂だよね」というふうに――イリョンには文法など気にせず四字熟語や慣用句を独自の言い方で使う癖があった――支離滅裂な言い方でイリョンが現状をまとめると、敬愛はこれまで経験してきたすべての不幸が滑稽なほど壊れていく気がして、元気が出た。

イリョンは二つの仕事をかけ持ちしている。郊外を回りながらビルの水道メーターを検針する仕事と当日発送が売りのオンラインショップの物流センターの仕事。敬愛はそんな窮屈な暮らしの中で彼が手にした、イリョンの生き様が好きだった。暮らしを立てることにうんざりしながらも「それでも生きる」という一貫したルールを守る彼の態度が冷静で凛々しく思えたのだ。敬愛はとにかく生きるんだと言う時のイリョンの声が好きだった。そう言われれば、いまにもくじけそうな気持ちがなごむようだった。

敬愛がチームリーダーのコン・サンスの話を始めると、イリョンは「ああ」と言ってうなずいた。覚えていると。商品の出荷要請を出したあとに必ず電話をかけて進行状況を確かめていたと言った。最初は真面目な人なんだろうと思ったが、だんだんただの癖のような気がしたと。横柄な態度からして筋肉質のマッチョだろうと思っていたら、渡したいものがあると言って訪ねてきた男はほっそりとしていて、か細い声で「ありがとうございます」と言っていたと。「どうやらその男は『表裏が不同している』ようには見えなかったよ」というのがイリョンの結論だった。

敬愛とイリョンは、ビアホールから出て駅へと歩きはじめた。イリョンは真冬も、花冷えの予報だったこの日も、革ジャン一枚の姿だった。敬愛はマフラーの片側だけをほどいてイリョンの首に回した。路地を抜けてからはマフラーが通行人の邪魔にならないように、二人の距離をさらに縮めなければならなかった。敬愛は足を止めて、マフラーを二人で回しやすい長さに調節した。

敬愛はイリョンが普通の人には想像すらできないとてつもなく辺鄙な場所にまで水道の検針をしに行くと言っていたことを思い出した。彼も大都会の外れにあれほど木々が生い茂り、人気《ひとけ》のない場所があるとは思ってもいなかったらしい。野山にも人が住んでおり、工場があるから水道管が引かれていて、その水道を人間が使い、使った分は計量しなければならないから、イリョンが近くまでスクーターで行き、続く山道を歩いて登って目盛りの数字を読みとるのだが、いちばん怖いのは犬だと言った。そういうところには犬の飼育舎が多く、飼育舎から抜け出したり捨てられたりした野良犬にしょっちゅう遭遇するというのだ。犬から逃げようとして足首を捻挫してからは、登山用ストックで犬を追い払っているそうだ。

「趙《チョ》先生が会おうって」

駅に着き、帰ろうとする敬愛に向かってイリョンが言った。敬愛はチョ先生ねえ、と答えたまま無言でマフラーを外して改札に入っていった。

ストライキが特別な成果もなくうやむやに終わってしまったのは、敬愛がストライキ中に起きたセクハラ事件のことで労働組合側に抗議したのが原因だった。敬愛は一部の従業員が犯したセクハラの記録をその証拠として持っていた。ストライキ参加者からの証言を録音したファイルと、匿名で書かれた「ストライキ日記」。日記は外部から参加してきた活動家の提案で付け始めたもので、物品の倉庫にかかっているノートにそれぞれ書きたいことを自由に書くことができた。倉庫はストライキ参加者たちが昼間の日差しを避けてやってくる憩いの場でもある。丸坊主の敬愛は以前よりも気温の変化に敏感になり、長い時間を倉庫で過ごしていた。日が暮れると頭が寒くなり、日差しがあるとすぐに熱くなった。丸刈り抗議に参加した従業員たちは、二日も経たないうちにみんな風邪を引いてしまった。

　スト参加者たちが倉庫を占拠してから、誰ひとり事務用品の支給を受けられなくなった。先輩たちは補給路を断ったと冗談を言っていた。倉庫にある物品でスト参加者たちが使えるものは、プラカードを作るのに必要な紙や筆記用具くらいだったが、ストが終わると会社はすべての物品の総額を計算し、労組を相手に損害賠償を請求した。そしてその業務を、総務部に配属された敬愛に任せた。

　敬愛はスト中にボールペン七十ダースを使うことがはたして可能だろうかと考えながらも、会社から言われた通りに記入した。何百ボックスものＡ４用紙を使うはずがないと思いながらも、会社の計算法にそのまま従った。その仕事を敬愛にやらせたのには、会社側にもそれなりの意図があった。ストに参加した敬愛を利用しつつ、敬愛にある種の屈辱を味わわせようとしたのだ。敬愛は会社を辞めようかとも思った。母が乳がんでさえなければ、美容室をやめて抗がん治療を始めていなければ、そういう選択をすることもできただろう。いや、できなかったかもしれない。敬愛は自分がすべてを台無しにしてしまったという罪責の念と自分だけの責任ではないという自己防衛の間で揺れ続けながらも、逃げ出したくはないと思った。そういう人間になってはいけない、ここで逃げてしまったら部屋に引きこもる日々にまた引き戻されてしまうはずだと必死に考えていた。あの頃に戻るわけにはいかないと。心の扉を閉じ、心がないかのように生きることを決めた時、人間がどれほど駄目になってしまうのかわかりきっていた。

チョ先生が会社を辞めさせられ、いまなお苦しい生活を続けていることは、イリョンから聞いていた。どれくらい落ちぶれているのだろう、何人もの人が落ちぶれてしまったのだろう、と考えをめぐらせると敬愛は背筋が凍る思いがした。

チョ先生はスト参加者の間でもなんとなくのけ者にされていた。ストの現場でもいつもスーツを着込んでいたし、「創立30周年記念」と青い刺繍の入ったタオルをいまでも使っていた。スウェットだって何年か前の親睦会で全従業員に配られたものだった。ポケットや襟のない服なんか着れたもんじゃない、スト参加者で揃えたTシャツは着られないと言い張って、委員長にそんなことを言う場合じゃないと咎められた。イリョンはチョ先生のそういうところが自分の父親にそっくりだと言って彼の肩を持った。イリョンの父親はふるさとの徳積《トクチョク》島《ド》[3]で長年学校の雑用係として働いていたが、十年も前から闘病生活を送っている。イリョンの父親もチョ先生のように襟やポケットのある服ばかり着ていて、どんなこともていねいにこなすという。字がきれいで、村人たちは書類を書く用事があると父親を訪ねてくると。僕は父とちっとも似てない、とイリョンはわざわざ付け加えた。

「父に似なかったから、こんなことになったんだよ」

静かに彼の話を聞いていた敬愛は、そんなふうに思わないでほしいと言った。

「誰かを評価するために自分を下げる必要はないよ。人生はシーソーじゃなく、ブランコみたいなものだから。それぞれ足を漕いで、思う存分空中を感じて、それからゆっくり降りてくればいいの。互いの横に並んで、自分のブランコを漕げばいいわけ」

チョ先生は、他の従業員たちに自分のことを理解させようとしなかった。ただその日の「スト日記」に、他の人を意識しているかのように自分の立場を書き綴っていた。「ボールペンを持参することができない服は不便だから着なかった」と。ボールペンを必ず持参しなくてはならない生活とはどんなものだろうと敬愛は考え込み、会社から解雇されて駐車場で働いている今でも、チョ先生にはスーツを着る資格があると思った。チョ先生はスト参加者の心に訴えるスピーチをしたり、腕力を使ったり、工場の機械室を占拠したりすることにはあまり才能がなく、ただ真面目に「スト日記」を綴っていた。インスタントラーメンの段ボールを机に、ボールペンを手に持って、こなれた手つきで日記を書いている間はすっかり落ち着いているようだった。彼が書いたのは、

3 仁川《インチョン》市西側の黄海にある島の一つ。

今日の集会場所は、労働省前。二列に立ち並んだが、最前列には朴敬愛、キム・ダジョン、イ・ミンソン、ユ・イリョン、キム・ソンハン、チャン・マルグムなどの若者が主に整列。集会を二時間行ってから、タクシーで会社に。労働省の前では、私たちの他に、韓国電力、金属、物流、銀行の労働組合員がデモを行っていた。三時頃には外資系フランチャイズコーヒーショップのスターバックスの前に列ができた。スターバックス創立記念イベントでアイスアメリカーノを無料提供中だった。朴敬愛とユ・イリョンが、アイスアメリカーノが飲みたいと言った。キム・ダジョンは抹茶クリームフラペチーノが飲みたいと言った。抹茶クリームフラペチーノとは、牛乳と抹茶でできた氷で作ったもの。本日の倉庫の物品入庫状況。不揃いリンゴ50~60個入りと1箱入庫、一和《イルファ》天然サイダー業務用１９０㎖三十缶　ヨンジン精肉食堂社長贈呈、垂れ幕用に８００㎜の白布一ロールを購入、ＹＴ産業安全35g軍手1打(十二双入り)×10=一セット入庫、五公《オゴン》ラッカー赤/青20個……

といった内容だった。

敬愛はその入念な記録を読んでいるうちに、チョ先生がTシャツなんか着ないのは当たり前だと思うようになり、これからも一生着なくていいだろうと考えた。それから一か月後の「スト日記」にはこんな言葉が書き込まれていた。今日労組委員長が頬をなで、手首をつかんだ。気持ち悪い。今日酔っぱらったクォン氏が俺とデートしようか、と言った。壁に押しつけて抱きつこうとした。そのことを組合の幹部に伝えると、彼は敬愛をテントから遠く離れた場所に連れていってなだめようとした。

「今はこんな状況ですからね。少しだけ待ちましょう。注意はします」

「こんな状況ってどういう状況ですか」

「勝ちたくありませんか、敬愛さん。勝つために丸坊主にまでしたんでしょ?」

敬愛は受け入れることができなかった。匿名で記録された「スト日記」を持って、従業員に事実を確認して回った。そんな時、地元新聞に記事が出た。スト中にセクハラが多発しているという内容で、その記事は、特に女性従業員をストから離脱させた。親がやって来てこんなことまでしなくていいと車に乗せて帰ることもあった。なにもかもが急激に崩れ始めた。隊列が崩れ、参加者が、スローガンが、そこに込められた心が崩れていく間、敬愛は誤解を受けていた。会社側のスパイじゃないかという人もいれば、情報を提供してお金を受け取ったなどと言う人もいた。丸刈りにしたのはポーズだったのかと皮肉を言う人もいれば、敬愛がストライキを中止させる代わりに役職を与えられたらしいと噂する人もいた。

チョ先生だけが大丈夫だと言ってくれた。彼が最も大丈夫ではないということを、敬愛はもちろん知っていた。この会社で一生働いてきたうえに、他の仕事を見つけるには年を取りすぎていたのだ。経営陣はスト参加者の何人かだけを仕事に復帰させた。その中に敬愛がいた。チョ先生は最後まで敬愛に、何が何でも辞表を出してはいけないと念を押した。

「仕事はね、本当に大事なものなんです。敬愛さん、下手な漁師は嵐を恐れるけれど、腕のある漁師は霧を恐れるということわざがあるそうです。これから霧が出ないように暮らしていけばいいんです。目の前の悪い出来事を怖がらずに生きていってください。私もそうするつもりです」

会社を去る前に、チョ先生は自分で保管していた「スト日記」を渡してくれた。敬愛はそれを大事に仕舞っていたが、あからさまないじめと敵対心にどうにか耐え抜いていたある冬、焼却場に投げ捨ててしまった。心を失わずにはいられない日々だった。各ページに綴られている丁寧な記録さえ自分を苦しめているような気がした。敬愛は訊きたかった。おまえのせいで失敗したと敬愛を非難していた人たちは今もそう思っているのかと。ストライキは失敗に終わってしまったが、初めはそれぞれがそれぞれの苦しみへの正義感を抱いていたという事実はもう重要ではなくなってしまったのかと。しかし、訊くことはできなかった。敬愛に厳しい批判を浴びせていた人たちは、ある日突然どこかへ消えてしまったのだ。

サンスは人事課から敬愛の履歴書のコピーと一年前の勤務評価シートを受け取り、すぐに帰宅した。それから作り置きのおにぎりを食べながら敬愛について研究した。敬愛は結構な長さの自己紹介書に、家庭環境について「代々貧乏な家でした。親孝行をしたく思います」と短く要約していた。それから大学生活について触れ、尊敬する人として世界初の女性宇宙飛行士であるワレンチナ・テレシコワと小説家メアリー・シェリーを挙げ、自己紹介の最後にも「一度宇宙に行ってみれば、地球がどれほど小さく弱いものなのか実感できるようになる」という宇宙飛行士の言葉を引用していた。新入社員らしい覇気を示すにはあまり役に立たない言葉だった。特にfrankensteinfree-zingという長いメールアドレスが印象的だったのだが、誰かに教えるのも難しそうで、むりやり組み合わせたようなIDをどこかで見かけたような気がした。サンスはSNSやネット上で、元気に駆け回る猫のように限られたスペースを限なく見て回っているため、一度はどこかで見たことがあるのかもしれない。ただ自分なら、もし自分が人事課長なら、履歴書にこんなメールアドレスを書く人は採用しなかっただろう。シンプルでないということは実用的ではないということを意味するし、会社における「労働」というものにあまり勘が働いていないということだろうから。

遅刻が一度もないのに、勤務評価はCランクだった。組織再編のシミュレーション案によれば、敬愛の職位は上方修正されるべきだったが、結果的には昇進できず、「人事積滞」の状態だと記されていた。積滞という言葉は、簡易倉庫に積まれている紙、筆記具と帳簿、多目的テープといつから倉庫にあるのかわからない段ボールの山を思い出させた。

敬愛についてあれこれ考えているうちに、部屋の中がだんだん寒くなってきた。部屋をあたためたほうがいいのだろうが、三日に一度メーターを見てガスの使用量をチェックするサンスは、暖房をつけることができなかった。計算上、今月の使用量はすでに四万八千ウォンを上回っているだろうから。冬でもガス代は五万ウォンまでと決めていた。それがサンスのルールだった。

暖房をつける代わりに、サンスはお尻をあたためてくれる電気座布団の電源を入れ、毛布をかぶった。敬愛について知るために寒さをがまんして机の前に座っている自分を誇らしく思った。サンスは履歴書の証明写真の横に「積滞」と書いてみた。敬愛の顔は、今とずいぶん違って見えた。頰には肉がついており、髪は長くてウェーブがかかっている。セットしたばかりのような、垂れたバネのようにくねくねしているウェーブは、就活生だった敬愛が抱いたであろう期待を想像させた。美容室にも行ってきたのだろう。マスカラやアイラインやシャドウのようなものでメイクもしたのだろう。首を軽く右に傾けた敬愛の顔は、どこかお茶目な疑問を抱いているようだった。突然、積滞と書いてしまったことが申し訳なく感じられた。

　だが、それほど敬愛を上手に表している言葉もなかった。従業員たちを待ちながら敬愛が日差しの下にぼんやり座っていると、午後という時間は流れずにせき止められ、重なり、歪んでいるような気がした。サンスが敬愛からもらったタバコ一本を手に持ったまま帰ることができなかったのは、敬愛が、なんというかその午後の風景から与えられる感情の中で、耐えているように思えたからだった。時間は流れ、遠ざかり、消えるべきなのに、消えていくのはもっぱらタバコだけ。それ以外のすべては、敬愛の背中や肩に重くのしかかっているように思えた。

　サンスは、こういう女性をよく知っている。こういう女性には、サンスが運用している「お姉さん《オンニ》には罪がない」というフェイスブックページでいくらでも会うことができた。その恋愛相談ページを運営して、もう八年になる。フォロワーは二万人にものぼった。言うまでもなく現実ではオンニではなくてお兄さん《オッパ》――そう呼ばれる機会もあまりなかったけれど――だったが、そのページでは「オンニ」と呼ばれていたし、長らく女として生きていた。女として生きるということ。それはこのようなことを覚えていくことだった。セックスする女たち、したくなかった女たち、別れなくちゃならない女たち、抗う女たち、家族から離れようとする女たち、憂うつな女たち、だまされた女たち、太っている女たち、消費する女たち、守るべき秘密がある女たち、悔しい女たち、死んだか死のうとする女たち、怒りに飲まれた女たち、若いか年を取りすぎた女たち、待っている女たち。

サンスはそういう女性たちをなぐさめようとフォロワーから悩み相談を受け付け、フェイスブックページに返事をアップした。まごころを込めて返事を書いたが、本物のオンニではなかったためにしかたなく嘘を書くこともあった。幸いにもとても些細な嘘だった。「彼女のことが好きだったんです」を「彼のことが好きだったんです」に、「大学一年が終わるとみんな軍隊に行きましたが」を「大学一年が終わるとみんな留学しましたが」に、「朝起きてひげを剃りました」を「顔のムダ毛処理をしました」に変えるくらい。しかたなく嘘をついたが気持ちには嘘がなかったので、自分がすべての女性の本当のオンニになったかのように、胸の内から嵐のように襲いかかる記憶や感覚に身を任せて一字ずつ書き綴っていった。

もちろん、どうしても女性の人生において起こりうるようなエピソードが必要になる時もあった。そんな時は狭い部屋を埋め尽くしている本と——すべて恋愛小説だった——ビデオテープ、DVD、それから壁に貼っているポスターの中のミューズたちからインスピレーションを受けた。サンスが十代だった一九九〇年代のヒロインたち。例えば、マギー・チャン、メグ・ライアン、ジュリア・ロバーツ、広末涼子、チェ・ジンシル[4]のような俳優だった。叶えられない愛により苦しみ続ける女性には、マギー・チャンが『ラヴソング』で演じた、繰り返される愛の喪失の中で見せていた寂しそうでありながらも淡々とした表情を思い出しながら返事を書いた。泣かないで、と。本来の自分を取り戻してほしい！　と。自分が彼にふさわしいかどうか悩む女性には、ジュリア・ロバーツが見せてくれたロマンスの開拓者精神を思い浮かべながら返事を書いた。実業家の愛を勝ち取ったコールガールや平凡な書店の店主に求愛するトップ俳優。サンスもその恋の無階級性を演じていた。

そのおかげでサンスのフェイスブックは知る人ぞ知るページとなり、本を出版しようと声がかかることもあった。だが、サンスは正体をさらすことができなかった。インタビューを持ちかけてくる人、テレビ番組に出てほしいと頼む人、オンニに一度だけ会ってみたいと言う人がたくさんいたが、会えるわけがない。パンドミシンのチームリーダー代理で、麻浦《マポ》区に住む三十七歳の男性としては。正体が明かされたら、これまでオンニとしてしてきた慰めとアドバイスが、すべて嘘になってしまう。誰かのひまつぶし、ゴシップ、センセーショナルなスキャンダル、変態的な趣味として消費されたくなかった。「オンニには罪がない」はそ

4　九〇年代に一世を風靡したトップタレント。代表作にテレビドラマ『嫉妬』などがある。

れほどサンスにとって大事なものだった。孤独死する自分をついつい想像してしまうサンスにとって、たった一つの生きがいだったのだ。

フォロワーの女性《オンニ》たちから送られてくるメッセージには、愛の始まりから終わりまでのエピソードが綴られていた。ある恋愛は、同じ列車に乗ったという理由だけで始まった。子どもの頃の運動会の徒競走で二人ともビリになったという理由で、初雪を一緒に見たという理由で、二人とも親から虐待を受けた経験があるという理由で、友だちにいじめられていたという理由で、同じバンドが好きだという理由で、ひどく寒そうに見えたか暑そうに見えたという理由で、食堂で汗を流しながら何かをがつがつ食べていたという理由で、背を向けて地下鉄の駅までのろのろと歩いて行ったという理由で。

恋の始まりは偶然で、無限のパターンがあって、不可解なものだったのに、恋の終わりは明確で具体的なアリバイを示しながら訪れてくるのが悲しかった。貧困と暴力、裏切りと嘘、宗教、政治、国籍の違い、家どうしの葛藤、親の反対、姉や兄の反対、弟の反対、友人や恩師の反対、あるいは飼い猫や犬の反対、倫理的な判断——不倫、第三者の登場——といった数々のパターンがある。消滅とは、このように正確で悲しいものだった。

サンスは一日に何十通も送られてくるたくさんの相談メッセージから返事すべきものを選

ぶのに心血を注いだ。サンスをからかい、嫌がらせのつもりでネット弁慶から送られてくるものもあったため、メッセージを読んで選びとる作業は、ゴミの山からまともなものを見つけ出すのと同じくらい困難なものだった。手紙を一度は開いて読まなければならないから。ネット弁慶による恋バナは、挿入と射精だけで成り立っていたが、現実世界で実際に苦しんでいるオンニたちは、そのすべてのプロセスを省略していた。トリミングされ、縮小された話から、オンニたちの胸の内で起きているであろう騒ぎを増幅させ、読み取ること。その時こそが「女性」に対するサンスの感覚と想像力が十分に発揮される瞬間だった。

そうやって苦しみの言葉に没頭していると、携帯やパソコンの前で自分の気持ちを伝えようとがんばっている誰かが浮かんだ。特にその人たちのまわりから聞こえる騒音のようなものが想像された。日常的な騒音のはずだった。冷却ファンが回る音、椅子を引きずる音、あるいは残業中に職場の同僚が伸びをしながら「まだいたの?」と訊く声みたいなもの。しかし、その誰かはただいま失恋中で、そんな日常的な騒音からは完全にシャットアウトされている。空洞になって、日常のすべてと無縁な状態に陥っている。その空洞には重力がかかりすぎていたり、あるいは重力がすっかり消えていたりして、世の中から完全に見捨てられているかのような気分を味わっているはずだった。サンスが日頃、十分なまでに味わっている気持ちだった。サンスは、失恋の苦しみは狡猾な悪党のようで、失恋した人がしがみついているたった一つの日常までを冷酷に奪い去ることを知っていたので、いまオンニたちが次のようなことをできないのは当然のことだと返事をした。自分から友だちに電話をかけて最近どう？　と尋ねること、家族に会っても後ろめたさを感じないこと、体を洗ったりごはんを食べたりすること、水曜日と木曜日に放映される連続ドラマの恋愛シーンを見ながら大声で笑うこと、自動車税や駐車違反の反則金などを請求日までに払うこと、雪や雨の予報を聞いて心の状態ではなく出勤や退勤のことだけを心配すること、布団の中で泣かないこと、あるいは起きている間泣かずにいること。

どうにもできない毎日の中で「オンニには罪がない」に送られるメッセージは、その人がやれる唯一のことかもしれない。サンスは「オンニ、私です」と一度話を始めると、その人が過去にどんなことをして誰と恋をしていたか、どこでどのようにして一人で耐えているかと関係なく、罪のない今日にしてあげようと努めた。成功する時も失敗する時もあったけれど——呪いの言葉で埋め尽くされている抗議のメッセージを受け取ることもあった——サンスの話を聞きたいオンニたちがいる限り、サンスはページを更新し続けた。

もしかしたらこうした二重生活を送っていたために、会社では空回りばかりしているのかもしれない。オンニからコン・サンスチームリーダー代理への切り替えは、家と——秘密厳守のためメッセージは必ず家で書いていた——会社という二つの空間を行き来することだけではなし得ず、少し大げさに言えば、アイデンティティの転換が行われなければならなかった。だが、そんなアイデンティティの転換が行われるには、パンドミシンでの生活は、サンス自身を女でも男でもない「何か」に感じさせるところがあった。会社にいる間は、説明書が必要な何かのように自分を説明し続けなければならなかった。なぜそんな重いポーチを持ち歩いているのか、そこにはどうしてたくさんの化粧品が入っているのか、どうして小便器を使わずに個室に入るのか、どうして上司たちと一緒にサウナに行かないのか。このすべてへの答えは、そうしたいから、あるいは嫌いだからだったが、サンスの返事はびっくりするほど受け入れてもらえなかった。サンスはいつも自分が、説明書の必要な研磨機や切断機になったような気分がした。

もちろんサンスの状況を端的に説明できる答えはあった。しつこい質問にしびれを切らして「兵役免除だった」と答えると、誰もが何もかもを理解したかのような表情でうなずくのだ。しかし、サンスへの関心がその程度の人ならサンスの実家に興味を持たずにはいられなかったし、ある程度知るとサンスの人生全般にわたる説明書を求めるようになった。こうして彼に興味を抱いた人たちには、サンスが「父とはもう連絡を取っていません!」と、つまりある種の「父親免除」の状況についていくら説明したところで無駄だった。そのたびにサンスはそれなりの無力感を覚えた。四浪するかどうかを決めなくてはならなかった二十二歳の時のある夜が思い出された。

二〇〇二年の春、父の帰宅がなぜか早かったある日のこと、サンスは夕方から、いつ書斎へ入り、あの言葉――もう修学能力試験[5]を受けません、という試験免除を願う言葉――を伝えるべきか、タイミングを見計らっていた。手のひらが汗で湿っていた。汗をかきすぎて手を汗で濡らしているようだった。

あの日、継母は留守中で、方背洞《バンベドン》[6]のマンションはがらんとしていた。父が観ているNBA中継番組から、選手の動きを追うアメリカ人キャスターの解説と歓声、バスケットシューズが床に擦れる音が現実味のない幻聴のように聞こえてきた。サンスが落とし穴に足を踏み入れるようなやり場のない気持ちでおそるおそる書斎のドアをノックすると、「入りなさい」と声がした。ボルドー色のカーディガンを羽織った父はバスケットボールを手に持ってスナップシュートをマネしながら中継を見ていた。一九九二年にアメリカを訪れた際に、マイケル・ジョーダンからサインをもらったボールだった。政党の副報道官だった父をアメリカの国務省が招待したのだ。サンスにとっては初めての海外旅行だった。実母と一緒に行った最後の旅行でもあった。
サンスが部屋に入ると、父は椅子を差し出し、ミニ冷蔵庫から取り出したドクターペッパーを開けてくれた。父の動作には普段と変わらない豪快さがあった。サンスはしばらくドクターペッパーをすするだけで、何も言うことができなかった。その間ジョーダンが連続で得点を挙げ、そのたびに父はバスケットボールをぎゅっと握ったまま腕を振って見せた。アメリカ旅行にはあの時代を牛耳っていた何人もの政治家やその家族が同行したが、サンスと実母はそのグループから妙な距離を置かれていた。父もそれとなく疎まれているように見えた。唯一の学者出身だったからかもしれない。

旅行の一行は、和やかな雰囲気で昔を回想したり、とつぜん誰々と名指しで悪口を言ったりしていた。彼らによると誰もが権力のために自分の信念を曲げることができて、そうでない人はすでに死者になっているらしい。つまり拷問を受けて死んだか、軍に入隊してから音信不通になったか、死ぬほど苦しみ、苦しんだあげくに本当に死んでしまったか。旅行中に父から聞いた話の中では選挙活動中に自転車でソウルを回ったという話がいちばん好きだった。その話からは、普段あまり見ることのない父の人間らしさを想像することができたのだ。

5 韓国において大学進学のために受ける統一試験。
6 韓国の瑞草《ソチョ》区にある洞で、富裕層が住む町として知られている。「洞」は行政区画の一つで、日本の「町」に相当する。

もちろん自転車の後部座席には、サンスや兄ではなく広報紙が積まれていただろうが、横断歩道を渡って、のどが乾いたら冷たい水を買って飲んで、あまりにも暑ければズボンからシャツを出して、時にはランニングシャツ姿で懸命にペダルを踏んで街を走り回る。父がそんな風景の中にいることを思うだけで、少しは気持ちが和らいだ。

旅行があまり好きでない母は、一行に溶け込もうともしなかった。そんな母がバスケットボールの競技場では満面の笑みを見せた。米州韓人会の関係者が、試合中にはぎこちない拍手と歓声を送っていた一行を選手のところに案内し、準備しておいたバスケットボールを一つずつ渡してサインがもらえるようにした時だった。サインを終えて帰ろうとしたジョーダンが振り返って何かを言うと母がいきなり笑い出したのだ。何と言われたかいくら訊いても、母は教えてくれなかった。その代わりに、エンパイア・ステート・ビルや自由の女神などを回り、日が暮れて夜空に星が輝き始めると、こんな歌をサンスの耳にささやいてくれた。

月とニューヨークのあいだで
どうすればいいかと迷っているとき
おかしくなったように見えるだろうけど、本当なんだ。

月とニューヨークのあいだで
どうすればいいかわからないとき
君ができるいちばんのことは
恋に落ちること。

人生を生きていく間にいつか
君の心をゆさぶる
そんな女性に出会うだろう、
その後、街に背を向けることになるだろうが
朝になって目が覚めると
やはり彼女のことが頭から離れないだろう。
街から遠く去り、彼女から
離れてしまっていても。
それから自分にこのように訊くだろう、
おい、いったいお前は何を見つけたんだ。

当時、英語を学んではいたが、勉強に才能がなく、ドア、ニューヨークシティ、クレイジー、ラブといった言葉をかろうじて覚えることができた。あとから調べてみると、それは「君ができるいちばんのこと」（Best That You Can Do）という、とある映画の主題曲だった。この曲を聞くと、今でも母のささやく声や一緒に時間を過ごしたニューヨークの風景が思い出される。エレベーターが上昇するほど、ニューヨークのイエローキャブがおもちゃのように小さく見えていったのが懐かしく思えた。夕方になると大きくて黄色い月が海岸から浮かび上がり、摩天楼と様々な高さのビルや道路の街路灯の光が砕けた星のようにキラキラ輝いていたことが。ソウルの南山《ナムサン》タワーから見える光とはまったく異なっていた。より細かい毛細血管のような光がニューヨークをびっしりと満たし、街を掌握していたのだ。

「お父さん」

二分間のインターバルとなり、サンスがようやく口を開いた。これ以上は大学受験をしたくないと。すると、父はテレビをミュートにしてすべての音を消した。それから沈黙が続いた。音のない画面の中でジョーダンが監督の説明を聞き、のろのろとコートに戻っていった。試合が再開されると、選手たちはコートを走り回って、ボールをネットに入れるためシュートを打って、入らなかったボールをふたたび投げて、またはじき出されたボールでもう一回シュートを打っていた。そうやってついにジョーダンがゴールを決めるとチアリーダーが音のない歓声をあげ、観衆が拳を振った。サンスはその音のない状態が恐ろしいほど寂しく思えた。

「どうしても？」

しばらく時間が経ってから父が訊いた。サンスはうなだれた。これ以上の受験は無理だった。三年もの時間をこのようにして過ごしてきたくはなかった。龍仁《ヨンイン》にある予備校の寮の狭いベッドに横になり、天井の菱形模様を数えながら母はどうして治療をあきらめ、札幌にいる伯母のところに行ってしまったんだろう、と思うことに時間を費やしたくはなかった。一九九九年に唯一の友だちだったウンチョンが死んだことを始めとして、当時のサンスはあまりにも多くの死に取り囲まれていた。狭い部屋で自問自答していると、優しかった人たちの死が自分と無関係ではなかったように思われ、後ろめたい気持ちに苛まれた。

恩寵《ウンチョン》あれ。

ウンチョンは会った時にも別れ際にも、必ずかぶっているニット帽を脱ぎながらこのようにあいさつをした。

「無理です。これ以上はもう」

父は三選に失敗した時よりも寂しそうで絶望的な表情を浮かべた。それからもう一度「どうしても?」と念を押した。二度目の問いかけに答えることができず、サンスは涙を流してばかりいた。サンスはどうしても父が望む大学に入ることができなかった。父が入ったからといってサンスも入れるわけではないのだ。すると父はアメリカへの留学を提案した。アメリカで大学に入ってほしいと。サンスは断った。当時のサンスは、何かができる状態ではなく、何もしないことでかろうじて生きていられる状態だったから。父は、スポーツか子どもの頃からやっていたピアノで大学に入ることを勧めてきた。

だが、浪人中のストレスで体重が増えて九十キロを超えているサンスとしては、「スポーツで大学に入れ」という話が「一週間でダイエットをしてランウェイを歩け」という話のように聞こえた。当時のサンスは体もまともに洗うことができず、三日も四日も顔すら洗えないひどい無力感に襲われていた。継母が買ってくれた高価な服もタンスに押し込んだまま。いつも同じ服ばかり着て、予備校で「浮浪者」と呼ばれていることも知っていた。父がどれほどのお金持ちで、有名人で、何をしてもらえるのか、サンスにとっては無意味なことだった。サンスは何もしたくなかったし、何も欲しくなかった。

それを見抜いた父は激怒した。父が投げた弾力のあるバスケットボールが跳ね上がり、父がもらった「今年の最も誇らしい校友賞」「大韓民国ニューリーダー賞」「全国経済人連合会感謝状」などのトロフィーを次々と壊していった。サンスは殴られ続けながら顔に飛んでくるボールを無意識にブロックするうちに、むしろボールに当たって死んでしまいたいという思いに駆られた。はじき出されたボールがリモコンを押してわーわーという歓声が聞こえてきた時は、母がいなくなるとも知らず、自分がここまで落ちこぼれた人間になると思ってもいなかった頃の記憶が思い出された。誰かの不幸を誰も予想できなかったあの頃が、月とニューヨークと、いつ誰と始まるかわからない恋への淡い境界だけがあった一九九二年のある日が。

サンスは殴られてボコボコになった顔をタオルで包むと、一人で救急外来に向かった。鼻の骨が折れていた。子どもの頃にも兄の振り回したバットに当たって鼻の骨を折ったことがあった。

「ケンカでもされたんですか？」

医師に訊かれ、サンスは子どもの頃のように嘘をついた。

「いいえ、バスケットボール中に」

「誰かとぶつかりました？」

「いいえ、ボールが当たって」

医師は跳ね上がったボールに当たって骨が折れたと？　と訝しげに言いながらもそれ以上

尋ねようとはしなかった。応急処置を終えたサンスの顔は、バスケットボールくらい腫れ上がっていた。サンスは、いつもの憂うつな時のようにあてもなく電車に乗り、道を歩いた。ミイラのように包帯をぐるぐる巻いて歩いていても、誰ひとり不思議そうな目を向けてこない。広場ではワールドカップの応援が行われていた。コスプレの時代だった。広場には悪魔《デビル》もいる。寮に引きこもっている間に、世の中はこんなにもおもしろいことになっていたんだ！　サンスは、いま自分が感じている断絶と、広場で高まっている連帯感の不釣り合いに吹き出してしまった。一千年ぶり、一万年ぶりに笑ったような気がした。サンスの妙な格好をじろじろ見つめていた子どもが、今日の試合で韓国が勝つかと尋ねてきた。韓国対どこの試合かも、勝率がどのくらいかも知らないサンスは、しばらく悩んで、勝てないと答えた。

「ウソ！」

「ほんとだよ。絶対勝てない。ボロ負けだ」

　すると子どもは何がそんなに悔しいのかしばらくサンスを睨みつけ、負けるのはおじさんだよ！　と金切り声をあげた。サンスがその反応にきょとんとしていると、子どもはもう一度、負けるのはおじさんだよ！　と叫んだ。サンスはさらに気分が沈み、サッカーの応援に来た人ごみの中を寂しく横切って家へと帰った。部屋はきれいに片付けられていた。バスケットボールもぴかぴかに拭かれて元の場所に戻されている。父の姿は見当たらなかったが、帰宅した継母が電話でトロフィーの修理について問い合わせていた。その日サンスは、これで浪人生活がやめられるのなら鼻の骨くらい失うことになっても平気だと自分を慰めた。だが次の日、マンションの前に予備校の送迎車が停められているのを見て、どんなに頑張っても何ひとつ変えられないこと、本当に負けたのは自分であることを痛感した。

＊

サンスと敬愛は特にやることがなく、一週目はただただ気まずさに耐えていた。居心地悪さを感じていたのは主にサンスのほうで、総務部でも仕事がなくて暇をつぶしてばかりいた敬愛にとってはさほどつらい時間ではなかった。やることがないからといって本を読んだり、ネットサーフィンをしたりはしなかった。注意を受けるかもしれないから。そんな事情を知らないサンスは、敬愛がどうして自分が渡した書類——国内における代理店の分布や海外支社の勤務者名簿など——を机に置いて、読んでいるのかどうかわからないぶっきらぼうな顔でじっとしているのかがわからなかった。他の人なら新しい仕事が始まると、机やイスをセットしたりスケジュール表を貼ったりするだろうに、敬愛はバッグさえ放っておいたままじっと座っているだけなのだ。機嫌でも悪いのだろうか。

サンスは敬愛のことが一日中気がかりだったうえに、小さな部屋に誰かと、しかも女性と一緒にいる状況が気になって体がガチガチに固まるようだった。そういう時はちょっとした騒音が役に立つのに、敬愛はびっくりするほど音を立てない。部屋に入って首を、前にではなく斜めに傾けてあいさつをすると、バッグを置いてパソコンの電源を入れ、ビクリともしないで座っていた。昼休みには、サンスの誘いがかからなければ、敬愛は社員食堂ではなく外に出て食事を済ませてきたのだが、その時の顔といえばいつも楽しそうで生気にあふれていた。あとはタバコを吸う時。敬愛はあいかわらず倉庫の横で喫煙を楽しんでおり、サンスはその姿を自分の席から見下ろすことができた。しかし、一時になって午後の長い待機時間――つまり仕事のない時間がまた始まると、敬愛はふたたび、静物画に描かれている花瓶や枯れた葉っぱのようにじっと動かなかった。

チーム員ができてから、サンスは部長の指示で週二回行われるチームリーダー会議に出席することになった。嬉しかった。ユジョンを近くで一時間、部長の話が長くなると二時間まで見ることができたから。

「コンさん」

ある日、部長は額に手をかざしてサンスの名前を呼んだ。

「会議で見たでしょ？　他の人たちのこと、見ましたよね？　私がオーダーを出してるわけじゃないんですよ。みんな自分の力で契約を取り付けてくるんです。つまり、チームリーダーというのは母猫みたいなもんです。ネズミを捕ってこなくちゃ。じゃないとニャーニャーと鳴いている子猫たちがお腹空かして、母猫のことを喜ばなくなりますよ」

部長が子猫たちと言った時、サンスは唯一の部下である敬愛のことを思った。ネズミを捕ってきたとしても、敬愛は喜ぶことなく淡々と「切りましょうか？　どこから？」と訊くのだろう。それはともかく、いま大事なのは、この先のチームの成果がサンスの手にゆだねられているということだった。ひょっとしたら赤字のチームになるかもしれない。サンスはハッとしたが、営業というものは自分がやる気になったからといってすぐに買い手が見つかるものでもないので、それからもまた、しばらくだらだらと過ごしてしまった。敬愛と予定を合わせて会食だけはした。食べたいものを選んでいいと言うと、敬愛は焼肉ではどうかと提案した。会社近くにある炭火焼き店だった。

「私はお肉なしではごはんが食べられません」

外だからか、敬愛はほとんど初めて自分からプライベートな話を聞かせてくれた。敬愛についてはまず、肉がないとごはんが食べられないということがわかった。サンスはあまり肉が好きではなかったが、敬愛の気分に合わせてやりたかった。思えば他人の顔色をうかがいながら自分を押し殺そうとするのはひさしぶりだったし、新鮮だった。チームのリーダーになるというのは、運命共同体の責任を負うというのは、こういうことなのだろうとひしひしと思った。

「だからそうめん《ククス》もお肉が入ってるものしか食べません。お祝いする用事がない限り、野菜たっぷりのお祝い用のククスを食べるのは大っ嫌いです」

「お祝い用のククスにもお肉は入ってますよ。ひき肉だけど。僕はずっと自炊で、チャングム[7]くらい料理がうまいんです」

「ひき肉はクリスピーすぎるかも」

サンスはクリスピーという言葉の意味がわからず、あたふたした。

「刻みすぎて肉の風味がかろうじてするものじゃなくて、これぞ肉って感じに風味がないと食べた気がしませんからね」

「肉の風味？」

「はい。肉の風味が口の中にふわっと広がらないと。肉ですから」

サンスはそうですね、肉はやっぱり肉の風味がないと、と同意しながらも焼肉屋までが遠すぎると思った。

会食はチームの親睦を深めるためのものだから、サンスは席につくやいなやおしぼりを袋から出してもいないうちに敬愛についての記憶を語り始めた。だが、敬愛にはチームになる前からサンスが自分のことを知っていたかどうかが、どうして重要なのかがわからなかった。二人でチームになったのが運命だとでも言いたいのだろうか、だから仲良くしようと言いたいのだろうか、だけどそれはいい縁というより悪縁に近いのではないだろうか、と敬愛は考え続けていた。サンスがあきらめずに申し込んできた不要な事務用品のせいで、敬愛は望まなかった「悩み」に苦しまなければならなかったというのに。

敬愛の仕事は何も考えずにシステムに従っていればいいものだったのに、サンスの変な要求は、それぞれの事務用品の個別性や高額とはいえたかが何千ウォンのペンすら買ってくれない会社について悩ませ、さらにはそんなに欲しいならどうして自分で文房具屋に行ってとてつもなく正確で具体的な欲望を実現しようとしないのかと考えさせ、ついにはこの会社で労働者として働くことや、またこの社会で消費者として生きることの意味について熟考させた。敬愛がそんなことを回想している間にも、サンスは自分の思い描くチームの方向性や、敬愛への期待について語り続けていた。校長先生の話のように尊くてありきたりな話ばかりだった。

サンスと敬愛の会話は、わざと敬愛が水を差したわけではなかったが、だんだんテンポがズレていった。サンスが早口でしゃべりながら荒い息を吐いたり、言葉を噛んだり、どもっ

7 ドラマ『チャングムの誓い』の主人公。宮廷料理人を経て医師になる。

たりしてスウィングのリズムに乗っている一方で、わかりません、聞いたことはあります、考えてみます、という敬愛の言葉は、正確に表拍をとっていた。二人のリズムが合わさったら混沌としたジャズとなり、独特のリズムが生まれたかもしれない。

サンスはいつかの新年会で敬愛がちょっとした騒ぎを起こしたことまで覚えていた。敬愛が新年会で大声を出して笑っていたというのだ。敬愛には記憶にもないことだった。

「それがなんか問題ですか？」

「問題というか」

「じゃ、なんですか。おもしろくもないのに笑ったとしたら、変人なんでしょうね」

サンスはだしぬけに敬愛の口から出た乱暴な言葉にドキッとしたが、気圧されてはならないと思い、特上ロースやニンニクやマッシュルームをグリルいっぱいに載せていった。それから二分前に頼んだネギサラダがまだ来ていないのを思い出して呼び出しボタンを押した。誰も来ないので、もう一度押した。店員が来るまで。ボタンが何度も押されるのをじっと見ていた敬愛は、広いホールを一人で走り回っているおばさんがせかせかとテーブルへやってきたタイミングですかさず声をかけた。

「すみません」

「はい？」

おばさんはエプロンのポケットからトングを取り出すと、お肉をひっくり返しながらカウンターに向かって「八番テーブルの火を消して」と声を張った。

「ちょっとMCなもので」

「ええ、お肉の追加はもういいですか？」

おばさんは敬愛の言葉を聞き流したのか、空いた皿を持って帰ってしまった。

「MCって何ですか？」

サンスが肉をモグモグ食べながら訊いた。

「モンスター・カスタマーです」

サンスの心はとつぜん受けた侮辱による悔しさで一気に冷えてしまったが、今日は初めての会食だから、と肉汁を含んだ肉とともにその気持ちを飲み込んだ。今はギクシャクしてばかりで話がかみ合いそうになく、そんなわけでサンスは昔の話に没頭しようとした。敬愛と付き合っているわけではないけれど、恋愛のうえでも過去は大事なものだから。過去というカギがなければ相手の心を開くことができないから。だからロマンス映画ではいつも「子どもの頃はどうでした？」「お母さんは優しかったですか？」「ペットは飼ったことありますか？」という質問が飛び交うのだ。

サンスが言い出した騒ぎとは、新年会でハン・ダジョン代理が歌を歌っていた時のことだった。父から会社を譲り受けた若社長は仕事には消極的だったけれど、なぜか従業員には並々ならぬ関心を寄せていた。気に入った男性の従業員を幼なじみの友だちみたいに誘い出して昼休み中に卓球をしたり、女性の従業員たちとサンスよりもつまらない冗談を言いながらおしゃべりをしたりした。従業員の情報をかなり詳しいところまでつかんでいて、そのすぐれた記憶力は彼らの業務能力を把握するのに活用されず、仕事以外のどうでもいいこと、例えば誰々の趣味は柔術だとか、誰々の父親が放送局のプロデューサー出身だとか、誰々の甥っこがアイドルをやっているとか、誰々と誰々が社内恋愛中だとか、声楽学科出身のハン・ダジョンが人事部にいるとかといった変わったネタを覚えるのに使われた。そこまでたくさんのネタを仕入れるのは、冗談を言ったり、ふざけたり、人をはずかしめたりといった、小学生しかしなさそうな悪ふざけをするためだったが、その日の新年会ではハン・ダジョンを舞台に立たせ、新年を切り拓く希望の声楽曲を一曲披露してほしいと指示した。

新年会といえば、パンドミシンの従業員一九八人が勢ぞろいする唯一の場である。そんな大勢の前で伴奏もなしに歌えと言われ、当然ながらハンは戸惑っていた。冗談だろうと思い、ぎこちない笑みを浮かべてやり過ごそうとしても無駄だった。社長はハンが歌い始めるのを待ち続けた。今すぐに舞台に上がってなんの準備もなくコロラチュラやらドラマティコやらリリコやらで歌えと言うのだ。ハンは迷ったが、新年が明けて仕事が始まったわけだし、社長を待たせるわけにもいかないからと、とりあえず舞台に上がって両手を合わせた。なんとか思い出すことができたのは、手拍子のタイミングが難しいイタリア歌曲だった。しーんとした講堂に響くハンの歌声は、希望より悲しさに満ちており、クライマックスに向かうほど音程が不安定に乱れていった。笑いものになりそうだった。みんながその緊張の中でいまにも起こりそうな軽い悲劇を待ち構えていたその時、敬愛が急に笑い出した。周りがざわつき、歌がうやむやに終わった。サンスは今、その時の笑いについて話しているのだ。本当は自分も笑いたかったと。

「なんでですか？」

「緊張のせいかハンさんのイタリア語が、自慢じゃないけど、僕、イタリア語が少しできるんです。ちょっと間違いが多くて」

敬愛が笑ったのは、歌が下手だからではなくてハン・ダジョンを助けるためだった。もちろん敬愛は会社の他の人と同じくハンとも交流があるわけではなかったが——女子トイレの個室から聞こえてくる搾乳機で乳をしぼる音と共用の冷蔵庫の冷凍室で凍っている哺乳瓶を見て——ハンが少し前に母親になったことを知っていた。母親はそんな扱いを受けてはならないと思った。誰でも新年から恥をかくべきではないけれど、特に母親は恥をかいてはならないと思った。

「なるほど、ある種笑いによる闘争だったわけですね」

敬愛の話を聞いていたサンスは、敬愛が座り込みをしたことを知っているとアピールしたかったのか、ケンカを売りたいのかわからない返事をした。

「それって嫌味ですか？」

「いいえ」

「そうとしか聞こえませんけど？」

「朴敬愛さん、人の話をちゃんと聞いてください」

サンスはたちまち気分が沈み、なんで自分がこんな塩対応を受けなければいけないのだろうと悔しくなった。自分が上司なのに。チームリーダー代理とはいえ、チームのリーダーであることには変わりないうえに、このコン・サンスは、朴敬愛の年収に責任を持たなきゃいけない人間なのに。

「もともとひがみやすいタイプですか？」

「ひがんでません」

「僕は昔から知っていた、朴敬愛さんのことをいろいろ覚えているって話をしてるだけじゃないですか」

「私もそういうことじゃないって話をしてるだけです」

「もう少し仲良くしませんか」

「ええ、どうぞ」

サンスはおしぼりで汗を拭こうとしてハッとし、カバンから柔らかな鼻水専用ティッシュを取り出した。食べる気が失せ、特上ロース二切れを残したまま「帰りましょう」と言った。敬愛は急いでゴマの葉でつつんだ肉を口に入れ、バッグを手に取った。タクシーに乗ろうとしたのに道路が混んでいてなかなか捕まらず、しかたなく二人は会社まで戻ってサンスの車で帰ることにした。車を理由にしたが、このまま会食を終わらせるわけにはいかないという暗黙の了解があった。このように終わらせてはいけない。明日もまた二坪ほどの部屋で八時間も互いの様子をうかがいながら沈黙に耐えなければならないから。それはまるで『キャスト・アウェイ』のトム・ハンクスとバレーボールのウィルソンのような関係じゃないか。どちらかが波に流されてしまったら、海に飛び込んで助けなくてはいけないかもしれない。

そんな仲直りを期待しながらサンスの車まで向かったが、残念ながら敬愛がその車に乗り込むためには、助手席に乗って二十分ほどがまんして家に帰るためには、とてつもなく長いプロセスを経なければならなかった。机はいますぐにでも会社を辞められるくらいきれいに整理されているのに、車はどうしたんだろう、と敬愛は思った。何をこんなに積んでるんだろう。サンスが潔癖症のように席を整理整頓していたのは、敬愛に見せるためだったのだろうか。

　サンスは車の中の誰かとケンカするかのようにあたふたしながらカタログを後部座席に移し、トランクまで行ったり来たりしながら荷物を片付け始めた。整理がなかなか終わらず、ずいぶん待たされていた敬愛はもうバスで帰ろうかなとも思ったが、必死になっているサンスの姿が嬉しくもあり、かわいそうでもあって、そこまで冷たくすることはできなかった。「手伝いましょうか」と一応尋ねてみたが、断られてしまった。大事なものが多くて何がどこにあるかを自分で把握しておきたいと言うのだった。サンスが色々なところに物を突っ込んでいく様を見守りながら、はたしてどこに入れたかを覚えているのだろうか、と心配する気持ちになったが、自分とは無関係なんだし、好きにしてくれという気持ちで静かに待ち続けた。

　しばらくしてから、ようやくサンスの車に乗り込むことができた。車に乗って最初に嗅いだ匂いは、古臭くてホコリっぽい匂いと一緒に漂っている二人のコートに染み込んだ肉の匂いだった。炭火で焼いたザブトンとサーロインとロースの匂いは、二人の間をつなぎ、車のすべてを覆っていった。例えば、サンスがこれまで一人で食べていた——いまもトランクのどこかに容器が挟まっているはずの——お弁当の匂い、地方のサービスエリアに立ち寄っておやつとして買った一夜干しイカやトウモロコシのバター焼きのように、車に残されている孤独の匂いを消していった。

「朴敬愛さん、僕は運転しながらクラクションを一度も鳴らしたことのない人間です。きっちりとルールを守るので。マニュアルがしっかりあるんです」

敬愛はハンドルを握ると世の中のありったけの悪態を口にする自分の癖を思い出したが、黙っていた。さっきからふわふわしたものが足にひっかかり、足元を見ると暗くて色の判別がつかない糸巻きがあった。どこかに片付けてもらったほうがいいだろうか悩み、足が触れないように気をつけることにする。疲れていてこれ以上のいざこざは起こしたくなかった。

サンスの車は、飛行船のように道路を滑らかに走っていく。途中で敬愛に一回、サンスにも一回、携帯のメッセージが来て通知音がしただけの、とても静かな帰り道だった。敬愛にメッセージを送ったのは友だちのミユで、あたしに言うことない？　と書いてあった。言うべきだろう。何日か前にサンジュ先輩に会ったと、先輩はどこか悲しそうでつらそうに見えたと言ったら、ミユは結婚した男はみんなそうだよ、と答えるだろう。元カノの前ではいつも弱音を吐くけど、その弱音が百年続くと。サンスに送られてきたのは、「オンニには罪がない」のフォロワーからの長いメッセージだった。この前もメッセージを送ってくれた人だったので、サンスは今度こそは返事を書こうと思った。すると力が湧き上がった。敬愛をさっさと家まで送り、敬愛が除去されたというか、敬愛がいなくなったというか、敬愛が免除された状況にして、居心地がよくて誰からも邪魔されない自分ひとりの部屋、ニューソウルマンション四棟二〇九号室で、オンニというアイデンティティをかぶって返事を書き始めたかった。こんにちは、オンニだよ、から始まるメッセージを。今日は変人、いや、ちょっと気難しい人と一緒にごはんを食べてきたから遅くなっちゃったよ、と。

敬愛の家に近づくと、サンスは席をもっと敬愛さんらしく使ってもいいと、すぐにクビになる人のように、他人の机を借りているかのように使わないで、好きに飾ったり物を置いたりしてもいいとアドバイスした。

「ほんとかな」

敬愛はサンスに訊いているのかひとり言なのかわからない口調で言った。

「本当です。私たちはチームですから」

敬愛は返事をしなかった。ただ、あの人は表裏が不同しているようには見えないと言っていたイリョンのことばを思い浮かべていた。敬愛がサンスのことばを聞き入れるようなそぶりを見せると、サンスはもっと積極的に、明日から私たちも営業目標を表にして壁にかけておこうと、そのようなニセの頑張りは好きじゃないけれど、そうやって環境を整えれば活気が出るだろうと言った。サンスがオンラインではなくオフラインで誰かに元気を吹き込むことはめったにないことだったが、そんなことを知りもしない敬愛は、彼の些細なアドバイスが本当に些細に思えて、はい、とドライな返事をした。

次の日出勤すると、サンスは敬愛の机に変化が起きていることを目の当たりにした。昨日のアドバイスと果たして関連があるかどうかわからなかったが、机にこのような文章の書かれた紙が貼ってあったのだ。

創造主よ、
私は頼みましたか、
土くれから人間にしてくださいと。
私が懇願しましたか、
暗闇から私を導き出してくださいと。

——ミルトン「失楽園」

E

敬愛《キョンエ》はそんな気持ちについて知り尽くしていた。現実的な効用を考えればさっさと捨てるべきものを、心の体積を保つためだけに持ち続けるような気持ちについて。

それでサンジュ先輩と別れてからも、彼に関連する物を何一つ捨てられなかった。

同じ大学の先輩後輩だった二人の関係は、端的に言えば誰にも理解されないものだった。しょっちゅう別れたし、別れた後もつかず離れず、何らかの形で付き合い続けた。それはサンジュが結婚してからも変わらなかった。

敬愛は自分がどのように噂されているかをよく知っていた。おもに敬愛の無知やずうずうしさについて取り沙汰されているのを。同窓会で酔いが回ってくると、自然と誰かが敬愛に

「いまも？」と尋ねてくるのだ。

「いまもサンジュ先輩と連絡とってる？」

敬愛がそうだと返事したきり黙っていると、高校も大学も一緒のミュが「いまどき大学でちょっと付き合ったくらいで縁まで切らないよ。ハリウッドでは元夫の結婚式にだって出席するでしょう？」と助け船を出したが、また誰かがここはハリウッドじゃない、と横やりを入れた。そんな日には、ミュは飲み会が終わったあとも家に帰らず、遅い時間まで開いているカフェに敬愛を連れて行ってみんなの悪口を言った。アイツらの中で一人くらいはとっくにセクハラで捕まってるはずよ、そんなヤツらが常識を口にするなんてね、と言い立て、二度と同窓会には出席しないで映画を観たり、旅行に行ったりしようと言った。しかし、二人はその次の同窓会にもまた出席した。

もちろん、敬愛のせいだ。敬愛が同窓会に出席すると言うと、心配になったミュはしかたなく子どもを夫の実家に預け、一緒に出席した。敬愛が同窓会に出るのは、運よく――敬愛はそれを運がいいと表現していた――サンジュに会えるかもしれないからだった。会えなくても出席していれば、サンジュと関係のある誰かによって彼をより近くに感じることができた。

みんなの予想と違って、サンジュと敬愛はずうずうしい恋愛を続けているわけではなかった。二人は自分たちの別れをあまりにもはっきりと理解していた。くっついたり離れたりを繰り返していたうちはまぎれもない恋愛だったが、どちらかが結婚している今の状況は、恋愛に終止符を打つためのプロセスに近かった。結婚式に参加し、意地になって五十万ウォンもの祝儀を払い[8]、ステージで集合写真を撮って、いつもなら履かないパンプスのせいでつま先がズキズキするのを我慢しながらレストランでお祝い用のククスを食べること。関係の変化は、こうして誰かに背中を押されているかのようにそっと訪れた。それは「もう別れよう」という宣言や「もうやめよう」と言って背を向ける動作ではなく、食券を受け取り、レストランでみんなと同じ表情や仕草を見せるというプロセスをあえて踏みながらその瞬間を認め、受け入れることによって訪れるものだったのだ。

敬愛はその日、ユッケ、寿司、サラダやサーモンなどを食べ、友だちとビールを飲み、帰り道に家近くのコンビニで買ったアイスクリームを食べた。これで終わるはずがないと思った。気持ちが終わっていないから何も終わるはずがないと。みんなは終わりをどのように実感し、確信するのかわからなかった。終わりというものは手で触ってわかるものでもないのに。終わりは感じて想像して認識するものなのに、そんなの今の私にはとうてい無理だから

8 韓国の結婚式は、互助慣行として、大勢のゲストが参加する大規模な挙式になることが多い。新郎新婦の親族、友人に加え、その両親の知人など幅広い関係のゲストが参加するため、祝儀の相場は新郎新婦との関係の近さによって変わる。韓国インクルートの調査によると、二〇二三年の祝儀の平均は、知人の場合五万ウォン、友人の場合十万ウォンという認識が広まっているという。

終わりを告げることなどできるわけがない。終わりを告げるためには、足元に転がっているアイスクリームの袋やタクシーの黄色いヘッドライトなど、目につくどんなものも痛みを想起させないと言えるくらいにならなくては。どんな風景もサンジュを思い出させたり指し示したりしないと言えるようにならなくちゃ。

しかし、コンビニ前のプラスチック製の椅子に座っている敬愛にとっては、この世の何もかもがサンジュに関連しているように思えた。夏の夜に誰かが買っていくアイスクリームを見ると、お酒を飲んでから必ず冷たくて甘い物を食べていたサンジュの表情が思い出される。敬愛は彼がアイスクリームを冷たいから食べるのか甘いから食べるのかがいつも気になったが、いつかサンジュはただ早く別れたくないからだと説明した。お酒を飲んだあとそのまま別れるのが寂しいからだと。

その日、敬愛は家に帰らずにできるだけ長くコンビニの前に居座っていたかった。家にはサンジュに関連したすべてのものがあるから。大学時代に一緒に買った、今は電源も入らないノートパソコンから、旅行で使った車輪の取れたキャリアバッグや、映画のチケットや手紙や、怒った？　とサンジュの字で書かれたハンバーガー店のナプキンまでが。だが、深夜十二時を回るとコンビニの店長が近づき、もう閉店時間だと言った。敬愛がコンビニは二十四時間営業じゃないのかと訊くと、店長は無理です、もう耐えられません、と答えた。

「最近はあちこちにコンビニがあるでしょう？　アルバイトを雇わずに妻と代わりばんこで店を見てるけど、もう疲れました。ずっと開けてたって無駄です。休む時は休まないと。じゃないと耐えられませんよ」

しかたなく椅子から立ち上がると、店長は「土曜日に来てください」と言った。

「土曜日は二十四時間営業です」

サンジュが結婚してから三年間、敬愛は「ああ、これで終わりだ。これで本当に終わったんだ」と言える時が来るのを待っていた。だが、恋の終わりを感じることはあっても、心は止まることがなかった。

そんな敬愛をつらそうに見守っていたミユは、彼女を説得するために数え切れないほどの比喩を用いた。子どもが逃してしまった風船を空中で見つけようとするようなものだとか、糖尿病の人が甘い物を欲しがるようなものだとか、肺がん末期の人が禁煙できずにいるようなものだとか、空腹の時におかずが七つもある定食の代わりに駄菓子でお腹を満たそうとするようなものだとか。ミユは一つを失いたくなくて自分を失うことになるかもしれないと敬愛を心配していた。

敬愛はその言葉を自分への愛情として受け入れ、ミユがあらゆる人脈を駆使し紹介してくれた男との約束場所に文句ひとつ言わずに出ていった。ミユに言われた通りの素敵な人ばかりだった。どこで何をしたらこれほど素敵な人間になれて、今こうして自分の前にいるのだろうと思うほどだった。

見知らぬ人どうしが同じ時間、同じ空間にいるためには、そんなことが無事に起こるためには、数えきれない幸運が重ならなければならないから。生まれて、大きくなって、食べて、事故から逃れて、耐えなければならない。何よりも不運を避けなければ。不運など避けられるものかとも思うけれど、今ここに生きている人間なら少なくとも避けられたとも言えるということを敬愛は知っている。高校生だった一九九九年に親友を失ったことがあるから。

「みんなの映研」というネットの映画コミュニティで、敬愛は高校生の時に唯一の友だちを作った。敬愛のような中高生だけでなく大人もいて、その中でも気の合う人どうしで作った小さなグループがあった。

そこにEがいた。

Eと敬愛が親しくなったのは、二人とも口数が少なかったからだった。「稲妻《ポンゲ》」と呼ばれるオフ会があると、大学路《テハンノ》にある「タンポポ領土」[9] のような、当時はめずらしかったカフェ型のセミナー室に集まって五千ウォンの「文化費」を払い、自分が観た映画についての話を、誰が聞こうが聞くまいが語り続ける。レオス・カラックスやアンドレイ・タルコフスキーやキアロスタミやキェシロフスキといった映画監督が主に話題にあがった。二人はその話をただただ聞いてばかりいた。黙っているのも自由だから、誰も気にしない。ある日、敬愛は会合が終わってから打ち上げに向かうグループと別れて駅に向かおうとするEに声をかけた。

「なんで打ち上げに行かないの？　仁川《インチョン》に住んでるよね？　何も食べないで帰ったらお腹すかない？」

「あの人たちが行くファミレスがいくらするかわかってる？　何も知らずに付いて行って、飲み物しか飲めなかったことがあるんだよ。店員が床に膝をついて注文を取るとこでさ。そんなところをファミリーレストランというのも笑える。ファミリーなのになんでひざまずくんだろうね」

二人は一緒にうどんを食べた。Eの変わった映画観についてもその日初めて聞くことができた。Eは映画も人どうしが出会う時のような偶然が必要だと言った。

「君が乗ってきた電車みたいに、必然と偶然がうまく組み合わされてなきゃ。俺は一人の監

9 カフェチェーン店だが、空間が仕切られており、様々なコミュニティのたまり場として利用されていた。当時の若者の間では、カフェというより総合文化施設という認識があった。入場料としての「文化費」を支払えば、コーヒーや紅茶などが飲み放題。パンやカップラーメンを無料で提供することもあった。

督の作品ばかり観続けたり、一人の俳優の大ファンになって作品を選んだりするのはちょっと格好悪いと思ってる。映画の本質が全然わかってない。マニアックな映画の知識だけであれこれ言い立てるヤツらの話なんかつまらないし。シークエンスとかカメラワークとかシーンの切り替えとか、なんとか主義という言葉で映画を解釈しようとするヤツらはちょっとね」

「でも、Eだってデイヴィッド・リンチが好きなんでしょ？」

「リンチは特別だよ。リンチの世界はすべてを把握し切れるものじゃないから。俺はただ好きなだけで、彼の映画を評価するつもりはない。リンチが好きというのは、ある意味、何も好きじゃないというのと同じなんだよね」

それからEは、映画で大事なのはプロットでもシーンでも俳優でもなく、ただそこに座っている観客と上映される映画の間に流れている時間だという少し過激な主張をし、それを「燃え上がる時間」と呼んだ。観客と映画が出会い、イメージからの刺激に観客の全感覚が反応して時間が流れるとともに消滅してしまうこと、その間に生まれる感覚のエネルギー。

「つまり、俺たちが映画を観てからああだこうだと言うのって、結局冷え切った灰みたいな話にすぎないってこと。俺たちが劇場から出た時に、映画はすでに冷たく死んでいる。俺たちは記憶の中ですでに死んでしまった映画と出会ってるだけなんだ」

映画が好きであることの虚しさについて語り続けていたEは、敬愛の好きな映画は何かと尋ねた。敬愛はしばらく考え込み、実はあまり映画が好きじゃないと答えた。何かを好きになるというのがどういうことかよくわからないと。

「素敵な話だね」

Eはナプキンで口を拭きながら敬愛を見て笑った。

「何が？」

「アナーキストみたい。映画好きの世界に入ったアナーキスト」

敬愛はアナーキストという言葉を知らなかったが、何かの専門家のような感じがして黙っていた。

Eは必ず地元の仁川にある劇場で映画を観た。「映画村」というマニアのための高級ビデオレンタル店にも、シネマテークにも行かない。Eは仁川にある古い劇場、つまり築百年くらいの建物でいつ交換されたかわからない布シートの席に座り、どんな作品が上映されるか偶然に身を任せたまま、いま目の前で映画が上映されること以外に大事なものはないかのように上映中の映画に没頭した。

敬愛はどこか遠くに行きたくなると、学校があった九老《クロ》区から地下鉄一号線に乗り、ほぼ終点にある東仁川《トンインチョン》駅まで行ってEに会った。授業が終わってから先生の様子をうかがって補講をサボると、五時に学校を出て六時頃には東仁川駅に着くことができた。映画を一本観るには十分な時間だった。近くの男子校に通っていたEも自習をサボり、サンダル姿でのらりくらりと学校を抜け出して敬愛のところへやってきた。授業は？　と敬愛が訊くと、少し呆れた顔で、君は？　と訊き返してきた。

「ピジョだって高校生だろ？」

映研では互いのことをニックネームで呼び合っていた。Eは『イレイザーヘッド』という映画の頭文字を取ってニックネームにしていたし、『フランケンシュタイン』が好きだった敬愛は小説で博士の造ったアレを指す「creature」という言葉にちなんだ「被造物《ピジョムル》」というニックネームにしていた。みんなからは「ピジョ」とだけ呼ばれていた。二人で映画を観た東仁川の映画館は、愛観《エグアン》、呉城《オソン》、インヒョン、美林《ミリム》と、どこかロマンチックな名前ばかりだった。シネマコンプレックスではなかったため席が狭く、映画チケットは手書きで、座席番号がないからどの席にも自由に座ることができた。映画館というよりは映画鑑賞室に近い感じがあった。

写真一枚持っていないけれど、敬愛はEの顔をはっきり覚えている。エラがやや張っていて、額が広く、後頭部の出っ張りが際立っていて、たれ目で、生まれてから十八年間何がそんなに楽しかったのか目じりに三、四本のしわができていた。

火災が起きたあの路地を、敬愛はいまでも鮮明に思い浮かべることができる。そんな悲劇が起こりそうな場所ではなかった。ただ、たくさんの人が、時には学生が身分証明書を提示することなくビールを飲み、それぞれ帰っていく繁華街の路地だった。カラオケやチキンの店や大きな文房具屋やビリヤードの店が集まっていた。映画では悲劇が起きる前に様々な伏線や前兆があるのに、現実では違った。ヒッチコックの映画でブロンドの女性が死ぬのとも、ノワール映画で暗い路地で殺人が起こるのとも違った。どんな前兆もなかったと、敬愛は覚えている。現実はそのようなものだった。

　学園祭が行われた十月のとある日。学校でも映画サークルに入っていたEは、自分が撮った短編映画の上映があると映研のメンバーたちを招待した。Eの学校は自由という名前のついた公園に続く道をしばらく上ったところにあり、その公園からは海を見渡すことができた。敬愛は仁川に来ても海を見たことがなく、月尾島《ウォルミド》や沿岸埠頭《ヨナンブドゥ》という地名からぼんやりと海を想起していただけだったが、そこでようやく何もかもを見渡すことができた。その日に観た映画は、長回し映画のような内面を持つEらしいものだった。『心』というタイトルで、何かをしゃべり続ける少年の声で映画は始まった。映画や小説、旅行先についての話だったが、ちょっとした沈黙にも耐えられそうにない不安なトーンのおしゃべりだった。男の子がしゃべる間、カメラはピンぼけの状態で光の入ってくる窓を映し、ワイシャツの制服を着た子どもたちがじゃれ合ったり走ったりして、午後のけだるい教室の風景をつくり出していく。カメラは徐々に、しゃべっている少年の後ろ姿に焦点を合わせていったが、その間も少年のおしゃべりは止まらなかった。話しているというより言葉を吐き出していると言うべきだろう、と敬愛は考えた。観客は少年の話を聞きながら、その無意味な言葉が終わるのを待っていたが、やがて少年は校門の外に出てバスに乗った。バスの中でもおしゃべりは終わらない。カメラは少年の顔ではなく、頭の後ろと片側の肩をクローズアップする。少年はバスから降り、カメラが突然角度を上げて納骨堂の看板や薄暗い空を映して映画は終わった。

まるで鳥が飛び立つようなラストシーンだと敬愛は思った。打ち上げ場所だった〈ヒットポップ〉で、敬愛はEの袖をつかんで鳥？　と尋ねた。Eは敬愛の質問には答えずに、演技がうまいでしょ？　と言った。

「もうすぐ、彼が来るよ。ピジョに紹介したい」

「もともとよくしゃべる子なの？　なんであんなにしゃべってるの？」

そう質問したが、敬愛にはあの少年がどうしておしゃべりなのかがわかる気がした。学校で聞き手のいない言葉を並べたて、「夜間自律学習」[10]をサボり、死んだ人に会いに行こうとバスに乗る子なら納得できる設定だと思った。カメラを小動物——鳥やひよこなど——みたいに少年の肩に載せているようなEの演出がそれらしく思えた。もちろん映研のメンバーのみんながそう思ったわけではない。彼らはもっと物語が必要だと言った。プロットがなくちゃ、アクションとか会話とか音楽とかも。

「すごく素直な気持ちで撮ったから」

静かにみんなの意見を聞いていたEが、反論はせずにただ少し照れた顔で答えた。

「あの映画には、自分の心をすべて込めている」

そう言ってEがみんなには気づかれないように敬愛の手をそっと握ったため、敬愛はその話をしていたEをはっきりと覚えている。あの映画には彼の心がこもっているという話を。

ビールとポップコーンがあと何回か追加され、敬愛は電話をかけようと店を出て駅前の公衆電話に向かった。それから戻ってみると、二階のビアホールまでの通路にはすでに煙が立ち込めていた。１１９番に電話しなきゃ、と思った敬愛は、馬鹿みたいにまた駅前の公衆電話へと走り出した。敬愛はその時の自分をそれからずっと恨み続けている。すぐ隣の店に入り、電話を貸してください、消防車を呼んでください、と頼んでいたら友だちを助けることができたかもしれない。しかし、あり得ない話だった。駅まで走る途中で我に返って戻って

10 主に高校生が授業後に学校に居残り自習をすること。夜十時まで行われることが多く、自律という名前と裏腹に強制的な性格が強い。略して「夜自《ヤジャ》」と言われる。

きた時には、すでに消防車とパトカーが到着していた。だが、おかしなことに誰ひとり外に出てこない。またたく間に建物の外まで真っ赤な炎がうねり始めた。

だから五十六人もの死は、敬愛とは無関係だったはずだ。

それなのに敬愛は今でも夢を見続けている。公衆電話まで走る間に足が耐えられないほど重くなり、ついに転んでしまう夢。それでもどうにか前へ進もうとすると公衆電話が遠ざかって見えなくなってしまう夢。いつか携帯電話を持つようになった時、何かあってももう公衆電話を探そうと走り回らなくていいという考えが真っ先に頭をよぎった。あれほどたくさんの友だちを失ってからも、敬愛には早朝の補講に遅れないように登校して、七限の授業を聞き、それから続く補講と自習を終えてから家に帰る毎日が残されていた。

何も変わらずに繰り返される毎日に、敬愛は違和感を覚えた。Eが死んだのに、デイヴィッド・リンチが二〇〇一年に『マルホランド・ドライブ』という映画を発表したのが不思議に思えた。彼のことがあれほどにも好きだったEが死んだというのに、デイヴィッド・リンチはそんなことも知らずに新作なんか発表しているのが不当に思えたのだ。Eはデイヴィッド・リンチが一九九九年にものすごい名作を発表するだろうと言っていた。その映画は、おそらくロマンスと殺人と恐怖とミステリーを融合させたR-18指定の映画になるだろうが、その時はもう大学生だから堂々と劇場で観ることができるはずだと。

敬愛が仁川まで『マルホランド・ドライブ』を観に行ったのは二〇〇二年のことだった。公開から半年が経ち、街はワールドカップで賑わっていた。東仁川のとある映画館がシネコンとの競争に敗れて閉館の危機に追い込まれ、ミニシアターへと路線を変え、デイヴィッド・リンチの映画を連続上映した。言うまでもなくそのミニシアターは長続きせず閉館してしまったが、とにかく敬愛はそれがEのためのある種の弔いだと思い、夏の真昼に電車に乗り込んだ。事件があってから一度も仁川を訪れなかった敬愛がそんな選択をするためには、大きな覚悟が必要だった。終点に近づくほど乗客が減って車両ががらんとしてきたし、駅名も見慣れないものに変わっていった。白雲《ペグン》、銅岩《トンアム》、済物浦《チェムルポ》といった名前は古すぎて誰も覚えていない風景のような印象がする。耳鳴りのように何か指示し続けているのにどんな具体的な実感も呼び起こさないような。

いざ東仁川駅に到着しても改札から出ることができず、ホームに立ち尽くしていた。電車は居眠り中の青年だけを乗せて終点へと向かって行ったが、敬愛はふとその電車を引き止めたくなった。突然重くのしかかる不安に、その苦痛に、敬愛はつねに耐えなければならなかった。あるいは怒りに。
敬愛は自習中にも静かにページをめくって問題を解いていて、ふいと席から立ちあがって叫び声をあげたいという衝動に駆られた。みんなどこに行ったの？　と訊きたくなった。どうして誰も助けてくれなかったの？　と。敬愛は自分が壊れていると、フランケンシュタイン博士が作った被造物のようにみんなから避けられる何かになったと思った。友だちをあんな風に失ったから乱暴な悪魔になるかもしれないとも、復讐心に燃え上がる怪物になるかもしれないとも思ったが、結局自分は何にもなれないはずだという無力感に襲われた。

事故があった日、敬愛は警察署で調べを受けてから帰宅した。それから冬休みまでの間、登校したり休んだりを繰り返した。敬愛が事故現場にいたことを知って、残酷にも事件について尋ねてくる子がいた。あそこにいたのはみんな問題児だった、酒を飲んでいたワルたちが死んだのだと言う人もいた。ある日は、先生がこんなことを言いながら敬愛のそばを通り過ぎていった。敬愛に言い聞かせるように、不良になるとあんな事故に巻き込まれるんだよ、だから学校で先生の話をちゃんと聞いて勉強に励まなきゃいけないと。敬愛は何も答えずに、ただ青ざめた顔で座っていたが、それ以上耐えられなくなると学校を抜け出した。そうこうするうちに敬愛は授業に遅れても、授業中にカバンを持って教室を飛び出しても、先生から何も言われない生徒になってしまった。幽霊のような存在になったのだ。

敬愛は問題児、ワル、不良といった言葉を何度も思い返し、死んだ五十六人の子がどうしてビールを飲んだという理由だけで追悼の対象から外されなければならないのだろうと考え続けた。それが誰かの死を完全に覆い隠せるほどの理由になるだろうかと。それがどうして誰かの死を完全に覆い隠し、その死から来る悲しみを蔑んでいい理由になるのだろうかと。

敬愛を耐えられないほどの絶望の淵に突き落としたのは、火災の顚末だった。ビルの地下から出火した火が燃え広がるまでには時間があった。それなのに子どもたちがビルから逃げ出せなかったのには理由がある。みんなが慌ててドアに向かうと、食い逃げを恐れたビアホールの店主がドアにカギをかけてしまったのだ。ドアにカギをかけてしまったのが原因だった、と新聞で読んだ時、敬愛は冷たい何かに自分がとらわれてしまったような気がした。大きくて温度がとてつもなく低い何かが、自分の背中にくっついているような気がした。その何かが腕を広げて敬愛の頭と目と唇と、やがては心臓までを完全に支配してしまった。誰かがうっかり作ってしまった被造物のような何かに。

ドアを叩いていた学生たちはほとんど外に出ることができず、お金を払わなかったら外には出さないと言っていた店主は自分だけが知っている通路から逃げ出して生き残った。お金を払わなかったら外には出さない、という言葉を思い出すと、自分を覆っている巨大な怒りに閉じ込められてしまったような気がした。立ち直れそうになかった。克服できる気がしなかった。ドアにカギをかけたことと、助かるために逃げ出そうとした子どもたちを、お金を払わなかったら外に出さないと言って引き止めた人がいるということを知った十六歳からは。

警察署で調べを受けた時、敬愛の他にもたくさんの人が学生服を着ていた。お前たち、恥ずかしくないのか、と警察は言った。敬愛は自分が何を恥じるべきかわからず、そんなことを言う相手を許すことができなかった。敬愛が夜中に起きて叫んだり悪夢にうなされたりしていると、母は敬愛を抱きしめて、祈ろう、敬愛、一緒に祈ろう、と言った。だが、敬愛は祈らなかった。子どもたちをあのように死なせる創造主なら、そんな悲劇をよろこんで創り出す創造主なら、祈りたくなかった。それでも母が祈ると、スプーンなどを投げて、祈らないでと声を荒らげる十六歳の敬愛がいた。早朝礼拝にいかない？　と母がドアを叩くと、背を向けて寝たふりをする敬愛がいた。一晩中苦しんでふと目が覚めると、背中が汗で濡れていることに妙な安堵感を覚え、友だちが死んだ日に自分にやってきた大いなる冷めた悲しみにホッとする敬愛がいた。そして時々、そのすべてを感じる心がなくなればいいのにと願う敬愛がいた。事故現場に敬愛がいたし、二〇〇二年にはどの道を選べばビアホールがあった路地を見ずに済むのかを考える敬愛がいた。

だが、敬愛はどの道を選んでもあの路地を意識せずにはいられないという結論に至った。

敬愛は地下の商店街に降りていった。靴ベラと防虫剤と耳かきを売っている屋台の前を通った時、あごが小さくて目が細い、お団子ヘアの女性に見覚えがあると思って振り返った。くたびれた花柄ブラウスを着ている女性は、プラスチック製の椅子に座ってだるそうにあくびをした。下の歯がほとんど抜けている。敬愛はその女性がEと一緒に会ったことのあるホームレスだとわかった。

その女性は三年前に駅の階段で物乞いをしていた。Eは敬愛とその前を通りながら、大切な秘密を教えるかのように「子どもがいる」と言った。隣を見ると、小さな布団をかぶった子どもの足が見えた。その足が地下の冷たい空気に触れているのが気になった敬愛が「かわいそうね」と言うと、Eはいきなり腕を摑んで「何様のつもり?」と敬愛をなじった。何様のつもりでそんなことを言うのかと。

敬愛は商品を見るふりをしながらしばらく屋台の前をうろついた。その間、黄色い体育着を着た男の子が駆け寄って、女性から何かを受け取った。子どもは学校に通っているようだ。敬愛は、その子どもと女性ではなく、露店に置いてある商品に集中しようと努める。すべての物が必要そうにも、必要なさそうにも思えた。生きている人なら一つくらい持っているべき物ばかりだったが、そうでない場合なら、つまりEのように死んだ人なら全然必要ない物ばかりだった。敬愛はそこにあるすべてが必要そうに思えたが、一方で何もほしくないような気もして、しばらく露店の前を離れられずにいた。すると女性が、お客さん、何かお探しですか？　と尋ねてきた。どこに何があるか全部わかるから言ってくださいね、私にね。

結局敬愛が選んだのは、小さな扇子だった。おつりを受け取りながら敬愛は彼女の手を触れるようにそっとつかんでみた。

劇場のドアを開けて入ってみると、観客は六、七人しかいなかった。映画祭の企画者が前に出てデイヴィッド・リンチについて簡単な紹介を終えると、映画が始まった。奇妙で派手な画面が流れ続ける間、敬愛の座った列の端っこで一人の男がしくしくと泣いている。特に泣けるようなシーンはなく、本当に映画を観ているのだろうかと訝しく思った。帰り際に見た男は、鼻の骨を負傷したのか顔にギプスをしていた。敬愛はますます妙な違和感を覚えた。

ぽっちゃりした体、ジャージ、そしてギプスという男の格好はデイヴィッド・リンチの映画になかなか似合っていたが、映画鑑賞にはあまりふさわしくないように思えた。上映が終わると、スタッフが出口でアンケート用紙を配り始めた。アンケートに答えてくれれば抽選でDVDをプレゼントするというのだ。面倒なのでそのまま帰ろうとした敬愛は、切実な声で呼び止めるスタッフにつかまり、しかたなくアンケートに答え始めた。例の男もガラスのドアに紙を当てて書いていたが、ギプスで見えづらいのか、字が右下がりになっている。前もよく見えないくせにどうやって映画を観たんだろう、本当に観ていたんだろうか、と敬愛は思った。もしかしたらただ泣きたくて映画館に入ったのかもしれない。だが、最も印象に残ったセリフのところに「あなたが好き」と書いたのがちらっと見えて、観てはいたことがわかった。

アンケートを書き終えた男は、透明なプラスチック製の箱に紙を入れて劇場を出ていった。敬愛は自分のアンケート用紙を入れようとして、男が入れた用紙の名前欄にEというニックネームが書かれていることに気づいた。敬愛は慌てて劇場の外に出てみたが、男の姿はどこにも見当たらなかった。

あなたと私のお別れ

敬愛《キョンエ》とサンスが初めて接触したインドのバイヤーは、値段をゼロベースから見直すことを要求してきた。つまり、パンドミシンがミシンを製造する際に設定しておいたいくらかの利益をすべてチャラにし、ミシン一台のコストを一から交渉し直そうというのだ。利益を見込まずに商売しているわけがないから、絶対損しないボーダーラインを公開しろと。

貿易英語が専攻なのに英語を使うこともなく何年も総務部で物品台帳をつけてばかりいた敬愛は、今度の仕事のために物置部屋から教科書を引っ張り出してきた。時間がかなり経っているのにカビ一つ生えていなかった。値段交渉が無事に終わると、今度はミシン代金の支払期限が問題になった。バイヤーはさすがアラビア数字を発明した民族だけあって、数十通りの「場合の数」を考えて提案書を作ってほしいと求めてきた。要求通りに話を進めるには会計部署との連携が必要だったが、そこで話が中断してしまった。会計部署から、既定のガイドラインに従えばいいと突き放されたのだ。それか、副社長と話をしてほしいと。サンスからどんな返事もできなくなり、するとバイヤーと二週間も連絡が途絶えてしまって、敬愛は不安になった。

そんな時に、隣の部屋を使っている副社長が自分のところにプロジェクターを設置して会議がしたいと言い出して、模様替えをすることになった。二人のスペースが半分ほどに狭くなり、まず本棚を捨てた。ずっしりと重い本棚を移動させる時も、サンスは他の従業員からの助けを断って敬愛と二人だけで解決しようとした。サンスのそういうこだわりが、敬愛をひどく疲れさせた。しかも本棚を持って他の従業員の前を通るのを気にしてか、サンスは部屋から出るなりみんなにも聞こえそうな声で「インドからの連絡はありました？　順調に進むでしょうね？　真剣にやりましたから」と話し続ける。サンスが広いオフィスと廊下に声を響かせながらプロジェクトがうまく行っているとアピールしようとするので、敬愛は「はい。連絡が来ると思います」と調子を合わせた。しかし、サンスの騒がしい熱意と芝居がかった動きは、誰かのツッコミ——例えば、サンスさん、電話中だから静かにして、という部長の声だけで萎んでしまうものだった。本棚にはどんなにポジティブな人間でも人生をむなしく思ってしまうのに十分な重さがあった。敬愛はその重さに耐えつつも、営業マンにどうしてこんな本棚が必要なんだろう、なんでこんなものを置いていたんだろう、と考えていた。サンスと同じ空間にいて不思議に思うことはそれだけではなかった。絶えず振動する携帯電話が特に気になった。仕事用の携帯はいつも静かなのに、プライベートで使うものはあまりにも頻繁に鳴っていた。電話がかかってくることはほとんどないのに、誰からあんなに連絡がくるのか不思議でならなかった。携帯はセミの鳴き声のように、一定の間隔をおいて振動し続けた。

それがフェイスブックの通知であることは、サンスが席を外している間に書類を置きに行ってわかった。友達リクエストや承認、記事の更新、メッセージ、誰かの誕生日とタグ、友達かもといったフェイスブック関係の様々な通知だったのだ。

本棚を運んだ翌日に、サンスは久しぶりの肉体労働もどきで、全身筋肉痛の不幸な朝を迎えた。出来たばかりのチームにあまりにむごい仕打ちだという考えが頭をよぎり、午前中たまたま出くわした部長に抗議した。

「しかたないでしょう、副社長が決めたことですから」

部長がぶっきらぼうに言った。

「僕のチームを別の部屋に変えていただくことも……」

「いつもこういう話をしているのに……」とひとり言を言った。

「はい？」

「無理です」

「それは無理です。しかたありませんよ、講堂に移りたくはないでしょう？　いまのままでも二人で使うには十分でしょうし。こじんまりとしてていいじゃないですか」

部長は自分がこんな話にまで付き合わなければいけないのが癪だったのか、「どいつもこいつも文句ばかり」とひとり言を言った。

その日、運が悪かったのは部長だけではなかった。インドのバイヤーがサンスではなく、ユジョンと契約してしまったのだ。どうしてそんなことがあり得たのか。横取りされた理由を知るために、サンスはユジョンを訪ねるしかなかった。大邱《テグ》でお見合い乱入事件があってから顔を合わせるのは初めてだった。緊張で呼吸が荒くなり、表情がこわばった。サンスはトイレで「なんでだ！」と練習をしてみた。頰を風船のように一度膨らませてから力いっぱいに「なんで！」と叫んでみた。緊張をほぐそうとして手足を動かしながら「なんで！　なんで！　なんで！」と号令をかけていると、運悪く、トイレの個室から「コンさん！」と部長の怒鳴り声が聞こえてきた。

「理由はありません。社長の次が副社長なんだから黙って従いなさい」

あれほど練習したのに、ユジョンの前で最初に出てきた言葉は「こんにちは」だった。幼稚園に入園したばかりの子どものようにもじもじして、緊張や不安にうまく対処できる力などないような弱々しい口調だった。サンスに続き、年明けに入ったばかりの新人たちが「こんにちは」とハキハキとした声であいさつをした。リーダー、出張はいかがでしたか、お疲れではありませんか、今朝起きたら体がどこか痛んだりはしませんでしたか。サンスが何か言おうとするたびに、三十にもなっていない初々しい若者たちは次から次へとユジョンの調子を尋ねた。サンスのほうから、もういいだろ、そこまでにしろ、元気だと言ってるじゃないか、元気だってば、と答えたくなるほどだった。だが、サンスは黙っていた。あんな素人とは、ミシンの押さえ金《がね》さえ知らない輩とは言葉を交わしたくなかった。

ただ、心の中では彼らのことをひどく罵倒していた。普段はパーマをかけた髪の毛みたいにやさしそうでしなやかな言葉を使っているくせに、会社に着くとかしこまった口調になる理由がわからない。懇親会やワークショップで遊ぶ時は、ギャングスタ・ラップからアイドルのダンスまでやっていたくせに、会社では絶対に袖を通さなければならないユニフォームみたいに、かしこまった口調になるのだ。単なる上司のマネかもしれないのだが。

彼らが思う営業もそんなものかもしれない。いつも好きでつけているポマードみたいなもの。ポマードなんてオヤジになった上司たちが若かった八〇年代頃に流行っていたものなのに、レトロがブームとはいえ、なんでそんなものまでが流行り出すのだろう。サンスは不満だった。そんな商品で表象される男らしさが嫌だったのだ。もともとサンスは人の好みをなかなか受け入れないタイプで、それだってある種の嫌悪かもしれないけれど、いまようやくユジョンの前で、少額しか入れられなかった祝儀袋を差し出す時みたいに自信のない声で「こんにちは」と声をかけたばかりだということもあって、イライラした。いや、イライラを通り越して、ムカムカした。そんなのは間違っている。営業というのは、ポマードのように強く何かを、つまり人の心を自分の思い通りに固定させるものではなく、空気中に浮いているホコリや胞子、あるいは日差しみたいに、そっと降りてくるようなものじゃないか。

サンスは社内でいつも孤独で、仲のいい人もあまりいなかったが、唯一親しかったのは会社をクビになったチョ先生だった。五十代にもなっていまではあまり見ない「課長補佐」というピンと来ない役職に就いていた人。生産技術職として働いていた日本の本社から異動してきたのだが、活況だった一九九〇年代に日本語が堪能な人が必要だということで営業部に配属され、その後病気で長期休職を取ったうえに景気も悪化したことから、昇進への道が閉ざされてしまった。部長は自分より年上の人を「課長」と呼ばなければならない状況に負担を感じ、これから技術者が優遇される世の中になるべきだと勝手に「チョ先生」と呼び始めた。その呼称は敬称とはいえ、同時に彼を孤立させるニュアンスを帯びていた。

サンスはスケジュールが合う日には、チョ先生と二人で地方出張に出かけた。チョ先生は、マーケティングがあまり必要そうに見えない小さな縫製工場を回り、時間を過ごした。ミシン縫製工が三、四人しかいない工場は、たいがい地下にあり、誰が社長で、誰が従業員なのか見紛うほど同じように働き、疲れ果てている。それでいて妙な安定感があった。

「またなんの御用ですか？」

手を休めずに誰かが尋ねると、チョ先生は「近くに用事があったもんで」と言って適当なところに腰かけた。ときどき「その布はどれくらい仕入れました？」「どこのショッピングモールに卸すんですか？」と確認して、またじっとして時間を過ごす。そのうち自然と好景気だった時代の話になり、従業員が数千人にも及んだというとある紡織工場の話が出た。だが、仕事を続けなければならないので話はふたたび途切れてしまい、話が続かなくても、チョ先生はしばらくその場を去ろうとしなかった。サンスはせっかちなタイプで、有利か不利かを嫌と言うほど見極めようとする若者だったが、だんだんチョ先生のテンポに影響されていった。

チョ先生はサンスにミシンという言葉が「マシーン」(machine)という日本式の表現から来ていると教えてくれた。マシーンは機械という意味だから、つまりミシンは、すべての機械を代表しているのだと。だからミシン会社で働いている私たちは誇りを持つべきだと。

「人はどうして服を着ると思いますか。一人で暮らすなら服なんか着なくてもいい。それでも服を着るというのは、どこかに出かけて、誰かに会っているということで、そうやって人間になっていくわけなんです。ミシンは人間が人間らしくなるために動かすものだと思います。サンスさん、それを忘れてはいけません」

他の人たちとは違って、サンスはチョ先生の声にきちんと耳を傾けた。あまりにも聞き心地がよくて、心のどこかに積もっている万年雪のようなものが溶けるようだと思った。本人は認めようとしなかったが、コネ入社をして適当に時間をつぶそうとしているサンスを目覚めさせる声だった。ましてや機械やミシンなどモノを売り、買う行為にも「意味」や「本質」といったものがあると信じて疑わない人間に出会えたこと。それがサンスに活気を吹き込んでくれた。好きな映画や恋愛小説でしか聞いたことのない言葉を、現実でリアルに言われているのだから。おんぼろなレザーバッグを使い、地方で一泊する際はハンカチと靴下をきれいに洗って窓際に干し、体調を崩したことがあるからとお酒は清酒三杯を口にするだけの生身の人からそんな話が聞けるのが嬉しかった。

縫製工場でチョ先生と一緒に腰を下ろしていると、全自動はいくらするのかとだしぬけに尋ねられることがあった。それから、先立つものがないという言葉とは裏腹に、この先は状況がよくなるかもしれないという期待の言葉が続いた。わかんないもんね、あの依頼さえ来れば……あそこが未納の代金さえ払ってくれれば……。チョ先生はその頃になってようやくカバンからカタログを取り出し、食べ終わった食器が片付けられているステンレス製の四角いトレイにそっと置いた。期待が現実になれば売れるだろうし、期待で終わってしまったら売れないはずだった。

初めはそれを「サボり」だと思っていたが、そのうち、チョ先生は地下の工場から漂うある気配のようなものに耳を澄ましていると思うようになった。タタタタタタとミシンをかけて服をつくる音。あの薄っぺらな安物の布で作った服は数千ウォンで問屋へ、また小売店へ、財布を開いた消費者の元へと枝を伸ばすように渡って行くだろうが、それはどんなに精巧なプログラムでもすべてを把握し、計算し切れるものではなく、ある意味では想像か推測することしかできない循環だった。つまり、固定させることができないもの、たまたま降ってくるものなのだ。

ところが、会社がチョ先生を追い出したやり方には、お決まりの型があった。大量リストラがあった三年前、会社から辞表を返されず、それまで自分と同年代の人がみな部長や理事になった状況でも現場で働いているというプライドだけで耐えてきたチョ先生は、結局当時解雇された四十人と一緒に会社の駐車場で座り込みをする運びとなった。サンスは、チョ先生が座り込みを始める前に、久しぶりにスーツを着込んで、理事に会いに行こうと階段を上っていくところを目撃したことがある。しかし、部屋の前をうろついていたチョ先生は、結局ドアをノックできずに、駐車場から聞こえてくる不当解雇を撤回せよ、頭隠して尻隠さずだ、というシュプレヒコールを聞きながら、廊下に手のひらほど差し込んでくる春の日差しの中に立ち尽くし、そのまま階段を降りて行ってしまった。

サンスは、しばらくすっかり忘れていたチョ先生を思い出してびっくりした。これまで一度も連絡したことがないのに、いったいどこに沈んでいた記憶が、手でかき回されたかのようにそっと浮かんできたのだろう。


「コンさん、こんにちは。部屋の片付けは終わりましたか」

いよいよ新人たちの関心がサンスに集まった。

「まあ、はい」

「お手伝いに行こうと思ったのに。もし何かありましたら……」

「気にしないでください。もう終わってますから。こっちのことはこっちでやります」

思わず語気が強まって空気がシーンとした時、敬愛が折りたたみの台車を押して現れた。

置き場のないサンスの植木鉢がカートに載せられている。場所を変えて話そうと言うユジョンのあとに付いて会議室へ向かったが、すでに誰かが使っていたので、給湯室に寄ってお茶を一杯ずつ入れて駐車場に降りて行った。

「朴敬愛さん」

サンスが植木鉢をカートから降ろしてタバコを吸っている敬愛を呼んだ。ユジョンと目が合った敬愛は、軽く頭を下げてあいさつした。今度はユジョンが親しげに声をかけた。

「敬愛さん、仕事はどうですか？　サンスさんがよくしてくれますか？」

「別に」

「はい？」

「よくするも何も……。仕事はちゃんとしてます」

ユジョンは少し戸惑ったが、質問がよくなかったですね、自分だって訊かれたくないことなのに、と言い返した。敬愛は肯定も否定もせずに、考えに耽った人が自分に同意を示しているみたいにこっくりこっくりとテンポよくうなずいた。それから持っていたタバコをまた吸った。敬愛はもともと人に声をかけられるのが嫌いだが、タバコを吸う時はなおさらだった。タバコが鼻と気道と肺と肺胞に吸い込まれてから出てくる瞬間、自分の中に何かが入ってからなんでもない単なる白い煙になって出てくるまでに没頭したかった。それが愛煙家の心なのだから。

「敬愛さん、ここに置いたら木が枯れます」

ユジョンとの話はそっちのけで、サンスはしばらく植木鉢の話に夢中になった。

「じゃあ、どこに置けばいいですか。いまの部屋はゴミ箱を置くのもやっとなのに」

返す言葉がなかった。どこに置けばいいんだろうか、いったいどこに。一等級の空気浄化効果があるというこの木を。二人の話を聞いていたユジョンが、自分のオフィスに置いてもいいと言った。

「キャビネットの間にスペースがあります。世話は私がするから」

世話は私がする……という言葉が、サンスの耳に残った。インドへの輸出という営業3チームの命運がかかったプロジェクトが危機的状況に陥ったことを問い詰めに来たのに、そんなのはもうどうでもよかった。サンスの関心はキャビネットの間に置かれ、毎日ユジョンの視線が向けられるだろう木にあった。ユジョンは、サンスが他のチームと協議をしなかったのが失敗の要因だと説明した。インドで事業をやっている人はみんなつながっていて秘密などないから、気を付けたほうがいいと。インドのバイヤーは疑い深く、特に他のバイヤーよりも高い値段で買うのが大嫌いで、ユジョンと関係のあるバイヤーがユジョンのチームが提示した値段を、サンスと商談をしていたバイヤーに教えたというのだ。それがサンスたちの提示した金額よりずっと低かったそうだ。

「信用できない会社だから取引をやめると言うのをやっとのことで引き止めたの。サンスさんはもう退職したとウソまでついて、うちのチームとかろうじて契約を結んでもらったのよ。わざと横取りしたわけじゃないから誤解しないでほしい」

土地が広く、人口も世界二位の国で、それほど緊密に情報が共有されているなんて思ってもみないことだった。自分とユジョンのどちらがバイヤーたちと先に交渉を始めていたのかも、どうして最安値に近い金額を提示した自分より低い値段を提示することができたのかもわからなかった。だが、サンスは問い詰めなかったし、誤解もしていなかった。ただ、さすがだね、と言っただけ。

ユジョンが帰ってから、敬愛は一人で考え込んでいるサンスを見た。あれほど大事にしていた観葉植物のことはもう眼中にもないようだ。敬愛はふたたび植木鉢をカートに載せる。カートが揺れて植木鉢が傾くと、ようやくサンスは「いけない」と言って顔を上げた。

いけない、はサンスが敬愛とチームになってからの口癖だった。ただ、敬愛に話しかけているというよりは「私たち」という表現を使って、本当は自分に言い聞かせているような気がした。例えば、敬愛さん、私たちは営業中に何を売ってもいいけど、心を売ってはいけません。敬愛さん、私たちは商売人ですけど、利益ばかり追いかけてはいけません。敬愛さん……。一日に何度も沈黙を破るサンスの声が聞こえるたびに、敬愛は仕事をしながら顔を上げてサンスを見た。それで目が合うと、サンスはそっと目線をそらして壁にかかっているカレンダーや時計を見ながら決意を繰り返したりした。

「とにかく私たちも役に立ったわけですね」

サンスが敬愛の後ろを歩きながら話し続けた。

「功利主義的な観点からすれば、万事がうまくいってる。会社も私たちの功績を見過ごすわけにはいかないでしょう。よくやりましたね」

敬愛はサンスが信じていることよりも、信じていたいことを話していると思った。彼は大丈夫そうにも、楽観しているようにも見えなかった。でなければ、どうして押すつもりもないはずの台車に、自分の手さえ重くて耐えられないみたいに手を預けているのだろう。ひどく疲れ、傷ついたあの表情はどうしたものだろう。カートにはサンスの手だけでなく、落ち着かない心まで添えられている気がした。消えてしまった契約の話はサンスの何らかの盲目を揺さぶるかもしれない。

創立記念日に開かれた体育大会も、サンスと敬愛の絆を深められるチャンスとなった。パンドミシンは創立記念日になると、下水終末処理場に付属されたグラウンドで全従業員の士気を高めるための体育大会を開く。総務部により青組と白組にチーム分けされたが、スポーツに目がない若社長の意を汲んで、エースと呼ばれる従業員は必ず社長と同じチームに振り分けられた。敬愛が総務部でその仕事を担当した時は、性別と年齢だけで公正に振り分け、険悪なムードになったことがある。社長は自分のチームが負けるたびにがっかりした表情を隠さず、ランチタイムにマッコリをがぶ飲みして「みなさんの実力はこの程度ですか。どうして卓球でスマッシュが打てないんだろう。どうして?」と不満を口にした。

社長の卓球愛は並み外れていて、昼休みには空き地に卓球台を広げ、自分の相手になりそうな従業員をみずから選び、試合をした。社長の試合相手になるといいことがたくさんあって、男性の従業員は当然のように卓球台の周りに群がった。役員たちは、社長が会社の運営には熱意がなくても従業員には「フレンドリー」だと褒めたたえていた。だが敬愛からすれば、ただの卓球好きで、本気で勝つことにしか興味がなさそうだった。友だちを集めて親分を務めるガキみたいだった。初めは勝てば千ウォンがもらえるというルールだったのに、いまでは負けたらデコピンをくらうことになっている。社長はいつも加減せずに全力でパチッ、と音を鳴らした。

サンスと敬愛は、もちろん社長と同じ組ではなかった。社長のいる青組はすべての試合で勝利を収めていき、お昼の直前に行われた綱引きでも勝った。女性と年配の従業員しかいない白組はずるずると引きずられ、ついにグラウンドで転倒してしまった。その体育大会で最も覇気のない選手は敬愛とサンスだった。チーム長を務める部長が、敬愛を背が高いからという理由でバレーボールに参加させたが、敬愛は一度もレシーブを上げることができなかった。ケンケン相撲では、物流部の新人が戦闘モード全開で飛びかかってきたせいで、サンスはその顔を呆然と眺めているうちに体のバランスを崩して倒れてしまった。

卓球では意外な活躍を見せた。サンスは恐ろしいほどの集中力を発揮して社長のボールを打ち返した。フィジカルを重視するアメリカ式の教育を好んだ父親の影響で、子どもの頃から水泳、卓球、スケート、テニスを習っていたのだ。もちろんサンスが望んだわけではなかった。

「なかなかだな。君はどこ流?」

「はい?」

「ビリヤードに仁川《インチョン》流、ソウル流っていうのがあるだろ? 卓球も同じさ。コンさんがよく通ってた卓球場はどこ?」

「方背洞《バンベドン》です」

「俺は瑞草洞《ソチョドン》だ。二人とも江南《カンナム》流だから気が合うわけか」

社長はそんな冗談を言いながらも、サンスの予想外の実力に内心緊張しているようだった。

全従業員が見る前で愛してやまない卓球に負けること。それは社長にとって予想だにしなかったリスクだった。従業員たちは、これこそ社内の平和を脅かす危機的状況だと思い、誰ひとりサンスを応援することができなかった。セットスコアが二対二になった時、社長が五分だけ休憩しようと提案してきた。ベンチに座ってスポーツドリンクを飲みながら社長はサンスに、お父さんはお達者か？　とだしぬけに尋ねた。

「うちのオヤジは最近怒りっぽくてね。一日中怒ってんだよ。コンさんのお父さんはどう？」

「まあ、そんな感じです。人はみんな年を取ったら……」

「いやいや、大学教授までされた方だから」

いきなり父の話を持ち掛けられて、サンスは強烈なスマッシュを打たれたような気がした。父は選挙で立て続けに落選し、地方の大学で定年を迎え、いまは特にやることなく過ごしている。継母はいまでも選挙シーズンになるたびに、もう一度挑んでみるべきだと、ここであきらめるわけにはいかないと言っていたが、兄は父のことをただのアルコール依存症のオヤジだと言った。再起を狙う政治家でも、若手の養成に尽力する老教授でもないただのアルコール依存症のオヤジになったと。父のことを思い浮かべてから、サンスの心は揺れ始めた。自分がこの小さなボールを打ち返そうと努力していることがすべて虚しく思えたのだ。最後のセットは手に汗を握ることなく、あっけなく終わってしまった。社長の勝ち。

続いて体育大会のクライマックスであるリレーが始まった。これほど力量の差が出る種目もなく、両チームの間でほぼグラウンド一周分の差が出た。それでも勝ち組のランナーたちはスピードを落とさずにタッタッタッタッと赤いグラウンドに足跡を刻んでいく。それからしばらくして負けることしか残されていないランナーたちが、それでも走らないわけにはいかないのでトクトクトクトクと重い音を立てて走っていった。

敬愛は鉄棒に寄りかかって、どんな期待も希望も持たずにただ走っている人たちの表情と風になびく髪を見ていた。その時、携帯の着信音が鳴った。サンジュからのメッセージだった。今日の予定は？　と書かれたメッセージに、特にない、と返事する。嘘ではなかった。すると、こんなに天気がいいのになんで？　とふたたびメッセージが送られてきた。敬愛は、なんでだろうと返事を送ってから、今日会おうと言われるのではないかと期待した。その六、七秒はあまりにも長く、今日のどの瞬間よりも敬愛をときめかせたが、サンジュからはいい一日にしてね、という返事が届いた。

やがてアンカーの社長が従業員たちの喝采を受けながらゴールテープを切り、その五分後、試合が終わってからもトラックを回っていたサンスがゴールに入ると、何人かから、遠くから聞こえる汽笛のような拍手が送られた。サンスは一瞬だけ、ユジョンを目で探したが、残念ながらユジョンはサンスの帰還を見届けていなかった。息を切らしてグラウンドに倒れているサンスに水の入ったコップを差し出したのは敬愛だった。敬愛は恐ろしいほどの無表情で「お疲れさまです」と言うと、自分も水一杯を飲み干して長いため息をついた。

それからまたもや仕事のない春の日がめぐってきた。部長はこのまま放っておくわけにはいかないと思ったらしく、取引先を何件か引き継いでくれた。しかし、連絡を回してみると、それぞれ大きかったり小さかったりする不幸に悩まされていた。電話をかけてミシンの未納金を求めたり、新しくて素敵なミシンの追加購入を勧めたりすると、破産寸前です、いまどき誰がミシンなんかで稼ぐんですか、興味ありません、返せるお金がない、ミシンを持って帰ってもいいよ、といった反応が返ってきた。どうしても連絡が取れない取引先には直接足を運んだ。小さな工場の未納金は支払ってもらうのが難しいだけでなく、たいした金額でもなくて、ソウル近辺でなければかえって出張費のほうがかさむのだが、気が遠くなるほど仕事のない日々から抜け出すためには、仕方のないことだった。そうして二人は、主にソウルの郊外や仁川、富川《プチョン》などへと足を運んだ。

それでもサンスは敬愛が少しずつ変わってきていると思った。最初の変化はだらしなくなり、気が緩み始めたことだった。何かに縛り付けられているみたいに、最小限の動き、最小限の言葉、最小限のスペースだけでオフィスでの時間に耐えていた敬愛が、いまでは机の前に座って、バナナやお菓子のようなおやつを食べ、他の会社員がそうしているように、日課をこなしている場所で気楽に、惰性で過ごしている。簡単に言えば、普通のように生きているのだ。集金できるといいですね、と言って親指を立てたり、残業があると、イライラしますよね、と言ったり、サンスが出先から帰ったら覗いていたスマホの画面を隠したり、ネットショッピングの画面を消したりした。サンスが何をしていたかと訊くと、敬愛からはいつも「何も」という答えが返ってきた。

「何もしないのは困ります。働かないと」

「特別なことはしていないという意味です。仕事はいつもやってることですから」

サンスは、そんな敬愛のある種の怠慢をうれしく思った。何より自然体だったから。いつかバレてクビになりはしないかという心配をあまりしていないという意味だったし、上司である自分を信じているようにも思えた。

それから数日後、サンジュが会社近くまで敬愛に会いにきた。

サンジュが結婚してから二人だけで会うことはあまりなかった。ほとんどの場合、たくさんの人にまぎれていた。そうすればある種の気持ちは初めからなかったかのように思えて安全だった。サンジュと敬愛はただ同じ大学に通っただけの、アラフォーの、ある程度のあきらめや蓄積によって「人生」のおおまかな青写真を完成している同門として振る舞うことができた。ときどき飲み会で会い、何かを一緒に食べたり飲んだりするくらいで十分な。

サンジュから連絡をもらった敬愛は、財布を手に取って急な用事ができたとサンスに伝えた。昼に新しくオープンしたトンカツ屋に二人で行こうと約束していたのだ。

「誰か来たんですか？　急に？」

「はい、ちょっと」

サンスはチラシから切り抜いたミニうどんの無料クーポンを敬愛に差し出した。自分は社内食堂で食べればいいからと。敬愛はサンスが一週間前から財布に入れていたクーポン二枚を見下ろした。ミシン目に沿ってきれいに切り取られたクーポンは、しわ一つなくピーンとしている。敬愛はそれを返しながら大丈夫だと言った。

「これで三千ウォン引きになるんですから。三千ウォン」

「大丈夫です。ご自分で使ってください」

「いまから会う人と一緒に使えばいいじゃないですか」

「大丈夫ですから、気にしないでください」

「いや、これ、期限が明日までなんです」

「ほんとに大丈夫です」
敬愛は大丈夫だと繰り返して言いながらも、心の中でこの言葉を噛みしめてみた。自分と別れて結婚までした人に会うために緊張してバタバタと出かけようとするのは、本当に大丈夫なことだろうか。そのことについて考えれば考えるほど、敬愛はどうしてかクーポンを受け取ることができなくなり、差し出されたサンスの手を拒んだ。サンスは気まずくなり、「そんなに嫌なら」と手を引っ込めた。

カフェまでの道は、どんよりと曇って風が吹いている。お茶一杯するだけだから、と敬愛は必死になって自分に言い聞かせた。友だちから聞いた「サンジュ先輩ってちょっと大変らしい」「会社をたたんだって」「西村《ソチョン》の劇場はまだやってるのかな」といった言葉や「奥さんの実家からお金を借りて夫婦仲が悪くなっちゃったって」といった噂を忘れようとした。「正直、サンジュ先輩も計算ずくで結婚したんだろう」といった言葉。敬愛は同期たちがサンジュの結婚についてそんな話をするたびに思わず心が傾いたけれど、同意を示さないように努力した。サンジュの人生をそんなふうに片付けることが、最終的には敬愛にとってもいい結果になるはずはない。六年間の恋の終わりは、世俗的な打算によるものではなく、恋の本質的なもの、悲しくも恋が持つ限界であってほしいと願った。少なくとも敬愛に別れを告げた際のサンジュは、敬愛の先輩でもあるその女性を選択し、別の人を好きになった、ときっぱりと言っていたのだから。ぐつぐつし始めた鍋を前にして、やがて敬愛が「なんでこんなことになった?」と訊くと、彼は「こんなことになってごめん、好きになっちゃった」と答えた。「君のことを不意に好きになったみたいに、好きになっちゃった」と。

敬愛はインターンをやっていた貿易会社を辞め、一つの季節が過ぎていくまで家に引きこもった。長い夏だった。九坪ほどのワンルームに横たわっていると、セミの鳴き声だけが波のようにザーザーと聞こえてきたが、夕方になって公園で遊ぶ子どもたちの声が聞こえ始めると、ようやくひとりぼっちではないような気がしてきた。皿洗いも、洗濯も、料理もしないで日常を過ごしていると、ひたすら今日だけがあるように思えた。サンジュがいた昨日もなく、サンジュがいない明日もない、いることといないことの狭間で、できる限り現実を考えないように努める敬愛の心だけがあった。

敬愛を家の外へ導き出してくれたのは、ビールとトウモロコシだけ。ある日、市場を訪ねてトウモロコシが出回り始めたことを知ると、敬愛は二、三日に一度外へ出て、トウモロコシを買ってきた。ごわごわした葉っぱ、動物の毛のような柔らかいひげ、そしてぎっしり詰まっている粒々を見ていると、窓の外から吹いてきた夜の風にハッとさせられるように、突然「生きてる」という言葉が頭に浮かぶ。敬愛がどうしようもなく部屋にうずくまっている間にも、外では様々なものが成長し、闘って、耐えている。そのおかげで、人の目を避けて誰とも会わない夏の昼を過ごしていても、サンダルをつっかけて市場に出かければ生きているものを両手いっぱいに買ってくることができるのだ。自分もどうにかして生きている。そう思えた日には、ふと出かける用事を作ってみるのだが、昼にはやっぱり無理、と思って約束をキャンセルしたりした。

トウモロコシは常温では傷みやすく、敬愛は傷んだものを片付けようと思いつつも、何かが自分の体を強く引っ張っているような倦怠感に襲われた。恋愛相談ができるフェイスブックのページでオンニに手紙を書くのがせいぜい。敬愛はサンジュについて知る限りのことを説明する。六年間見てきたサンジュのことを思い返しながら手紙を書くと、恋愛相談ページのオンニからは、こんな短い返事がきた。

frankensteinfree-zingさま

すでに終わってしまった恋愛を美化することに、エネルギーを無駄遣いする必要はありません。一日に一回は必ず鏡を見るようにしてください。

あまり誠意が感じられないその返事は、実際、誰にでも言える言葉に過ぎなかったけれど、誰とも会いたくない夏に、そのページは敬愛にとって誰かとやりとりできる唯一の場所だった。返事を読んでも鏡を見るどころか、まともに顔も洗わないで一日を過ごすうちにまた夜が訪れ、敬愛は電気もつけずに床に座って、トウモロコシが載せられているガスレンジの青い炎をじっと見上げていた。トウモロコシを蒸したあとは、夏なのにカチコチに凍っている心を、トウモロコシのぬくもりで溶かしてふたたび手紙を書き、早ければ夜明けに、とにかく寝て、というタイトルの返信を受け取った。

あなたはようやく人生で最も大事な闘いを始めたのです。それは自分で自分を元カレという亡霊から救い出すための闘いです。パトリック・スウェイジとデミ・ムーアが出演した『ゴースト』という映画を知っていますか？　私はこれが最高のロマンス映画だと思うのですが、それは二人が死を乗り越えて再会するストーリーだからではありません。あの映画で描かれているゴーストは、死んだ恋人というより、失恋したあとの自分の心だと思います。ある夜に路上で強盗に襲われるように、恋愛は不意に終わるものです。そのあとにも亡霊のように私たちにとりつく心は、「心」であるがために、全知全能にあらゆる手段や方法を尽くして私たちから離れず、いつも空気中に隠れているのです。frankensteinfree-zing（どうしてこんなに長いＩＤを使ってるんですか？）さんが言ったように、他の人のところへ行ってしまった元カレがまだそばにいるような気がするんですよね？　でも、考えてみてください。それはあの人ではなく、あなたの心なのです。恋が残っているわけではありません。心だけでは何もできません。映画のクライマックスでパトリック・スウェイジがウーピー・ゴールドバーグの体に憑依して二人が抱き合うシーンを、ウーピー・ゴールドバーグではなくパトリック・スウェイジが演じています。これほど〈愛は魂だけで成り立つものではない〉という現実を突きつけてくれるシーンがあったでしょうか。それまでの映画のテーマをみずから覆しているわけです。百歩譲っても、体はパトリック・スウェイジでなければいけないということですから。また、映画の中で女性はいつも「愛している」と言っては、男から「同じく」という返事しか聞くことができずに傷ついていますね？　夏のサンダルくらい現実にありふれたタイプですが、そうやって自分のプライドを保とうとする男はみな弱虫です。セックス、キス、愛撫、全部やるけど、「愛してる」という言葉だけは絶対に言わない奴らはただの……とにかく、あなたもまだその男や男の新しい恋人のツイッターとかフェイスブックとかのSNSをチェックしているでしょう。まだ忘れられない愛の記憶、愛の現存、愛の空気を確かめようとしてね。でもあなたが捜し求めているのは、すでにこの世にないものです。もう取り返すことはできません。取り返すことができるたった一つのものは、恋していたあなた自身だけ。考えてみてください。映画の最後のシーンでデミ・ムーアは、パトリック・スウェイジが恩を着せるように「愛してるよ」と言った時、「同じく」としか言い返しません。いつも愛してるという返事を期待しては傷ついていた女性はもうどこかへ消え、愛というものが相手にぶつかって跳ね返ってくることに気を留めず、幻のような愛の記憶だけに同意を示しているわけです。だからあなたももう……このような長ったらしくてつまらない返信を読みながら、敬愛はおそらくオンニは自分より年下の、相当なロマンチストでどこか見栄っ張りなところのある人かもしれないと思った。それでもやりとりをするそのプロセスが好きだったため、別に問題が解決するわけでもない恋愛相談ページを毎日利用していた。ページのメイン画面には運営方針と言うべき詩が書かれており、このページを運営するオンニの教養レベルや趣向をうかがわせていた。詩はこのようなものだった。

愛は残酷なマフィア、
あなたはついに私からすべてを
奪い去っていくのだろう。

仮想のオンニの言葉にも的を射ているところはあった。敬愛はやめたほうがいいと思いつつ、いまだにサンジュとその彼女のＳＮＳを覗いている。そのアカウントでは、彼女が求めているすべて――端正な京都のレストラン、猫、社会的貢献をし続ける外資系企業によって生産されるバス用品や化粧品、外国の食材とオーガニックとヨガ、幼年時代を思い出させる遊園地やビスケット、インディーズバンドの映像、フランス小説といったものが次々と更新されていった。それから、そのきれいに輝くものの中にサンジュの写真があった。オンニの言葉通り、サンジュという対象、サンジュの優しさ、サンジュの匂い、サンジュに触れた時の感触、サンジュの声、サンジュがいるということ、サンジュが生きているということは、もはや幻のような自分の記憶や他人のSNSでしか感じることができなかった。もういない。敬愛の現実では、もう死んでしまったのだ。

敬愛はサンジュとその彼女のまぶしくて活気あふれる日常を、トウモロコシが傷んでいくテーブルの前に座って覗いていた。当然だが、二人にはなんの問題も間違いもありそうには見えなかった。二人の愛は、敬愛という人間の不幸とまったく無関係のようだった。そこには始まったばかりの恋の喜びだけがある。そんな二人を見ていると、敬愛はオンニの言葉のように、亡霊のような何かと戦っている気がした。そんな時、ふと顔を上げて誰もいないがらんとしたキッチンと散らかっている部屋を見ると、そのどこかにもう一人の敬愛が座っていて、「同じく」と言ってくれるような気がした。

その頃に、安山《アンサン》から母が連絡もなく訪ねてきた。

母はまず部屋のあちこちを見て回った。うず高く積んでいる季節外れの洗濯物や夏なのにずっと放置しているジャンパーや長袖のTシャツ、靴下、手袋、毛布や下着といったものを。そして、誰かにくちゃくちゃにされたかのように部屋の中でうずくまっている敬愛を。母は洗濯機を回し始めた。洗濯機を七回も回さなければ片付かないほどの洗濯物があって、洗濯は朝から夕方まで続いた。母が洗濯を次の日にしようとしないでその日のうちに済ませたのは、そうすれば敬愛が立ち直れるはずだと信じていたからだった。

幼い頃からあの子は何度も倒れてたもの、と敬愛の母は考えた。夫が人生の伴侶としてふさわしくないと判断したのは、敬愛がようやく一歳を迎えた時だった。夫の暴力と暴言から逃れようと離婚を決心したが、実際踏み切れたのは自分に「技術」があったからだと信じている。技術がなかったら、敬愛をそんな不幸から救い出すことはできなかったのだと。結局、美容ハサミとロッド、ゴムと染毛剤、ドライヤーとコテ、鏡とガウンなどが、店に座らせておいてもちっとも泣かなかった赤ちゃんを救ったのだと信じていた。頼れるものは自分の両手しかなかった。髪を切ってパーマをかける技術、この無形のものしか……。だが、自分が技術にしがみついている間、敬愛だって頼れるものはこの両手しかなかったのではないかということに、敬愛の母は娘が友人を亡くしてうつ病にかかった頃になってようやく気づいた。自分にとって頼れるものがこの両手しかなかったように、子どもにとっても頼れるものは母の両手しかなかったという事実に。

だが、敬愛の母はいつも敬愛のことを立ち上がれる子だと信じている。だから、花のように華やかであるべき敬愛の時間が、古くなって饐えた臭いのする洗濯物みたいに放置されたままになっていても、悲しんだり、小言を言ったりする気にはなれなかった。つらい時はつらくなって当然だから。自分の娘は苦しい時にとことん苦しむタイプだと思えば、むやみに胸を痛めたり悶々としたりする必要がなかった。敬愛があの火災事件で警察署に出入りし、学校では先生たちからあれこれ言われ、そのことが店にいる母の耳に入った時も、パーマをかけに来たおばさんたちがお金のことばかり考えないで子どもの面倒をちゃんと見たほうがいいと言ったり、いまから居酒屋に出入りしてどうするのと咎めてきたりした時も、敬愛の母はそんな話をするつもりならもう店に来なくていいと言ってハサミをコツンと置いた。相手がいくら謝っても二度とハサミを手に取らなかった。途中までしか髪をカットしてもらえなかった女たちは、こんな頭じゃ恥ずかしくて帰れないと怒ったり悪態をついたりして帰って行ったが、その女たちがどんなひどい噂を流そうと、敬愛の母は自分の気を静めようとしなかった。他でもない自分が敬愛を恥ずかしく思った日には、わが子が死んでしまうかもしれないと思ったから。自分さえ信じていれば、敬愛はまた立ち上がれると思ったから。それで敬愛の母は、美容室の壁に「ルカによる福音書」の一節を貼り付けておいた。

人々はみな、娘のために泣き悲しんでいた。イエスは言われた、「泣くな、娘は死んだのではない。眠っているだけである」。人々は娘が死んだことを知っていたので、イエスをあざ笑った。イエスは娘の手を取って、呼びかけて言われた、「娘よ、起きなさい」。するとその霊がもどってきて、娘は即座に立ち上がった。

敬愛の母が家を片付けている間、敬愛はベッドに横になって母をじっと見上げていた。敬愛の母はきれいなタオルが一枚もない引き出しを漁ると、外に出かけてタオルと下着を買ってきて敬愛を浴室に行かせた。それからスープを、敬愛が大好きなもやしスープをつくった。もやしと少しの塩だけを入れたシンプルなスープを。流し台の前に立ち、敬愛の母は二人で一緒に過ごした夜のことを思い出した。美容室に付いている小さな部屋で母の仕事が終わるのを静かに待ち、七時になるとドアを開けて店の様子をうかがっていた子。敬愛が、母さん、いつごはん食べる？　と訊くと、ようやく休みに入ることができた。

浴室から水音がして、やがてすすり泣きが聞こえてきた。彼氏と別れたという話は、敬愛の母もすでに聞いていた。お母さん、あたし会社をやめたよ、と電話があった時、娘にまた倒れるようなことが起きたのだと勘づいた。不思議とそんなことはすぐにわかるのだ。

「お母さん」

お風呂から敬愛の声がした。敬愛の母は浴室の前に座り、どうしたの？　と訊いた。

「何もしないでじっとしてて。お母さんも大変だから何もしなくていいよ」

「家をこんなに散らかしておいてよく言うよ」

母は挫けそうな気持ちに負けないためにわざととげとげしく言った。

「だから何もしないで。何もしないで過ごそうよ」

母は敬愛がシャワーをして、髪を洗って、歯を磨いて、顔を洗うような、誰もが一日に一回は、いくら面倒でもさっと終わらせられることさえ重荷に感じる、そんな時間を過ごしているのだろうと思った。他人からすれば自分をほったらかしているのだけれど、自分にとってはそれが最善であるような。

「わかった、何もしないで過ごそう。お母さんも何もしないから。じっと横になってるからね」

母がそう言って鍋を載せておいたガスレンジの火を消すと、狭い部屋は静まり返った。どれくらいの時間が経ったのだろう。髪まで洗ってすっきりした顔で、敬愛が浴室から出てきた。

カフェに着くと、サンジュは夏らしくない厚手のジャンパー姿で座っていた。二人は向かい合って座ってコーヒーの味はどう？　パンをもっと食べる？　というやりとりを続けていたが、その会話の合間の沈黙を雨音がかろうじてかき消してくれた。

「最近は、時間の流れがどうもつかめないんだよ。なんていうか、宇宙空間を泳いでるみたいで。なんらかの力のせいで足が浮いてるみたいに現実感がないんだよね」

しばらくしてサンジュが重々しく口を開いた。

「そのジャンパーはどうしたの？　季節外れだよね。暑くない？」

「ジャンパー？」

サンジュは自分を一度見下ろしてから、店内を見渡した。

「最近、何が何だかわからなくて。でも暑くはない。むしろちょっと肌寒いかも。君は寒くない？」

敬愛は黙ってサンジュを眺めた。眠りからいま目が覚めたみたいに呆然と何かを思い出そうとしている顔で、他のテーブルの人を見ている彼の姿を。そうやって周りの人を見れば、自分がどれほど無駄に厚着をしているか、何かから自分を守ろうとしている人みたいに縮こまりすぎているかがわかるだろう。だが、サンジュは、自分がどうして店内を見渡していたのかさえ忘れたみたいに、黙ってテーブルの上に視線を戻した。

敬愛はここまで無気力なサンジュの姿を見たことがなかった。何かがサンジュを深く傷つけてしまったのだろうと思った。サンジュはいつだって、もっとも貧しかった時でさえ堂々としていた。

敬愛がサンジュに初めて会ったのは、大学二年の時だった。副教材を一括購入するといって学科でお金を一度集めては返したことがあって、その時に何かの手違いで敬愛のお金がサンジュの口座に入金されてしまった。助手は自分がミスしたくせに、サンジュの電話番号を敬愛に教え、直接返してもらうようにと言った。敬愛が教えられた番号にかけると、お客様の都合でただいま利用できなくなっているというアナウンスが流れる。三百人を超える経営学部の学生の中で誰がサンジュかを知る術がなく、講義の終わりに科の代表を務める先輩に尋ねた。その先輩がサンジュさんと呼ぶと、リュックを背負っていそいそと教室から抜け出そうとしていた一人の男が振り返って、何ですか？　と返事をした。少し疲れ気味で痩せている顔、なのにしわ一つなくきちんとアイロンがかけられたシャツから伝わるこざっぱりとした印象がいまも目に浮かぶようだ。

敬愛が近づいて事情を説明すると、サンジュはわかったとうなずいた。これで解決だと敬愛がホッとしたその瞬間、いまは返せないとサンジュは言った。

「返せない？」

予想外の展開に敬愛はびっくりして聞き返した。

「預金があまりなくて、ローンの利子でもう消えてると思います」

七万六千ウォンが返せないって？ そんなに余裕がないの？ と敬愛は思ったが、口には出さなかった。他の人だったら恥に思うような話をためらいもなくするのは、本当のことだから？ それとも平気で嘘をつける図々しい人なのだろうか。もしかしたら自分をだまそうとしているのかもしれないとも思い、敬愛はわかったとも、今度返してほしいとも言うことができなかった。彼を信じることができなかったから。

「もっとていねいに説明すべきだろうけど、いまからアルバイトなので。正門まで一緒に歩きながら話してもいいですか？」

二人は経営学部の建物から出ると、散策者の道と呼ばれる小さな森を横切って正門へと向かった。歩きながらサンジュは、何かの手違いで二回入金されていることに気づき、その分を取っておこうと思っていたのにタイミングを逃してしまったと、それは間違いなく自分のミスだったと謝った。友だちが働くソケット工場でちょうど今日から明後日まで夜間のアルバイトをすることになっているから、木曜日くらいには返せるはずだと。

「木曜日」

敬愛は思わずひとり言を言った。その日まで待てないという意味ではなく、三日働いてようやく七万六千ウォンが返せるということは、一日いくらもらえる計算になるのだろうと考えていた。

「それじゃ厳しいですか？　どうしようかな。じゃあ、夜に今日もらう分だけでも振り込みます」

敬愛はいますぐそのお金が必要なわけではなかったが、かといって、いつ返してくれてもいいですよ、と言うのも妙にためらわれ、わかったとだけ返事をした。

その夜、敬愛がいつものように部屋の電気を消し、母を起こさないようにヘッドフォンをしてビデオを観ていると、「朴敬愛さん、振り込みました」というメッセージが届いた。敬愛はそのメッセージを読み、ありがとうございます、お疲れさまでした、夜の空気は冷たいですか、気を付けて帰ってくださいね、というような言葉を頭に浮かべ、結局どんな言葉も返すことができなかった。次の日に通帳を確認してみると、二万五千ウォンが振り込まれていた。

その三日間、敬愛はお金が振り込まれる時間まで眠ることができなかった。眠ってはいけないような気がして、ユマ・サーマンが黄色いジャージを着て復讐を果たす『キル・ビル』

を観返しながら夜を明かした。ユマ・サーマンが刀を振り回すたびに何人もの人間が死んでいったが、その一切の妥協を許さない復讐と、富川《プチョン》のどこかにあるという小さな工場で、サンジュと五、六人ぐらいの夜勤組がソケットをつけて豆電球を輝かせていることには、何らかの共通点があるように思える。

　とはいえ、いくらタランティーノ監督の映画と言ったって何回も繰り返し観る復讐劇は退屈でありきたりに思えて、敬愛はうとうとと居眠りをし、ビデオテープの停止音にハッと目が覚めた。不思議なことに、突然すべてが虚しく思えて嫌気がさしてしまった。だが、「今日も振り込みました！」というサンジュのメッセージは、夜の煙たい幻滅を追い払って普段とは違う感情を呼び起こした。例えば、朝が近づくと抱いてしまう期待のようなもの。昨日よりはマシだろうと食パンのように膨らむ心みたいに。だが、敬愛はそのうち、自分がそんな感情に欺かれるのではないかと、それでまた何かを期待し失望してしまうのではないかと思い、心をしっかり持とうとした。サンジュが七万六千ウォンをすべて振り込んだ時、敬愛は少し悩み、サンジュを食事に誘った。すると、わかりましたと返事が来て、敬愛は心のどこかにパチッと電気がついたような気がした。敬愛は駅前で人生初のマスカラを買ってみたが、彼に会いに行く時には、どうしようかと迷ったあげくそっと引き出しにしまっておいた。

そんなサンジュがいま、この服おかしい？　と訊いている。今朝ちょっと肌寒いかなと思ってこれにしたけど、おかしい？

敬愛はサンジュに、最近は何をしているのかと尋ねた。サンジュはギターが欲しくて調べていると答えた。

「エレキギター？　アコギ？」

「エレキギターに決まってるさ」

敬愛はサンジュが高校生の時にジミ・ヘンドリックスに憧れ、ギタリストを夢見ていたという話を思い出した。ギターを買おうとハンバーガー店でアルバイトをしたのに、結局アルバイト代で生活費を賄わなければいけなかったことを。大学で非常勤講師をしているサンジュの妻は、いまは大学がある地方で過ごしているという。会話があまりなくて、話すとケンカになるから仲が悪いと。敬愛はマグカップを手でいじりまわし、私がなんでそんな話まで聞かなきゃいけないのかわからない、と言った。

「二人の夫婦ゲンカの話まで私が知らなきゃダメなの？」

「ごめん、つい」

カフェを出るまで雨は止まなかった。傘がないから地下鉄まで送ってほしいとサンジュに頼まれて一緒に傘をさして歩く間、敬愛は彼と肩が、手の甲が触れ合う瞬間を意識していた。別れてからずいぶん時間が経つのに、こうしてくっついているのが昨日のことのように思える。敬愛は耐えられなくなり、コンビニに入って傘を買った。

「このほうがいいと思う」

サンジュは敬愛から受け取った傘を広げると、丈夫そうな傘だね、と言った。

それから二人はしょっちゅう会った。近づくことができなくて死んでいるかのように思えていた誰かが、ふたたび自分の日常に入ってきたことが奇跡のように思えた。と同時に、サンジュへの気持ちが膨らむのが怖くなり、心のバランスを保とうと努めた。だが、心には怪物のようなところがあって、時間が経てば経つほど愛情の空腹を満たそうとする欲を捨てることができなくなった。敬愛はサンジュの日常に深く入り込み、今日は昼に何を食べ、誰に会い、どんな買い物をして、何時に寝たのかを知るのが当然のように思えてくる。二人がまだ恋人ででもあるみたいに、電話に出る際には「もしもし」とか「先輩」とか「敬愛」とか言わずに「うん」「いまから行く」「なんで?」「ごはんは?」と言ってすぐに日常的なやりとりを始めるのが、別れる時は明日もまた会うだろうから別れを惜しんだりかしこまったあいさつをしたりしないでそれぞれの家に帰るのが普通になってきたのだ。

そんな敬愛の変化にサンスも気づいた。普段は鈍感なのに、そういう方面には勘が働くほうだった。敬愛が始めた愛の隅々までを確かめる術はないにしても、変化は普段のすべての生活において起こるものだから、サンスも十分に感じることができた。敬愛は道を歩いていてお気に入りの曲が流れてくるとふと足を止めて音楽に耳を傾け、静かに口ずさみながら誰かにメッセージを送った。気にしないようにしてもたまたま目に入ったメッセージの「夕飯は食べた？　私が聞かせてあげたあの曲が流れてるよ」といった言葉が忘れられなくて、家に帰ると敬愛と誰かの思い出がつまった曲を、まるで見てはいけないものをそっと覗き見しているような緊張感の中で聞いてみたりした。

サンスも高校時代に好きだったバンド「デリ・スパイス」[11]の曲だった。「チャウチャウ」というその曲は、友だちのウンチョンも好きで、ポケベルのアナウンス音として使っていた。サンスは、曲によってよみがえった記憶に一晩中浸かり、一九九九年のウンチョンには片思いしている女の子がいて、映画サークルで出会った子だったことを思い出した。その子のボイスメッセージ[12]を保存しておいて、サンスとあてもなく歩き回っていた時もふと公衆電話に入っては聞いていたのだ。そのたびにサンスは妙な嫉妬と寂しさを感じた。高校生向けの映画制作キャンプで出会ったサンスとウンチョンはすごく気が合ったし、特にサンスにとってウンチョンは唯一の友だちだったから。

ウンチョンは学校の夜間自習時間にメッセージを聞きに行くところを先生に見つかり、モップで殴られたと言っていた。サンスはそんな苦痛に耐えてまであの子の声を聞こうとしているウンチョンが理解できなかった。どれほど甘ったるい愛の言葉が録音されているのか気になり、いけないと思いつつもパスワードを盗み見してこっそり音声を聞いてみると、「日曜日に会おう」「愛観《エグァン》劇場だよ」「インヒョン劇場だよ」「この前貸した四千ウォン返して」といった話が、興ざめするほどぶっきらぼうな声で流れてきた。「チャウチャウ」の歌詞のように、耳をふさいで聞かないようにしても聞こえてしまうほど魅力のある声ではなかった。

ウンチョンが死んでからもしばらくポケベルの番号は残っていた。サンスはウンチョンがいないという事実が信じられなくなる日には、その番号に電話をかけてみた。ボイスメッセージを残そうとすると、メッセージがいっぱいで、これ以上は録音できないというアナウンスが流れることもあった。サンスはパスワードを入力し、そこに残されている声を聞いてみた。ウンチョンを記憶しているたくさんの人のメッセージが残されていた。

結局は誰も聞くことができない言葉を話すこと、それは無意味で、虚しくて、見方によれ

11 一九九七年にデビューしたインディーズバンド。デビューアルバムに収録された「チャウチャウ」などヒット曲も多数。
12 韓国のポケットベルには、音声を録音してメッセージを送ることができる留守電のような機能があった。

ば言葉にならない言葉を口にしているようなものだった。サンスは「いつ帰るの、ばあちゃんがあんたの好きなイシモチのチゲを作っておいたのに」という言葉を聞きながら、この言葉がもう帰りの時間を確かめる言葉になり得ないことに気づいて涙を流した。いつという疑問、ばあちゃん、あんた、イシモチのチゲという言葉はどれも、これまでサンスがあまり耳にしてこなかった、不慣れな、もっぱらウンチョンの不在を指し示すだけの実体のない影法師のように思えた。ウンチョンが通っていた教会の人たち、幼なじみの友人、ときどき脈絡もなく録音されている間違い電話の知らない人の声まで、そのすべてがウンチョンを思い出させはしたけれど、そうであればあるほど言葉そのものは崩れ落ちてしまう気がした。

あのハスキーな声の女の子もメッセージを残していた。が、「あたしだけど」「そっちにいる?」と訊いては、そのうち電話を切ってしまった。他の人たちは、「覚えてる? 教会の合宿の時にプールでさ」と言って思い出を振り返ろうとしていたのに、あの子はいつもしばらくためらい、「もうすぐ雪が降るって、雪がね」とか「今日は自習をサボったけど、どこに行けばいいかわからなくて」とひとり言のように話していた。誰かが聞いているとは想定されていない女の子の言葉は、温度が低く、淡々としていた。サンスはふと、この子は大声で泣いたことがあるだろうかと思った。

最後までメッセージを残していたのもあの子だった。女の子は「雪が降ってる。やることはないの」と言っていた。それからしばらく黙っていたが、後ろから、鉄のドアの開閉音、車のクラクション、誰かの話し声と大きく誰かを「おい」と呼ぶ声、女の子の息が聞こえ、最後に「ごめん」という声がようやく聞こえてきた。「ごめん、私はもう少し時間がかかりそうなの……だからひとまずそっちに雪を送っとくね」。それから受話器を下ろす音が聞こえて録音が終わったが、サンスは長い沈黙のあとにあの子が残した言葉が、これまで聞いたどの悼みの言葉より悲しくて大声で泣いた。

ウンチョンのボイスメッセージが停止されたのはそれから三か月が過ぎ、二〇〇〇年を迎えてからだった。

そしてその年に、デリ・スパイスがアルバムを発売した。当時のサンスは、受かった地方の大学に授業料だけを払ったまま、鍾路《チョンノ》にある予備校に通っていた。もちろんサンスではなく、父の意向だった。しかし、父の期待とは違って予備校の生活になかなか慣れることができず、昼休みになると予備校を抜け出して鍾路をあてもなく歩き、午後の授業をすべてサボったりした。デリ・スパイスの新曲を聞いたのも、そうやって道をさまよっていた時のことだった。サンスは嬉しくなり、レコード店の中へ入って行った。
その店ではジュークボックスでCDを聞くことができた。新曲が自分の気持ちをそっくり書き写してくれているような気がして、狭くて思うように体を動かすこともできないブースの中で、サンスは涙を流した。

道を歩く少年が聞いた
母さん、あれはウサギみたいだね、と
無関心な母さんは答えた
あれは朽ちた猫の死骸でしかないんだよ
ああ、ねじれた足首、ずたずたになった羽を羽ばたかせてみても
飛べない小さな鳥に誰が目を向けるというんだ

旅に出た少女が聞いた
父さん、あれはウサギみたいだね、と
無表情な父は答えた
あれは朽ちた猫の死骸でしかないんだよ

ああ、ねじれた足首、ずたずたになった羽を羽ばたかせてみても
飛べない小さな鳥に誰が目を向けるというんだ

「あのう、そろそろ出てもらってもいいですか。後ろに並んでるんですよ」

レコード店の店長がブースのドアを叩いた。サンスが涙でくしゃくしゃの顔をマフラーで拭きながら出ていくと、店長はクリネックスティッシュを差し出してくれた。サンスがCD二枚を買ったからか泣いているサンスが気になったのかわからないが、店長はサンスをドアまで見送ってくれた。

「〈ひとりで見る夢はただの夢、みんなで見る夢は現実になる〉とジョン・レノンが言ったんだから、俺たちにはミュージックがあるから、ミュージックで団結していこう。さあ、胸を張って」

サンスはその曲をCDプレーヤーで聴きながら、電車に乗って仁川の富平《プピョン》にある納骨堂へ向かった。そこにウンチョンがいると知りながらも足を運べずにいたが、それは気持ちがなかったからではなく、気持ちに耐えられなかったからだった。母以外の、もう一人の死を受け入れる自信がなかった。電車には春なのにまだコートを着ている人たちがいた。席に座って新聞を読んでいる人の袖口に付いた毛玉がサンスの目に入る。曲の長い後奏に録音されて

いる映画のセリフ、誰かの叫び、銃声、泣き声、陰鬱な声のフランス語、争いと怒り、苦しみに満ちた悲鳴などと、それとなく付いている毛玉はあまりにも別世界のもののように感じられ、サンスは寂しくなった。寂しくてボリュームを上げ、いまの悲しみがあの毛玉くらい小さくなるにはどれくらいの時間が必要だろう、と考えた。しかし、それは時間で解決できるものだろうか。

サンスはウンチョンが生きていれば、デリ・スパイスの新曲が絶対気に入っただろうと思ったが、「チョン・ウンチョン　1981・10・1〜1999・10・30」と書かれた白い壺を目にしてすぐに、ウンチョンが気に入るはずなんかないと思い直した。ウンチョンが死んでいなかったら、あの子、いつも少し面倒くさそうに語尾を濁していたあの女の子と、いつかは本格的に付き合い始めただろうから。二人は江原道《カンウォンド》の春川《チュンチョン》や京畿道《キョンギド》の済扶島《ジェブド》を旅行したかもしれないし、そこで互いの声を聞くだけでなく手を握っただろう。それから互いの肩を撫で、触れあい、口づけして、カップルなら誰もがする平凡なハグをしたはずだ。だからこんなにも陰鬱で、支離滅裂で、虚無に満ちたバンドの歌なんかに興味を持つはずがない。だが、ウンチョンは納骨堂のカ34号の中にいる。いる、と言っていいかどうかはわからないけれど。

サンスが納骨堂にしゃがみ込んで繰り返されるギターリフを聞いている間に、日が沈んだ。閉堂の時間になってようやく、サンスはCD一枚を壁に貼って出てきた。いつも「恩寵《ウンチョン》あれ」とあいさつするウンチョンの姿を思い出したが、彼が死んでからサンスはそんなものを信じなくなったので口には出さなかった。

*

これといった実績を出せずにいるサンスは、国内営業にはもう希望がないと思った。クライアントから渡されるアイスコーヒーとビタミン飲料を飲み、取引先を回ったところで、夕方になればよけいお腹が空くだけ。もちろん東南アジアに工場がある企業から大量の注文を受けること、つまり十億ドル相当の契約を取り付けることも不可能ではない。しかし、そんなチャンスはサンスに巡ってこなかった。イケイケの営業チームにすべて持っていかれるから。サンスにはただそういうケースもあるという噂が聞こえてくるだけだった。

十億ドルって。

夜眠るために横になると、緊張がつま先からすべての筋肉を一つずつこわばらせながら広がっていった。その緊張がいよいよ内臓器官のある上腹部まで伝わると、生まれつき弱い胃腸が反応し、トイレに駆け込んで吐いてしまう。そのたびに、兄から言われ続けていた「何かしようとするな」という言葉がサンスの背中をノックした。サンスが何かをしようともがいてきたのは、もしかしたらその言葉にずっと苦しめられてきた結果かもしれないという気がする。

背が高くて痩せていたサンスと違って普通の背丈で筋肉質だった兄のサンギュは、昔から暴力で相手を制圧することができた。いつかはとある事件に巻き込まれて少年院に入れられそうになり、父を困らせた。一九九七年の夏に、サンギュは年下の転校生を当時住んでいたマンションの屋上に連れていき、二日間、文字通り「縛り付け」ておいた。サンスは自分が耳にした子犬の鳴き声のような音が、誰かのうめき声、悲鳴だったとあとから知ってショックを受けた。自分の部屋の真上で監禁と暴行が行われていたことに驚き、その声を聞きながら平然と寝たり、着替えたり、映画の恋愛シーンのセリフを書き写しながら泣いたりしていたことに、絶望に近い感情を覚えた。サンギュが問題を起こすたびに兄と自分との間に何度も線を引き、そうやってかろうじて耐えてきたのに、すべてが台無しにされたような気がした。

サンスはサンギュを憎んでいたが、だからといって兄が本当に少年院に入れられるかもと思うと知らんぷりもできず、あの年齢では到底理解できない両極端の感情を行ったり来たりしながら数日を過ごした。そこには大胆にも家まで誰かを連れてきて残虐なマネをした兄への妙な恐怖と畏敬の念も含まれていた。

事件がニュースになるのを恐れて、父は慌てふためいた。息子の問題で現職の大統領が追い込まれている時に、与党の国会議員の息子があんな事件を起こしたと知られれば、ニュースのトピックになるのは間違いなかったから。さらに問題なのは、兄が被害者への謝罪を拒んでいることだった。担任、兄が少しばかり慕っている親戚の兄、刑事など、誰の話も聞かなかった。兄を止めることができないのは、彼に「大切なもの」がなかったからだった。大切なものがないから守りたいものもない。したいこともなければ、切実なものもなかった。兄は謝るよりむしろ処罰を受けたいと言った。理由を訊くと、兄は間違いを犯したから罰を受けたい、そのために法律があるわけですから、と笑顔で言ったそうだ。その話を聞いた時、サンスはなぜか自分がみじめになったような気持ちに襲われた。

ある日の午後、秘書がサンスに父と行くところがあると言った。何も聞かされていなかったサンスがナイキのロゴのTシャツを着て出ると、秘書はお手伝いさんを呼び、日曜日なのにサンスを制服に着替えさせた。車の中には父が大嫌いな最新のヒット曲が流れている。雰囲気を変えようとしたのか、秘書はサンスにどんな曲がいいかを何度も尋ねた。ダンスミュージックが次から次へと流れ、速くて元気溌剌としたビートにかえって圧倒されたサンスは、よくわからないとだけ返事した。

「おじさん、いまからどこに行くんですか」

「謝りに行く。サンギュができないと言うからサンスが行くんだ」

父と一緒に被害者のところへ行くと知ったサンスは、気づかれないようにシクシクと泣いた。恐怖による涙だったが、いま思えば、解決しようのない怒りの横にいるというだけですっかり怖気づいていたのかもしれない。サンスは兄が父への怒りをこらえるはずがなければ、父が兄を許すはずもなく、たんに兄とその友だちの気に入らなかったという理由だけで屋上に縛り付けられ、恐ろしい二日間を送ったあの少年も、絶対怒りを鎮めないだろうと思った。サンスが兄から殴られるたびに、その怒りが遠くにある北極の氷河のように恐ろしいほど凝縮され凍りつくように。怒りにまた別の怒りが重なるとつらくなるほど心が冷たくなり、その引力があまりにも強いために怒りはそう簡単になくならない。つまり、兄によって自分に似たもう一人の人間が生まれ、いまからその顔を自分の目で確かめなければいけないのだ。庭にある雪だるまを見るかのように、あるいは鏡を見るかのように。

秘書は瑞草洞《ソチョドン》に寄り、父を車に乗せた。車に乗るまで誰かと話し合っていた父は、座席に座ってすぐにネクタイを緩め、ジャケットを脱ぎ、額に手を置いた。それから深いため息をついた。車内にヒット曲は流れず、ブーンと車のエンジン音だけが聞こえている。熱々の車のボンネットから上がってくる陽炎、道谷洞《トゴクドン》、ジナ運輸と書かれたバスがコーナーを曲がるたびに傾く黒い頭、三色のパラソルに注がれる刃のようにまっすぐな日差し、方背居酒屋《パンベ》、忠武《チュンム》楽器といった看板が過ぎていく窓の外を意味もなく眺めているサンスの横で、父は座席のポケットからコニャックを取り出して飲み始めた。お酒を飲むだけで、サンスにどこでどのようにしようといった話をすることはなかった。ただ、フルーツは？　と秘書に訊き、用意しました、という返事があった。

南部循環路近くのソンドィ村を訪れたのは、初めてだった。アパートとスレート屋根の掘っ立て小屋が入り混じり、石材店や古物商や共同トイレのような建物が立ち並んでいる。少年の家は、鉄引き戸の「ベクホン食堂」という小さな店だった。サンスの一行が店に入ると、店に付いている部屋から少年の母親が出てきた。兄の名前を言うと、少し眠そうにしていた目に力が入った。水色のすだれがかかっている部屋から少年が頭をのぞかせた。子どものように体が小さく、小麦色の肌をした少年だった。

ナプキン入れだけが置いてあるテーブルに腰掛け、父が小さな声で謝罪の言葉を連ね始めた。少年の母親は怒りを鎮めようとしなかった。自分の至らなさだの母親を早くに亡くして子どもに足りないところが多いだのという言葉もあまり役に立たなかった。サンスが父と一緒に申し訳ありませんと謝ると、君は誰？　と少年が訊いた。

「君も屋上にいた？」

いいえ、とサンスは小さく答えた。が、僕は関係ありません、と言うことはできなかった。そう言ってくれたのは、少年の母親だった。

「関係のない子をなんで連れてきたんですか？　いい話でもないのに」

少年の母親にそう言われ、サンスの心に、あの冷たくふさがっている心に束の間ぬくもりが広がった。責任と過ちを争うやりとりが続く間、少し気が楽になったサンスは、目の前の少年ではなく店内を見渡していた。メニュー板に書かれたゴシック文字に目を奪われた。サンスが一度も口にしたことのない味噌酒クッパという言葉に。少年の母親がつくるのだろうか、酒味噌でクッパをつくるのだろうか、それとも味噌を酒クッパに溶かしてつくるのだろうか。文字を区切って読めばその分離の力で正体がつかめるかのように、サンスは味噌酒クッパを何通りにも読んでみた。少年の母親が早朝からつくるだろう味噌酒クッパの調理時間について考えを巡らせながら、その母親がうちの子はね、私たちはこの子のためにと思って島からやってきたんです、江南《カンナム》にある学校に入れようとね、島からですよ、島から、という話に耳を傾けるうちに、自分のことは顧みず、だからこの母親は味噌と酒クッパを、いや酒味噌とクッパを売って息子を世話するために島からやってきて、息子のために生きているのだということに思い至り、涙ぐんだ。

「そうおっしゃらずに。奥様、このフルーツを受け取ってください。あと示談金についての提案書も封筒に入れておきました。ぜひお目を通していただければと。心からお詫びしますので」

秘書が用意したものをすべて渡してからも、空気は変わらなかった。しばらく黙っていた少年の母親は、いまお酒を飲んでますよね？　とサンスの父に尋ねた。

「いえ、誤解です」

父は慌てて答えた。

「仕事でしかたなく、一口だけ飲みました。お店をされてるからご存じかと思いますが」

「お酒を飲んでからする謝罪なら結構です。お金もいりません。うちの子は法学部に行くつもりなので。そんなお金で育てるつもりはありません。それから、ねえ、あんた、どうしてあんたが泣いてるの？　お兄さんがやったことだからお兄さんが謝らないと。泣かなくていいよ、泣かないであんたはちゃんと生きていくんだよ。亡くなった母親のことを考えて、ちゃんと勉強しなさい」

少年の母親はサンスを見て怒りをこらえ、気持ちを落ち着かせようとしていた。サンスの心はよけいに苦しくなった。すみませんという言葉だけでは足りないくらい、限りなく恥ずかしい気持ちだった。スイス製のポケットナイフで脅かして屋上に連れて行き、腕力で縛りつけ、殴り、二日も放置していたのが誰であれ、その瞬間には誰にも押し付けることのできない純粋な羞恥心を感じた。

帰り道にサンスは父とソルロンタンクッパを食べた。二人で外食することはめったになかったので、サンスはそわそわしながら黙々と食べた。ごはんをおかわりし、父が残した分までカクテキと一緒に食べきった。その日の夜にはそのすべてを吐き戻したあとにぐったりとベッドに腰掛け、こんな文章を日記に綴ってみた。サンスが考えられる最善の文章、それは「何もしなければ（　　）になってしまう」だった。

それから頭に浮かぶさまざまな言葉を括弧の中に入れてみた。怪物、悪人、悪魔、ボンクラ、虫けら、犯罪者、チンピラ、ヤクザ、負け犬……その間にも昼のあのペクホン食堂でのある場面が、サンスの頭の中で絶えず再生された。いちばん記憶に残っているのは、見送りするつもりだったのかサンスたちが視野から完全に消えたことを確かめたかったのかわからないけれど、食堂の外の歩道に出て立っている少年の母親の姿だった。彼女が履いていた赤い革ひものサンダルの上に落ちてくる葉っぱの揺れる影。その黒い影は足を覆うようでも黒く染めているようでもあったが、と同時に風に吹かれながら波のように足を何度も撫でているようにも思えた。

そんな場面に思いを馳せながら、サンスはついに括弧の中に「何もしなければ（何か）になってしまう」と書いて文章を完成した。

サンスは兄とはできるだけ違う、まったく違う人間になろうと決心した。それは兄とだけでなく、兄が見せてくれたすべての世界との決別でもあった。それは分離と厳しい選別でしかなし得ないことだと思い、兄を思い出させるすべて——暴力、罵倒語、ポルノ、革ジャン、バイク、プロレス、ハルク・ホーガン、マスターベーション、ポケットナイフ、タトゥー、体罰、女性の裸体、復讐、銃といったものを次々とリストアップしていった。

最終的に、その事件で生き方を変えたのはサンギュではなくサンスのほうだった。サンギュは警察署で釈放され、停学期間中には江華島《カンファド》にある親戚の別荘で過ごしていた。毎晩人《ひと》気《け》のない海岸沿いの道路をバイクで走っていたそうだ。昼には伝燈寺《チョンドンサ》まで上り下りしながら筋肉を鍛えていたという。

少年と少年の母親が示談を受け入れたのは、ＰＴＡの誰かが手を回したからだった。その人は、このままでは少年が大学受験をする際に支障が出るかもしれないとアドバイスした。学校推薦が必要な入試で特に影響があるだろうと。事件となれば学校としても負担になるはずで、父は学校の財団の人たちとも親しかった。示談を受け入れなければ少年がどれだけ誠実に、正しく、まっすぐに生きていくつもりだとしても、その道に足を踏み入れることさえままならなくなるかもしれないと、機会そのものが失われるかもしれない状況では争う余地もなかったろうと、サンスは大学に入ってからようやく理解することができた。父は賢い人だったけれど、ある意味では卑劣だったと。サンスが成長する過程で、父からこっちへきなさい、よく眠れたか？　という言葉よりもよく聞かされてきた「正義」という言葉は、そんな姿をしているかもしれないと。

空っぽの心

部長に呼び出されたサンスは、じきに発令の通知が行くはずだと告げられた。その瞬間、かかとを何かでがぶりと噛まれたような気がした。部長から言われた転勤先が、韓国の地方でも協力会社のある日本でもなく、ベトナムだったのだ。ずいぶん前から韓国の紡織工場が中国や東南アジアに移転しているわけだし、それほど驚くようなことでもないかもしれない。工場を相手に営業しなければならないミシン会社からすれば、そんな流れについていくのが当たり前だから。サンスもベトナムを攻略すべきだと会議中に熱弁を吐いたことがあるが、自分で行くつもりはなかった。

そんなところに行くのは、入社したばかりの新入社員のなかでも文明開拓に近い猪突猛進型の営業にノスタルジーを感じたり、東南アジアと韓国の物価の差を利用して生活レベルを改善するのに興味があったり、失恋や離婚や不仲などからある種の避難場所を求めていたりする人くらいだろう。実際そうやってサンスの知っているたくさんの新入社員が中国とベトナムへ転勤していった。しかし、問題は現地になかなか慣れることができないことだった。聞いた話によると、直近でベトナムに派遣された営業部員の一人は、神経衰弱で帰国し、あげくには退社してしまった。その人の症状はぶつぶつひとり言を言うことから始まったそうだ。蒸し暑く、暴風雨かと思ったら日が照りつける予想できない気候に悩まされ、異国の人々の間ですっかり孤立していた彼の口癖は、「何でもできるし、何でもできない」だったらしい。何でもできて何でもできないだなんて、これほど絶望的な言葉があるだろうか。いくら頑張ってもプラマイゼロなら、気がプスッと抜けてしまうだろう。サンスはそれこそどんぐりムク[13]のような人生じゃないかと思った。色からして重たそうで、気泡ひとつなく硬そうなのに、いざスプーンで掬ってみるとあっさりと型崩れしてしまうゼリーみたいな人生。

「僕一人でですか？　チームでですよね？」

ベトナムという言葉で頭の中がぐちゃぐちゃになったサンスが、ようやく重い口を開いた。

「どうでしょう。会社としてはチームででもいいけど、女性をそんなところに送るのもなあ……本人が嫌がったら無理だろうし」

サンスはどうしても部長の話を受け入れることができなかった。半期しか経っていないのに、もうチームを解散させようとしているのだから。サンスがカッとなって、それは懲戒とか左遷みたいなものじゃないかと詰め寄った。すると部長は、なんの話か分からない、そんなふうには考えないでほしい、としらを切った。サンスはぐちゃぐちゃの頭の中を整理しようと駐車場に出てうずくまった。遠くて遠いベトナムだ。雨季とジャングルとメコン川と戦争と米軍とヘリコプターといったイメージでしか残っていない国に転勤しなければならないという事実に、サンスはひどく落ち込んでしまった。だが、こんなときこそ弱いところを見せるべきではないと心を入れ替え――誰も見ていないのに――濡れた洗濯物のようにぐったりと力の抜けている体を引きずり、近くのプラスチック製の飲料ボックスに腰をかけた。ところどころ瓶が入ってなくて、座り心地はあまりよくなかった。

これから広がるであろう自分の未来は、ずっとこんな感じなのかもしれない。ベトナム産のあのザラザラとする米粒からして、自分を悲しませるだろう。韓国企業の相手をするわけだから、ベトナム語ができないのはなんの問題にもならないはずだ。しかし、どこに行っても異国の言葉しか聞こえてこない状況は、かなり身にこたえるだろう。英語や日本語みたいに聞き慣れた言葉ではなくて心をよけいにむしばむだろうベトナムの言葉。誰ひとり声をかけてくれず、もちろんソウルでも社交性があるわけではないけれど、孤独を嚙みしめながら

13 韓国の伝統食品で、どんぐりのデンプンをゼリー状に固めたもの。

ネットでダウンロードした韓国ドラマを観て、長い夜を過ごすことになるだろうか。「オンニには罪がない」はどうすればいいのだろう。あれほど遠い国から、今のようにはっきりと愛の無実について語ることができるだろうか。サンスには恋に傷ついた会員たち、つまりそのオンニたちが必要だった。会員たちがサンスを必要とするように。そう思うと胸が詰まるようだった。しかし呆れるのは、自分が転勤となっても、悲しんでくれそうな人が誰ひとりいないということ。それなら、ソウルからベトナムにじゃなくて、死んでこの世から消えたって同じことじゃないか。心の中が大きく渦巻きはじめ、サンスはそんな悲しい考えにどんどん引きずり込まれていった。

敬愛《キョンエ》は青海《チョンヘ》水産でコノシロの刺身を食べながら、サンスから転勤の話を聞かされ、むごいことに「つまり、私には選択肢があるわけですね」と尋ねた。冷たすぎる言葉だった。傷ついたサンスは、好きでもない清酒を一本飲み干してしまった。敬愛は焼酎とビールを混ぜた爆弾酒を飲んだが、自分で飲むものなのに、グラスを振る際に、わざわざ飲み口にナプキンをかぶせて、竜巻を作った。

サンスは酔いのせいでもあるが、こういう時にも爆弾酒を作ることに夢中になっている敬愛が憎らしくて口数が減ってしまった。二人のテーブルがしーんとなり、食事を終えた客たちが店から出ていって、ソウルの夜は静まり返っていった。街が、店内が、静かであるということは、みんながそれぞれの家に帰ってしまったということだ。ガチャッと音を立ててドアを開け、誰かにただいまとあいさつし、遅めの夕飯を食べたり果物を食べたりしながらテレビを見て、寝る前のあいさつをして眠りについたということなのだ。サンスはいつも静かにやってくるソウルの夜を敏感に感じ取りつつ、そういう日常から自分はつねに疎外されていると思った。夜が深まれば深まるほど、サンスの中では悲しみ、悔い、寂しさ、怒りというものがどんどん増していった。

しかし、ソウルの夜を感じられる日はもう残り少ない。これからは蒸し暑いベトナムから想像することしかできなくなる。今日は敬愛さんが会社のどこでタバコを吸ったんだろう、誰かと言葉を交わしたりしただろうか、恋人とはうまくやってるだろうか、その人の前では少し笑うこともあるだろうか、と。

サンスを慰めるつもりでか、敬愛は今度の転勤は左遷ではないはずだと言った。サンスはそれを聞いて喜んだが、直後にそんなにいい話でもないだろうと言われ、がっかりしてしまった。

「よくも悪くもない話だけど、ちょっと不思議ではあります。入社十年目のコンさんが、なんでいまさら海外転勤？　その理由を考えてみるべきでしょうね。ベトナムにも現地の営業を担当しているエージェンシー、ソールエージェントがあるのに、なぜわざわざチームリーダーレベルの営業部員を送り込んで、追加経費を払ってまでコンさんを派遣する必要があるのかと」

「実績を出すのを期待してるとか？　つまり、投資をして……」

「正直なところ、私たちってそんな能力はありませんよね。そう思いませんか？」

敬愛はニンニクを半分に噛み切りながらぶっきらぼうに言った。サンスは痛いところを突かれた気がした。その通りだった。どうせソウルにいても寂しいし、一人で行くのも悪くないとムッとなって考え始めた頃、敬愛が爆弾酒を作っていた手を止めて、誰かからかかってきた電話に出るために店の外へ出ていった。窓から水槽を這うように泳いでいるヒラメやガラスを踏み台にして水面までよじ登ろうとしているタコが見える。その横で敬愛の顔がパッと明るくなったと思ったらすぐに暗くなった。敬愛はすっかり影の差した顔をして、唇を噛みながら感情が込み上げてくるのをかろうじて抑え込み、「どうして」と訊いているように見えた。どうしてなのかと。席に戻ってきた敬愛の顔色が悪く、サンスが話を続けていいかどうか迷っていると、やがて敬愛は疲れた表情でもう帰りましょう、と言った。

それから一週間を悩み続けたサンスは、ユジョンに相談し、黙ってベトナムに行くことを決めた。それまでのことを考えれば、サンスにしては覇気のある選択だった。ユジョンはサンスがベトナムに行くことになった背景には、社長が現地の代理店を信じられなくなったという経緯があるだろうと耳打ちし、それから絶対に技術者とチームを組んで、確実にサンス側に立ってくれる人を連れて行くべきだとアドバイスしてくれた。

「サンスさん、じゃないとすごく苦労すると思う」

「どんな？」

「機械は売って終わりじゃないもん。設置から管理までがうまく行かなければ、他の会社にまた機械を売るのが難しくなる。そこまでしっかりできなかったら、信頼を失ってしまうの。横のつながりがしっかり作られているところで、しかもあんな遠いところで、助けてもらえる技術者が一人もいなかったらどれだけつらいか」

ユジョンの話を整理すると、つまりこれはただ派遣ではなく、会社の力関係を再構築しようと社長が描いた「ビッグ・ピクチャー」なのかもしれない。もちろん社長は、サンスとの面談で現地での苦労や会社運営における難しさを認めるような言葉を一切口にしなかった。ただ、サンスが部屋から出ようとする際に、突然肩を組みながら「私たちは卓球で桃園の誓いをした仲じゃないですか」と親しげに声をかけてきた。

「お父さんのこともあるし、ベストフレンドになる資格は十分あるだろ？　いつか瑞草《ソチョ》で一緒に卓球でもしよう」

肩を組んだ腕からは、父のあとを継いで赴任したものの、会社を完全に掌握できずにいる若社長の苦しみが伝わってくるようだった。幹部からは「坊っちゃん」と呼ばれて小馬鹿にされ、従業員からは無駄な競争心に駆られている熱血スポーツマンと評価されているが、そんな社長だって海外留学までした人間だった。根性も判断力もあるし、何より毎日父から責められているため、会社の業績を気にしないわけにはいかない。しかも彼が仕事やらなにやら手を抜いてしまうと、彼の代わりになる親戚——叔父、義理の兄、いとこまでが列をなして待っている。社長が白いタオルを投げさえすれば、すぐにリングに上がろうとして取っ組み合いになるはずだった。

元気を取り戻したサンスは、工場で誰が自分と一緒にベトナムに行き、みずからの力量を存分に発揮したがっているかを探り始めた。だが、キャリアの長い社員たちは鼻で笑い、若い社員たちはこの地を離れるほど困っていなかった。若い人には仲のいい恋人や妻が、友人が、守るべき家族や犬や猫がいて、遠くて遠いところまで行きたいという気持ちなどなかった。最初は技術者までしっかり手配してくれると大口を叩いていた部長は、サンスが人探しに苦労しているのを見て「とりあえずひとりで行っとく?」とそっと足を抜いた。ベトナムだけではない。中国もほかの東南アジアの国も、技術者にはあまり人気がなかった。技術を持っている技術者たちには、ある意味選択の余地があった。ミシンは斜陽産業だから若い労働者の参入が少なく、それでも熟練工は必要だから、技術者たちの年齢はどんどん上がっていった。会社は、必要があれば退社者にまで連絡を入れて人員を確保しようとした。

断られ続けていたサンスが最後に思い出したのは、チョ先生だった。好況期だった一九八〇年代に技術者として名を上げ、途中からは営業部で働いていたではないか。総務部に連絡先を問い合わせたが、退社者の記録は破棄しているという返事が返ってきた。そんな時、敬愛がチョ先生の連絡先なら自分で調べられると言った。

「知ってますか?」

「いいえ、友だちが連絡してるので」

「いや、どうやってチョ先生のことを知ってるんだろうと」

敬愛の答えを聞く前に、サンスはじりじりと続いていたパンドミシンの史上最長のストライキを思い出した。髪を丸刈りした従業員のなかに敬愛がいたことを。サンスはチョ先生にいまだに後ろめたさを感じている部長を説得し、もし連れて来ることに成功すれば再就職を認めるという約束を取り付けた。自分も長いあいだ後ろめたかったと、技術者や営業部員としてずっと働いてもらった人を、年を取ったからという理由でクビにするのも冷たすぎると思ったと。サンスの胸が高鳴った。

「僕と敬愛さんとチョ先生でベトナムに行けば何かできそうじゃありませんか？　実績も出せるはずです」

敬愛はそうですかと答えるだけで、同意はしなかった。この間イリョンが、チョ先生の状態があまりよくないと言ったきり、何も語ろうとしていなかったから。

「敬愛さん、チョ先生がいる仁川《インチョン》に行きましょう。説得して連れてこないと。敬愛さん、仁川には行ったことありますか？」

「ありません。行く用事もないし」

敬愛は仁川と言われていろんな記憶が頭に浮かんだが、誰にもそれを打ち明ける気にはなれず、ふたたび頭の奥に沈めておいた。Eの話は、サンジュにも詳しくしたことがなかった。

「ええ。ほぼ終点ですし、遠いですからね」

「向こうから見れば終点じゃなくて始発点です」

「敬愛さん、どうやったらそんな素敵な言葉が思いつくんですか？」

サンスはめずらしく、何度も敬愛を褒め続けた。実を言うと、どうすれば敬愛に自分をアピールできるだろうと悩んでいたし、そのためにはまず自分を理解してもらわなくてはならなかった。本当の自分と本当の気持ちを。理解はそのうち評価へと変わり、また好感や信頼へとつながって、しまいには総務課長のもとで退屈そうに物品台帳など管理して過ごすより、広々としたチャンスの地、工場の建設が事実上の文明の開拓にほかならない開発の喜びがある土地へと渡り、経営学で学んだことを存分に発揮できるようにしてくれるはずだった。ただ自分が敬愛の気に入られようとしているのか、ベトナムに転勤してもチームリーダーという肩書を維持したいのか、それともまったく別の望みがあるのか、自分でも判断できずに迷っていた。

「仁川に住んでいた友だちが言ってました」

「そうなんですね。そんな素敵なお友だちがいるなんて、ほんと素晴らしいです」

「今もいるとは言ってません」

敬愛はふとサンスの話を訂正し、話題を変えてイリョンがベトナムの工場から戻った知り合いに聞いてきた現地の事情について淡々と説明した。韓国の企業が欧米のアパレル会社からオーダーを受けて工場を回しているものの、だんだん辺鄙なところに工場を移していると。だからハノイやホーチミンみたいな大都会にずっと滞在できるわけではなくて、基本的には田舎の道を六時間も走って田舎へ、密林へ、都会の翳りを感じられない場所へと営業に出かけなければならないというのだ。

韓国の企業がそんなところに工場を建てるのは、労働力を奪われないためだった。工場を建てると最低でも三千人くらいの労働者が必要になるというのに、建設を終えて工場を回す段階になって、別の工場、例えばもっと高収入が得られる半導体工場とか別の織物工場とかが入ってきては困るのだ。競争になると、とうぜん賃金が上がる。しかしそんな敬愛の話は、サンスの耳に入らなかった。上司であるにもかかわらず、なぜかいつも敬愛より立場の弱いサンスだが、今度こそはどんな手を使ってでも敬愛の心、敬愛の選択、敬愛の同意を得られなければならなかった。サンスは自分の普段の感情状態からすれば、行き過ぎていると思うほどの元気を振り絞った。

「人生というものはもともと、終わったと思った瞬間にまた始まるものじゃないですか。そうやって終わりが新たに開かれていく」

敬愛はサンスに乗り気ではないような生返事をしたが、本当は誰もが避けようとする場所に行ってみるのも悪くないような気がしていた。総務部に戻って、また独りよがりの生活を送りたくはない。サンジュのことだけが気がかりだったが、サンジュを気にする自分を思うと、ひどくみじめな気持ちになるのも事実だった。

サンジュとよりを戻してから、二人はデートで以前よく訪れていた場所を一緒に回ってみた。漢江《ハンガン》公園でビールを飲んだ日は、ハグしたまま昔のような近しさを味わっていた。

不思議な日だった。真昼に川岸のパブに座ってビールを飲んでいると、船着場に繋がれているスワンボートが目に入った。スワンボートのくちばしは黄色く、目は黒くて、人の座るところは真っ白だった。パラダイスという店の名前が縦に書かれている。スワンボートとパラダイスと鳥がとまっている漢江と鉄橋、それから向かい合っているサンジュ。そんな風景が、古い喪失感を呼び起こした。それから不安も。一列に繋がっているスワンボートは、電車が鉄橋を通ったり風が吹いたりするたびにぶつかりながら波打った。その風景は、パラダイスと縦に書かれた文字の意味とは違って、サンジュといるこの瞬間を絶えず懐疑させ、否定させた。そうやって互いを互いに縛り付けて震えながら、私たちはもう恋人関係じゃない、改めて訪れた漢江も汝矣島《ヨイド》の冷麺店も光化門《カンファムン》の書店も私たちがなんの関係でもないことを証明している、私たちは愛し合っていない、私たちは明日を計画していない、私たちは互いにどんな期待も持っていない。

「あそこ見て。パラダイスだって」

敬愛がスワンボートを指さすと、ｉＰａｄを見ていたサンジュは顔を上げてそっと笑みを浮かべた。

「そうか、ここもパラダイスなんだね」

やがて車に乗り込んだサンジュは、敬愛に「ハグしてもいい？」と尋ねた。敬愛は少し考え込み、「私も先輩とハグしたいと思った」と答えた。

敬愛は家で昼間の出来事を思い返した。一緒に食べた冷麵、肩を並べて歩いた道、飲食店のチラシを無理やり渡す女たちと青々と茂っている街路樹、漢江とスワンボート、パラダイス、それからようやく抱きしめ、確かめ合うことができたサンジュという人。今日の出来事なのに、何もかも時効が迫っている記憶のようで、早く廃棄しなくちゃと焦るような気持ちになった。敬愛と一緒だったサンジュが、妻の帰る五時半ぴったりにソウル駅に着くよう去ってしまったからかもしれない。それぞれ帰ってから繰り広げられる日常のことを考えると、それまで抱いていた感情もすべて色褪せ、スワンボートに書かれたパラダイスという文字のようにうわべだけのニセモノに思えてしまうのだ。敬愛はますます自信がなくなった。つま先から何か少しずつ崩れ落ちてくるような気がした。これまで敬愛が積み重ねてきたすべてが危うくなっているような。そんな時さえもサンジュのことを思うと切実な気持ちになり、彼を失いたくないという思いが敬愛をとらえて離さなかった。その一方、その想いがついには自分を壊してしまうだろうという予感がした。

行かなくちゃ、と思った。去らなくちゃ、どこへでも。

その日の夜、家の前で会ったイリョンは暑さのせいでさらに痩せていた。仕事で一日じゅう歩き回っているが、昼間に道を歩くと体から水分という水分が、たまには魂までが蒸発してしまいそうになると言う。

「大変でしょ？」

「そうだね。でも大変だと言ってたらよけいつらくなるから」

「だよね。じゃあ大変じゃないと言わなくちゃ」

「そう言い聞かせたところで、大変であることには変わりないけど」

「じゃあ、なんて言ったらいいの？」

「元気があるから生きるわけじゃない。生きているから元気が出るのさ」

「すごいね」

敬愛はサンジュとの話がしたいという気持ちに駆られたが、できなかった。サンジュとの関係が深まれば深まるほど、敬愛は誰にも言えない秘密を抱え、孤独に沈んでいった。サンジュは敬愛がこんな関係の限界について話すと、何日も音信不通になってからひどく傷ついた顔をしてやってきて「何も言わずに一緒にいてくれない？」と言った。「本当につらいから、俺の言うとおりにしてくれよ」と。

そんな状況について聞かされたミユは、今すぐサンジュに電話をかけると声を荒らげた。

傷ついている時は誰かに話したくなるものだと、サンジュは自分の話を聞いてくれる人を求めて訪ねてきているだけだと敬愛が説明すると、ミユは自己勝手すぎると、どうせどん底の人生だから浮気でもしようって言いたいわけ？　と言って敬愛を悲しませた。ミユは家に帰ってからもまた電話をかけてきて、あんたが苦しむのが嫌なの、と言った。受話器の向こうからミユの娘の喃語が聞こえてきた。子どもから発せられるその声は美しく、その美しさのあまり、まわりの風景が悲惨な感じに変わることもあるのだと敬愛は考えた。

「保証できない未来のせいで、人生を棒に振らないでほしい。そんなの愛でも何でもないから」

「わかってる」

「じゃあ、なんで？　わかってるくせに、どうしてなの？」

敬愛はそれ以上何も言うことができず、ミユに「あまり心配しないで」と言った。サンジュの近くにいたいと思う敬愛の今の気持ちは、ロマンス的な欲望でもなく、よりを戻したいという熱望でもなく、ただただ一種の敗北感に過ぎないと、その背後にある微々たる連帯の気持ちだけが二人を結びつけているだけだと告白したかった。だが、あまりにもかわいらしい赤ちゃんと夜を迎えるだろうミユに、そのことを理解させる術は見つかりそうになかった。無惨に敗れて何も守ることができない二人が、互いのみじめな顔をやっとのことで撫で合っているだけなのだと。

「最近は犬のことで困ってない？」

敬愛が訊くと、イリョンは少し照れた表情で、今は犬を追い払おうとしないで餌をあげていると答えた。空き家でお腹を空かせている犬を見るにたえなくて餌を与え始めたと。群れの中には子犬もいる。彼は自分のように動物好きじゃない人でも、子犬を見てしまったからには見過ごすことができないと言った。

敬愛はイリョンが家に帰ったあとも、コンビニ前の椅子に座ったまま、慣れない道をいまや食べ残した肉やパンなどを持って歩く彼の姿を想像した。すると、この世はどういう脈絡でマイルドになれるのだろうかという疑問がふと頭に浮かんだ。イリョンは伏日《ボクナル》[14]になると人間が自分たちを捕まえにくると勘ぐった野山の犬たちが、山の奥へ、さらに郊外へと逃げていくと言った。それから夏の節目が過ぎると、道路に降りてきて群れを作り、イリョンのようなよそ者を警戒しながらも追いかけ、そのあいだにまた子犬を産んだり、イリョンが差し出した餌で腹ごしらえをしたりすると。そうやって犬も検針員もやさしくなれる時間。誰も傷つかずにやさしく暮らしていける瞬間は、人生のいつ頃にやってくるものだろうか。

14 暑気払いとして滋養強壮に効く食べ物を食べる日。農業社会で牛や豚が貴重だった時代から、牛肉や豚肉の代わりに犬肉で作った「補身湯《ポシンタン》」を食べる風習があった。近年は参鶏湯《サムゲタン》が人気。犬肉の食用は、二〇二七年より法律で禁止される。

その日の夜、眠れずにベッドに横たわっていた敬愛は、ふとサンジュと別れた当時に唯一誰かと言葉を交わすことができたフェイスブックの恋愛相談ページを思い出した。何年もログインしていないためにページ名すら忘れてしまったが、何回かの検索ですぐに見つけることができた。オンニには罪がない、というページだった。

殺人は恋愛のように、恋愛は殺人のように。

今はモットーが変わり、最初のページにはヒッチコックの映画をめぐってフランスの映画監督トリュフォーが残した言葉が書かれていた。以前よりも教養が深まっているようだが、言わんとしていることは曖昧だった。二つの比喩の続きにはどんな言葉が来るのだろう。結局、殺人と恋愛はある種の破壊力を備えているという意味だろうか。敬愛はこのページをあの頃のオンニという人が継続しているのかどうかも気になった。だとしたら自分の過去を知っているはずだし、もっと気楽に話せるのではないかと。だが、オンニは次から次へと返事を書いていたため、相談内容をすべて覚えてはいないだろう。ひょっとしたらオンニは、一人ではなく何人かいるのかもしれない。窓から風が入ってきた。秋だった。秋の空気はさらに重く、和らいでいて、数年前の夏とトウモロコシを思い出させた。敬愛は何も映っていないモニターをしばらく眺め、オンニにメッセージを書き始めた。書き終わった頃には、すでに夜が明けていて、出勤準備をしなければならない時間になっていた。

殺人は恋愛のように、恋愛は殺人のように

サンスはその夜明けに敬愛《キョンエ》から届いたメールを開いて、煩悩の引き金がカチャッと引かれたのを感じた。直訳すれば「凍っているフランケンシュタイン」と訳せそうな変なユーザー名を使っている敬愛が、もともと「オンニには罪がない」の会員で、ずっと前にメールのやりとりをした関係である上に、現在浮ついた気持ちでメッセージを送ったり電話をしたりする相手が、かつて敬愛をめちゃくちゃにして離れてしまった元カレであるという事実に衝撃を受けた。

元カレがまだ結婚生活を送っているという話には、文字通り、無惨なまでの悲しみを覚えた。自分勝手なヤツによる搾取を愛だと勘違いするなんて。そんな関係に自分を追いやるのは、もはや罪なのに！　サンスは思わず敬愛に電話をかけてしまった。だが、サンスがメー

ルを読む間に眠ってしまった敬愛の、「もしもし」ではなくて「どなた」と言うツンとした声が聞こえて、思わず「ごめんなさい。かけ間違えました。もっと寝てください」と言い残して電話を切った。

ショックに耐えきれず、むしろ何も知らなかった頃に戻りたいと思った。そうすればこの煩悩から逃れることができるだろうから。いや、そんなのは無理かもしれない。いつかサンスが、出家して僧侶になった大学の先輩に「どうしたらこの煩悩をなくすことができますか」と尋ねると、先輩は「なくせない」ときっぱりと言い切った。それならなんで仏様を供えて百八礼[15]なんかするのかと抗弁しようとした時、先輩は少し迷いながら「自分の煩悩すらなくせなかったんだから」と打ち明けた。袈裟の下からナイキのロゴのTシャツがちらっと見えて、サンスもそれ以上のことは聞かなかった。つまり人生は、手をつけられるようなものではないのだ。ただあきらめるしかない。心の煩悩も葛藤も苦しみもある種の飢えや渇きも、持病のように一生付き合っていくしかないものなのだ。痛いところを治しながら使っていくしかないのが体なら、心だって同じだろう。だいたいそうするしかないだろうと思いつつも、サンスは敬愛が匿名の誰かに書いているつもりでこんな返事を送って来る日には、耐えられないほどの苦しみを覚えた。

オンニが手紙に書いてくださった数々の毒舌をじっくり拝読しました。お金をもらっているわけでもないのに、これほどの時間を割いていただきありがとうございます。ですが、それなら心はどうやって廃棄すればいいですか。全部廃棄しろとおっしゃっていましたが、具体的な方法については教えていただいていません。

サンスは混乱しながらも、自分のアカウント、つまり「born-innocent」というオンニ用のアカウントで敬愛の目を覚ますべく長文の手紙をやりとりしてきたのに、それが「数々の毒舌」という言葉にまとめられてしまったのだ。もっと具体的に教えろと？　サンスは突然カッとなって、敬愛をこんなバカげた状況から救い出せるものなら徹夜してでも付き合おうと腹をくくった。徹夜どころか、飲まず食わず付き合ってやろうと。代休をもらって会社を休んで、不眠の夜を過ごしながら、ベトナムのことなども忘れて……いや、しかし、仕事は仕事だから、派遣には行くべきだろうけど、当の本人である敬愛は佛光洞《プルグァンドン》のどこかで眠っているとしても、自分は質問を受けたんだし、どうやって廃棄すればいいですか？　と訊かれたわけだから、とことん集中して返事を書こうと。タップダンスでもするかのようにキーボードの上で指が動いて、オンニとして生きてきた八年間のノウハウを総動員し、敬愛さん、

15 お経を唱えながら礼拝を百八回繰り返す修行。

それは愛じゃないんだよ！　と教えるんだと。

「オンニには罪がない」でサンスが出会った女性たちは、いくつかのカテゴリーに分類できるほど似たような悲劇にさらされていたが、サンスはそのすべての責任が、男どもの目に見えた利己心にあると確信した。十代だった頃から今まで、サンスは集団の中で男のそういうところを確認するチャンスにありふれていた。男たちの話の中で、女性はまともな体を持つことがなく、ひたすら性器や胸だけで存在している。そのようにして脱がされ、かき消された女性たちへの笑いがじわじわと広まっていくのを見るたびに、サンスは腸のどこかがねじれ、気分を悪くした。嫌悪感を覚えた。

それでサンスは、男の愛というものに懐疑的だった。誰かを大切に思っているのではなく、権力関係から発生する熱エネルギー程度にしか思えなかったのだ。

そのことをはっきり意識するようになったのは予備校時代だった。百五十人もの男子学生が共同生活をしながら勉強していたが、「生活助教」という人間によって軍隊の訓練所のように一日のルーティンを決められ、統制されていた。六時の起床時間に起きて、五分でトイレ、十五分で食事を済ませ、午前二時まで自習するという基本的なルールから、髪型はスポーツ刈り、洋服は季節ごとに登録しておいた上下三着まで、携帯電話使用禁止、帽子着用禁止、私的な交流（会話、ボディタッチ）禁止といった細かいルールまで、学生たちの生活全般が助教によって管理されていた。

もちろん、サンスはいつもルールを破った。何か意図があるわけではなく、生まれ持っただらけた性格のせいで自然とルールに違反する流れになるのだった。浪人生活が長くなると、サンスから緊張というものがだんだん失せていった。十一月になれば、人生が左右される不当なまでに特別な日、修学能力試験の日がやってくるという事実さえ、肥満気味で憂うつな三浪生にとっては無意味に思えた。当然、起きるべき時間に起きることができず、走るべき時に走ることができなかった。音楽を聴いてはいけない時間に音楽を聴き、食べてはいけない時間にラーメンを食べた。光が漏れないように電気を消して漆黒のような闇の中でカップラーメンを食べていると、化学調味料の味を存分に利かしたスープに舌のありとあらゆる味覚芽が刺激され、ようやく、生きている——と思えてくるのだ。そうした生存の感覚は、残された日をカウントしてくれる予備校の大きな電光掲示板からも、同じジャージを着て座り「寛容とは人間愛の所有である。我々はすべて弱さと過ちから作られているのだ[16]」「人生の偉大なる目的は、知識をたくわえることではなく、行動することである[17]」といった名言が出てくる社会科目の問題を解く時間からも感じることができず、「ラーメン」でしか感じられな

16 フランスの哲学者ヴォルテールの言葉。
17 イギリスの生物学者トマス・ヘンリー・ハクスリーの言葉。

かった。もっぱらラーメンのスープだけが、このまどろっこしい退屈と支離滅裂さからサンスを救い出すことができた。いや、救い出せるはずだと信じていた。

その年の夏、新しい生活助教が赴任した。海兵隊の新兵訓練所の助教出身で、体育教育科を卒業した彼は、筋肉ムキムキの体がまるで工事現場で使う「大ハンマー」のようだった。予備校の先生たちは、サンスにあれやこれやと指示を出してはいたものの、なかなか言うことを聞かないし、かなり名の知られた家の末っ子であるということで、磁器の皿をスポンジで洗うかのようにおそるおそる接していたが、彼は違った。サンスが寝坊して朝日が寮のベッドまで入ってきてサンスの額にまで差し込むと、そのあとに続いて彼がノックもしないでドアを開け放ち、「出ます！」と叫んだ。自他の区分のない曖昧な言葉だった。しかし、さっさとベッドを抜け出してズボンをはき、グラウンドまで罰を受けに来い、という意味であるということくらい、サンスもバカではないので理解できたし、助教が待ち構えている以上、体を起こさないわけにはいかなかった。のろのろと外へ出てみると、そこにはサンスだけでなく六、七人の学生がゆるい列を作って立っていた。

「ありますか、ありませんか？」

彼はいつもこんな言葉で体罰を始めるのだ。誰からも返事がないと、彼はそう言い放ったままじっとして待っていたが、その時間が長くなればなるほど損をするのは学生のほうだから、誰かが渋々と彼に聞き返した。

「何がですか?」

「意志」

そう返事してから、助教はもう一度学生たちを見渡した。

「重要ですか、重要ではありませんか?」

「意志が、ですか?」

「大学」

彼はこのようにわざわざ訊くまでもないことを訊く癖があった。別に答えを待っているわけではないということはわかっているけれど、訊かれたからには耳を傾けるしかなく、それでようやく興味が出てきたかなという頃に聞こえてきたのがあまりにもしらける答えだから苦笑いをしてしまうみたいな感じ。だが、なんの意味もないその会話は、それから始まる体罰のための一種の儀式にすぎず、学生たちが何と答えようと、体罰を避けることはできなかった。七、八回繰り返される競走や鉄棒のぶらさがり、ホッピングといったものを。照りつく日差しの下で受ける体罰は、あまりにもつらく、面倒でもあったけれど、不思議なことに体罰が始まると、サンスの心は混乱しながらも揺さぶられた。男の目はつり上がり、角張ったあごはがっしりしていて、肌は黒いほうだったが、そんな彼が両手を腰に当てて「実施」「ストップ」「復唱」といった命令でサンスの体を調教すると、サンスの心からはポップコーンが弾けるようにさまざまな感情が湧き出る。ラーメンだけに熱くなっていた夏前の心とは違った。そこには侮蔑感や恐れがあり、怒りや嫌悪や悲しみもあったが、極めつけは奇妙でありながらも明らかな願望が芽生えたことだ。助教がサンスを押さえつければ押さえつけるほど、不思議にも彼へのある種の願望が頭をもたげた。

これまで血がまわり、肉が付いている、つまり実体を持つ誰かと恋したことはなかったけれど、とはいえ、こんな感じのものではないはずだ。いや、そんなはずはない、と気を取り直して助教に向き合おうとしても、彼によって走らされたり、腕を伸ばさせられたり、ジャンプを強制されたりする時間を過ごしていると、体がしんどければしんどいほど心がまたコントロールできない感情の祭りを起こしてヒートアップしたし、この肉体の痛みに終止符を打てるのもまた生活助教であるわけだから、彼に怒りや恨みや鬱憤を向けたところで、結局はこの関係ですっかり弱い立場にいる自分が、彼の容赦、許し、同情、思いやりといったものを乞うことになるのを、降伏する気持ちで認めざるを得なくなるのだ。

つまるところ、彼は特別だった。サンスは彼も自分をもっと特別に思ってくれることを願った。特別と言ったって、それが自分の人生で特記するほどの事件ではないだろうと思いながらも、とにかく愛というものはそのような権力の格差のなかで幻想のように生まれるものかもしれないとぼんやり思った。

そんなある日、ずぶぬれの布団のように重たい体をベッドから抜け出させることができず、一限目の授業に遅れてしまった秋の日、どうせ受ける罰だからと思って助教に呼ばれもしていないのに、サンスは自分の心を隠しながら運動場に出た。今日は何周することになるんだろう、と考える。走れというなら走ればいい。おかげで体重が少し落ちた気がした。靴下が以前よりも履きやすくなっている。深々と頭を下げなくてもつま先が見下ろせた。だが、助教はサンスを見て知らん顔をした。携帯電話をいじりながらグラウンドのスタンドに無表情で座っている。サンスは彼の指示を待った。重要ですか、重要ではありませんか？　と訊きながらグラウンドのとある目的地を指差すまで。しかし、助教はサンスを初めて見るかのように、そこにサンスがいないかのように、自分のことだけに没頭し、かかってきた電話に出て「ああ、うん。清涼里《チョンリャンリ》？　それじゃ、清涼里に行けばいいんだね？」と訊いていた。清涼里だなんて。ここ龍仁《ヨンイン》市の予備校とはなんの縁もゆかりもない地名ではないか。

「遅れました」

やがて沈黙に耐え切れず、サンスから話しかけた。助教はそんなサンスをじっと見つめ、「何か約束してましたっけ？」と訊いた。サンスはかしこまった言い方ではない彼の言葉を心の中でもう一度繰り返してみた。してましたっけ？　と。サンスも使うし、サンスの友だちも講師たちもみんな使うけれど、なぜかこの大ハンマーみたいな男は使わなさそうだったあの清涼な言葉を。

「僕、遅刻したんで」

するど助教は、ようやく状況が摑めたかのようにうなずいた。そろそろ夏の間、このグラウンドで熱烈に行っていたあの作業に取り掛かってみようとサンスが運動靴のひもを締め直したその時、助教がサンスに「もういいんです。私はもう契約が終わりましたから」と言った。それから助教はどうしてか少し明るく笑ったのだが、するとようやく純粋で、天真爛漫で、世の中のことには少し無関心な、羽のように軽い二十代の笑顔がその顔に浮かび、消えていった。その瞬間、サンスは何か戸惑いを感じた。

「終わったというと？」

「入試まであと三週間しかないのに罰なんか誰も受けませんよ。私もまあ、契約職でしたし」

信じられなかった。あれほど強く自分を促し、追い込んでいた状態が、予備校との契約終了と同時に消えてしまうものだったなんて。だとしたら、自分をあんなふうに調教していい権利は、そもそもどのように生まれたのだろう。自分が感じていた、あの数々の感情はいったい何だったんだろうか。

「試験日に眠くなるといけないから、寝坊する癖は絶対に直したほうがいいですよ。タンパク質とかビタミンとかもちゃんと摂ってくださいね」

助教はそんなアドバイスとともに、いい成績がもらえるといいですね、と励ましの言葉を残してサンスの視界から消えていった。大ハンマーのようにずっしりとした彼の体が離れれば離れるほど、サンスの心は封鎖されていくような気がした。秋を迎えたグラウンドには、風が吹くたびに落葉がクラッカーのように落ちてきた。

その後サンスは、ひとり寂しく道を歩いていたり、夜明けの四時や五時に目を覚ましてぼんやりベッドに座っていたりする時や、バスの隣席に座った人たちが大声で笑ったり何かについて熱く語り合ったりしている時に、あの秋の午後を思い出した。自分をあれほど豊かにしていた感情が、ある臨時職の契約終了とともにあっさりと消えてしまったことについて。すると、度々、信じられない気持ちになるのだ。始まるのも、進行するのも、終わるのも、すべて心の中での出来事だったのに、心を動かす動力が自家発電ではなかっただなんて。唖然としながらも、はっきりとわかったことがある。助教とサンスの間にあった力関係が、一種の権力の位置エネルギーを生産し、感情を作り出していたということだった。サンスの分析は、自分にとってさまざまなメリットをもたらしたが、傷つきにくくなったという意味では特によかった。そう考えると、所在を知れない喪失感でずたずたになった心が一気に癒される気がした。きれいさっぱり、高速道路が開通したみたいにすっきりした。その道が、敷いたばかりの道路からするコールタールの匂いのような、ひどいシニカルさ、虚無、自分を包み込むすべての感情への限りない懐疑へつながっているとは知らずに。

　サンスは今すぐメールを書いてこのような愛の属性について教えてやろうと思いながらも、しばらくは傍観するしかなかった。意欲もあふれていたし、言いたいこともあったが、メールを書くことができなかった。とりあえずその元カレの電話番号を受信拒否リストに登録します。指を動かしてブロックボタンをそっとタップするだけ。それができれば、まずはその搾取の網から半分は抜け出すことになります。起きてる？　ひさしぶりだね……いまどこ？　こんな馬鹿げた連絡が来なくなりますから。まずそこからでいいです。いますぐ抜け出せ、とは言いません。そんな短気なタイプではありません。なかなか抜け出せないオンニたちが多くて、いつも私は待ってあげてるんです、待ってますから、私は、朴敬愛さんを待ってます。頭の中でこんな言葉をフンコロガシのように転がしながら目を開けたまま夜を過ごして出勤してみると、当の本人はサンスが貼っておいた「モノは売っても心は売らない」というスローガンの下に座り、音を立てながらキーボードを打っていた。いつもなら、朴敬愛らしく出勤してすぐに業務モードかと思っただろうに、サンスの目にはそれがこれまでとは違う様子に映り始めた。つまり、メッセンジャーであのダメな恋愛相手とやりとりしているのではないかと。何かを探すふりをしながら覗き見ると、誰かに向けてこんな文章を書いているのが目に入った。

おはよう。今日も無事に朝を迎えたよ。
無事という言葉は、無限とか無数とかの間からかろうじてすくい上げられたものみたい。果てしない海に浮いている小さなボートみたいに。

これはやはり愛の言葉だ。サンスの厳しい忠告のメールを読んでからも、あの怪物のような感情から離れられないのであればしかたないことだが、サンスはこのようなしっとりとした言葉に耐えきれずに、バックスペースキーを押してすべての言葉を消して、書かないでください、お願いだから、と敬愛を引き止めたいという衝動に駆られた。だが、そんなことができるはずはなかった。敬愛にどう思われるだろう。現実では笑顔さえまともに見せないくせに、フェイスブックではやさしく女性たちに寄り添って——面倒を見ているとか、誤解するのに十分な話ではないか。オンニたちが打ち明けた悲しみの声に耳を傾けるふりをして、ときどき卑猥な覗き魔としての欲望を満たしてきたと非難されないだろうか。サンスとしてはその気持ちをよく理解できる気がしたから質問に答えていただけなのに。

サンスは少なくともフェイスブックのページ上では理解することができた。恋を始めた人々の無謀さ、開くかどうかわからないパラシュートを背負い、重力に導かれるがまま身を委ねている人の勇気のようなものを、頭ではなく、体で、体からアドレナリンとオキシトシンとドーパミンなどが分泌されているような気分を味わいつつ、やや表現がおかしいかもしれないけれど「体」で理解した。だが、恋の始まりがあれほどロマンチックなのは、その後に起こる恐ろしい殺人事件をドラマチックに見せるためには最も叙情的なシーンを前に配置したほうがいいというトリュフォーの映画創作論と通底していた。恋のあとには、残酷な破壊がある。

小さい頃から数々の愛の誕生や死をめぐる物語を読んできたおかげで、サンスは無数の愛を経験し、その間に愛の真偽や恋が終わったあとの罪のなさ——についてある程度の技術を身につけることができたと考えていた。その技術と、三浪の末に入った大学の読書サークルで読んだ人文系の必読書をうまく総合して下した結論は、恋やら恋愛やらに関わっている人は、ある種の労働者にすぎないということだった。さまざまなルートから物の交換が生じ、権力関係が生まれ、最終的にはどちらかからの、あるいは双方からの搾取によって関係が終わるまで、真面目さと努力をたえず強要されるのだ。見方によれば、恋愛できない自分を正当化しているか、恋愛そのものを冷笑しようとする努力に過ぎないこうした仮説は、敬愛からのメッセージによってさらなる進展をみせることになった。閉鎖された恋愛工場の憤慨した熟練工というべきか。サンスは自分の二重生活においては、自他ともに認める恋愛の熟練工だったから。

サンスは、敬愛に「間違っている」と伝えたい日々を過ごすことになった。敬愛はそんなサンスの気持ちがわかるはずもなく、自分がいま誰に自分の秘密——元カレだなんて、既婚者だなんて！——を打ち明けたかも知らずに、平然として昼には干し菜の味噌チゲや冷凍タラのチゲを食べながら仕事の話ばかりしていた。サンスはそれを話半分に聞きながら、遠回しにこんな話をしてみた。

「敬愛さん、最近どんな映画が好きですか？」

「映画はあまり観てません。ユーチューブくらいしか」

「ユーチューブでは何を観るんですか？」

「コアラとかナマケモノとか。眠ってるのを三時間も流している動画もあります。映像を見たいときはそんなものを観ます」

「おもしろいですか？」

「ナマケモノってこんなふうに生きてるんだ、ってことがわかります」

「どう生きてるんですか？」

「時速九百メートルで生きています」

敬愛は両腕を交差させながらどこかへ這っていくようなしぐさをした。

「それは何ですか？」

「ナマケモノです。時速九百メートルで動いているそうです」

サンスは時速九百メートルなんてほとんど動いていないのも同然だろうと思った。赤ちゃんがよちよち歩いている時や目に見える何かではなく、雰囲気とか気配とか季節みたいなものを待っている時に感じられる速さではないか。冬の寒さに苛まれ、二月頃から心待ちにしている春の始まりのような。だが、いまこの状況にそんな感傷的な態度がなんの役に立つというのだろう。

「それは退行です。問題を回避している。そこそこ映画を観てきた僕から言いますと、敬愛さん、こんな時は『エイリアン』とか『グレムリン』とか、そういうものを観てください。何かわかりますよね？　外からやってきた生物が寄生して成長しながら宿主を死なせますよね？　ね？　つまり、そうやって搾取しようとするものが多いんです。気を付けなくちゃ。

うっかりしたらだまされますよ。敬愛さんが好きなあのフランケンシュタインも、恩を仇で返してますよね」

サンスはあの人と会わないでほしいというメッセージを映画にたとえて伝えようとして敬愛のIDであるフランケンシュタインの話にまで口を滑らせてしまい、彼女の顔色をうかがった。オンニが自分であることに気づいたらどうしようと緊張したが、考え込んでいた敬愛は煮豆を食べようとした箸を置いて、違いますと手を振った。違うって？　サンスは敬愛が言葉を続ける前に、そのクールでシンプルな否定に耐えられないほどの失望を覚えた。自分がオンニの言葉を借りてやってきたすべての提案、感情の廃棄といったものが拒否されたかのように思えたのだ。

「違うんですか？　それじゃあ、どうするつもりですか。何をどうするつもりで」

「フランケンシュタインは、博士の名前です。いまコンさんが思っているあれは、フランケンシュタインじゃないんです」

サンスが、そうだったのかと恥ずかしそうな顔をすると、敬愛はみんなよく勘違いします、あれがフランケンシュタインだと思ってる、と淡々と答えた。

「でも、私はああいう映画が嫌いです。世の中ってそんなにわかりやすく二分法で考えられるものじゃないですもん。そんな単純な考え方こそ退行だと思う。誰だって生きて行くうちにちょっとずつ壊れていきます。事件ひとつ起こさずにクールに生きていこうとするけど、そんなの無理です。責任を果たそうとして、みずから壊れていくことだってあるし。相手をモンスターに仕立てて罪をかぶせてみたところで無駄ですから」

店の人が来て、ガスコンロの上に鍋を載せた。青い炎が上がり、サンスと敬愛はその炎をじっと見つめるだけで、しばらく黙っていた。サンスは敬愛が口にした「モンスター」という言葉について、敬愛はサンスの「死なせますよね？」という問いについて考えていた。それは普段からサンスが使っている、大げさで、慌ただしくて、熱気を帯びているにもかかわらずどこか虚しくて、聞いてからなぜか「無念」という印象を払拭することができない言葉の一環であったが、そんな中でも確実に敬愛を打つところがあった。敬愛はサンスが自分を心配していることを感じた。しかし、何を根拠にして自分を心配しているのだろう。つらいなんて一言も言ったことないのに。ただ、そういう心の状態は自然と表れてしまうものかもしれない。チゲが沸騰して泡が立つと、その勢いで春菊やネギがしかたなく揺すられるみたいに。サンスが、じゃあ、あれはフランケンシュタインじゃなくてなんという名前ですか、と尋ねた。敬愛が、あれはただの被造物《ピジョムル》です、と答えると、サンスは被造物ってどんな意味だったっけ、と携帯電話を取り出した。

「存在ということかな？」

「存在とはちょっと違います。あるのと、あるものにされたという違いがあります」

敬愛はもう一度箸を手に持ち、海苔ふりかけをごはんにかけて食べ始めた。口をもぐもぐさせながら、学生時代のあだ名がピジョでした、と言った。被造物からちなんだあだ名だと。サンスは、ピジョという言葉がとても馴染みのあるものに聞こえた。どこかで聞いたことがある気がしたが、どこで聞いたか思い出すことができない。ただ、ピジョという言葉は、こんなことを漠然と連想させた。ひと昔前に流行っていた、道端の枯葉を全部掃除していそうなほど長くてダボっとしたズボンを履き、ヘアはいわゆる「刀髪《カルモリ》」と呼ばれる、髪の端をまっすぐにそろえたスタイルで、ようやく垢抜けして、最近で言う「ヒップ」な感じを醸し出そうとしているのに、いろいろ物足りなくて、どこか「不遇」な感じを漂わせていた、例えば一九九〇年代のとある風景を。


「正直、この頃、ちょっと疲れてはいます」

押し寄せるはるか昔の記憶に連れていかれそうになったサンスは、突然聞き耳を立てた。あの頃のことを自分から打ち明けているのか、と思ったのだ。しかし、話題はそこへ繋がらず、むしろ敬愛はサンスに何か悩みがあるのかと尋ねた。

「いま仕事が、ビュッフェに置いてある鴨肉スライスみたいに山積みになっているのに、仕事に全然興味がなさそうですもん。ベトナムに行くと現地にも知らせたし、向こうも私たちが来るのを待っているのに。チョ先生にも会わなきゃならないけど、そもそも先生に行きたい気持ちがあるのかどうかもわからないし、いくら一年ばかりの転勤だとしても、転勤は転勤ですから」

サンスは、だからなんでこんな時にあんなメッセージを送ってもやもやさせるのかと怒りが込み上げてきた。だが、思っていることをすべて口に出すわけにはいかず、黙ってチゲを啜りながら心を落ち着かせた。敬愛はそんなサンスの気持ちにも気づかず、だから、しっかりやりましょう、と夜の約束を思い出させた。チョ先生に会うことになっていた。

「どのようにしっかりやればいいですか？」

「尊重することにしましょう」

敬愛がサンスの顔色を少し伺いながら言った。

「何を？」

「チョ先生の状況を、です」

「状況って？」

敬愛はイリョンからチョ先生がアルコール依存症だという話を聞かされていたが、サンスに前もってその話を伝えたくなかった。アルコール依存で手が震える技術者を雇うわけがないだろうと心配になったのだ。これまで敬愛は、チョ先生が気を悪くして自分を追い出した会社に戻ろうとするはずがないと憂いていたが、現実はもっと厳しいものだった。技術のある手のおかげで戻ってくることもできるが、その手を思うままに動かすことができなくて戻ってくることができないかもしれない。だが、敬愛はまだイリョンの言葉を信じていなかった。スト中にもいつもボールペンを持ち、すぐにでも働けるように準備していた手。いま吹き荒れている嵐ではなく、より執拗に人生に食い込んでくる霧を警戒しようと、自分もそうするつもりだと、敬愛に「ストライキ日記」を差し出したあの手が、いまや何かを握ることすらできないほど震えているということを。目で見て確かめたわけではないから、まだ何も変わっていないと信じることができた。しかし、本当ならどうしよう。

もしその場合には、サンスの心を信じるしかないだろう。サンスなら、そんなチョ先生とも一緒に働く決心ができるかもしれない。敬愛は、サンスの心は不特定の何かと何かの「あいだ」にあると考えた。人が大勢いる場所に行かなければならない時は緊張から安定剤を必要とする弱々しさと、コネ入社だからこそできそうな要求を堂々とするために上司の部屋のドアを開け放つ、誰も期待していなかった覇気とのあいだに。あるいは、敬愛とサンス二人だけの事務所にいつも無謀な売上目標を書きながら「会社の成功は、僕たちの成功です」といった勤勉さを強調するフレーズに心を託すことと、どうにか実績を作ろうと工場を回り、結局営業担当者が求めているのが賄賂や接待であることを知った瞬間目に見えて落胆することとのあいだには、サンスが求めているセールスマンの心があった。つまりサンスはまるで振り子のように何かと何かのあいだを行ったり来たりしていたが、敬愛はそんな彼の葛藤には、固有の倫理があるような気がした。他の人からよく言われるように自分勝手な利己主義者でも、愚か者でも、トラブルメーカーなのでもなく、むしろ自分の心の秩序があるのにそういう自分の倫理を他人と共有するのが苦手なだけなのだろう。もしそうであれば、チョ先生の制御できない手についても「あいだの感覚」が働くかもしれない。

「手、ですが」

敬愛はスプーンを下ろすと椅子にもたれかかって、サンスをじっと見つめた。鍋にはロシアのとある沖で捕られてカチコチに冷凍されたのちにぶつ切りにされて、いま敬愛とサンスの間で煮えている鱈と、大根が入っている。ガスコンロの上で鍋の具材がやわらかくなっていく、そんな時に敬愛が自分の手を広げてもう一度サンスに「手」と言った。するとサンスはスプーンを持っていた手を止め、自分に向かって伸ばされた敬愛の手をきょとんとした顔で眺め、思わず自分の手を差し出した。敬愛はそういう意図ではなかったが、サンスが手を差し出すとぎゅっとつかんで握手をするように手を振った。

その後も、二人の猛烈な食事は続いたのだが、サンスと敬愛はそうやって手を一度握っただけでも、何かが交換されたような気がした。サンスはいま、自分が敬愛に全身全霊で言った「死なせますよね」という言葉について考えていた。「オンニには罪がない」の利用者たちが、いつもあれほどバカバカしい恋に落ちて苦しみながらも、またフェイスブックにログインし、話し、騒ぎ、日常を送ろうとしているのを考えれば、愛という名のもとに行われる搾取がやがては恋に落ちた人を死なせますよね？　と尋ねた時にはとっくに「死なせない」という結論が出ていたのかもしれないという気がした。だとすれば、敬愛も自己中な元カレとの関係がどうなるとしても、自分の力で生き残ることができるだろう。座礁したり漂流したりすることはあるかもしれないが、最終的にはどこかにたどり着くのだろう。でも、とサンスは考えた。自分と無関係なことだとは思いたくなかった。すでに知ってしまったわけだし、敬愛が一種のSOSを送ってきたのだから、気にかけていたい。でなければ、かえって自分が喪失感に押し流され、漂流してしまいそうな気がした。

店から出た敬愛は、自分が「手」と言った理由についてもっと説明しようかと悩んだが、チョ先生に会えば自然にわかるだろうと思い直した。会社に戻る道すがら、ふと、サンジュにもう連絡しないでほしいと言った時に、彼が怒鳴りながら自分に非難めいたことを言った苦い記憶がよみがえった。君は結局そんな選択をするんだね、という言葉……。

「どんな選択？　私がいまどんな選択をした？」

「俺を悪者に仕立てて、捨てるという選択さ」

敬愛は言葉が出なかった。別れようと言ったのは、昔あの夏のサンジュだったじゃないか。あの時の二人の関係がすっかり死んだあとのように断ち切られることなく、安否を尋ね合いながら関係を保つことができたのは、敬愛の努力があったからだった。敬愛は二人が付き合っていた頃を覚えている人たちが言う遠慮のない冗談に、つまり、敬愛について純情だのハリウッドスタイルだのという話に耐えて、しかたなく顔を合わせた敬愛の先輩でかつサンジュの新しい恋人である人とのこんな会話を覚悟しなければならなかった。大丈夫？　あなたとの関係を悪くしたくはないのよ、と言う時の、優しさを装っているけれど、敬愛を乱暴に揺さぶる言葉。

いつかの冬、その先輩に呼び出されて一緒に映画を観て、お茶をしたことがある。二人は極力サンジュについての話題を避け、一緒に観たフランス映画『潜水服は蝶の夢を見る』だけについて語り合おうとした。左目を除く全身が麻痺した男が登場する映画で、主人公は統制が利かない肉体を持つ自分の境遇を深い海に沈められた潜水鐘に譬えるのだが、先輩は「私たちは肉体に封印されているが、想像力と記憶の力によってそこから抜け出すことができる」という監督の言葉を、あるインタビュー記事から読み上げてくれた。あの頃の敬愛がその「封印」という言葉にどれくらい必死にしがみつこうとしたか、誰にもわからないだろう。誰かを愛することには、肉体を超えたやり方があるということ、ある恋は止まってしまった記憶を押し進めていくだけでも続けることができるということ。いなくなった誰かはその人を記憶する誰かの人生の中でもう一度生きるようになるということ。

一緒にお茶を飲んでから、先輩がサンジュからの電話に出て、彼に会いに行くのを、敬愛は苦い屈辱感を押し殺しながら見届けた。そんな状況にも、電話の向こうにはサンジュがいるのだと安堵した。それははっきりとした安心であり、サンジュを完全に失わないことに敬愛がしがみつくことになった理由でもあった。もちろんその帰り道にふと、もうやめようか、という言葉がせり上がってくることもあった。完全にやめてしまおうか、最初からそんな人はいなかったかのように。しかし、そんな終わり方を選ぶのは不可能なことのように思える。サンジュを死んだと思って無関係に生きていくということは。少なくともそれは、ピジョと名乗っていた時代に誰かを失ったことのある敬愛にとっては不可能な話だった。

サンジュは時々、Eはどんな子だった？　と尋ねてくれた。Eのことが気になったというより、敬愛が言いたそうにしていたし、言ったほうがいいと思ったから。サンジュは敬愛がブログにEについてのアーカイブを作っていることを知っていた。非公開ではなく、当然訪問者数がカウントされることもあったが、しかし、しょせん事情を知らない赤の他人だから誰も訪れていないのも同然だった。サンジュは彼のことで気を悪くすることもなかったし、敬愛が望まないのでわざわざブログを覗こうともしなかった。ただ、そのようにして記録しなければならない記憶があるなら、自分にも聞かせてほしいと言った。誰かについての記憶を一人だけで背負い続けるのは、あまりにも孤独なことだから。それで敬愛はこのような話をしたりもした。それは、

私はおそらく、Eと初めて寝ることになるだろうと思ってたの、なかなかいいパートナーになるだろうと。

そうなんだ。どんな根拠で?

そう思わない?　私とのセックスってあんまりだった?

いや、全然。

実際、そんな話をしたこともあるの、Eに。

寝ようって?

寝ることになるだろうって。

そしたらなんて?

そうなればとてもあたたかいだろうねって。

どんなにあたたかいんだろうねって。

しばらくあたたかいという言葉を使うことができなくなったの、思い出しちゃうから。こうして言葉を記憶に奪われてしまうことがあるんだろうね、全然使えないわけ。でも、あの言葉じゃなくて、日ごろから使う言葉じゃなくて、他の言葉だったらよかったのに。例えば、崇めたてまつるというような言葉。こんな言葉はしょっちゅう使うものじゃないから不便に感じないもん。あるいは熟考みたいな言葉。こんな言葉なんて使わなくても構わないもんね。でも、あたたかいという言葉は違う。このごはん、あたたかいね。でも、Eが死んでからはあたたかいと思ってもちっともあたたかくないわけ、あたたかくなってはいけないかのように思えてね、だから私はその言葉を呑み込んで、ごはんがいい感じだねとしか言えず、こんなことになった体をどうすればいいんだろうと思った。あの店で三度の火傷を負って生き残ったアルバイトは母親にこう言ったらしいの。お母さん、痛すぎるよ、こんなに痛いのにどうして私は死なない？　人間っていったいどれくらい痛ければ死ねるようになるの？　って。なのに、Eは死んだの、死ぬほど痛かったということだろうね。先輩、私、そんなことを思うたびに何かが許せない気がするの、でも、何が許せないのかがわからない。私は何を許すべきなの？　誰に怒ればいいわけ？　誰かいるわけ？

そう話し続けている敬愛をサンジュが抱きしめたり体を寄せたりすると、はっきりとしたあたたかさを感じた。あまりにも鮮やかに近くにあった、とても細やかで密だった、つまり、大きくて人懐っこい犬の毛や草葉にある小さな刺に触れた時に感じられるあの小さくてみっしりとしている〈生きている〉という感覚を。

だが、そんな記憶が誰かを死なせてしまうことがあるなら、サンスが言ったように、それが退行だとしたらどうすればいいのだろう。そんな考えに耽っていた敬愛が戦闘中のような歩きで横断歩道を渡った時、同じ速さでついてくることができずに道路の向こうで赤信号に足止めされてしまったサンスがようやく目に入った。頭上に降りそそぐ日差しがいやで、サンスは木陰に体を潜らせていた。昼ごはんを食べに行く前にいつも日焼け止めを念入りに塗り込むサンスなので、別に変わった風景ではなかったが、敬愛はサンスの体に差している葉陰が印象的に思えた。暗いところはあまりにも暗く、明るいところはあまりにも明るくて、サンスがまるで目の粗い光の網に閉じ込められているようだった。

サンスがハンカチで汗を拭きながら、遅くなったから先に帰っていいと手を大きく振ってみせ、敬愛はそうしようかとも思ったが、タバコでも吸いながら待とうと思い直して口にタバコを咥えた。するとサンスが今度は腕を上げてダメ、絶対ダメとバツを作ってみせた。敬愛は長年タバコを吸ってもここで摘発されたことはないからと無視しようとしたが、サンスがあまりにも必死に腕を振るのであきらめることにした。法律違反の何がそんなに大変であそこまで必死に腕を振るのだろう、何がそんなにいけないのだろうと思ったが、まるであいさつをするかのようにサンスに手を振り返した。

家近くのカフェで会ったチョ先生は、イリョンの言葉通りあまりいい状態ではないように見えた。ポケット付きのシャツにジャケットを羽織っている姿は昔と変わらなかったが、新品すぎるせいでかえって緊張感が伝わって来たし、着心地が悪そうに見える。敬愛はチョ先生の目には自分がどのように映っているのだろうと考えた。解雇されずにうまく耐えてきた人の安定感というものが感じられるのだろうか。そんなはずなかった。敬愛が名刺を差し出すと、チョ先生はそこに書かれた「主任」という文字をまるでため息をつくように口にしていたのだ。

会話はクッキーのように、茶と一緒に出されたそのベルギー産のお菓子のように何度も崩れ落ちた。そこには新しい仕事の提案を受けた人の興奮も、今後の計画を聞かせようとする人の意気込みもなかった。一方、会話がしきりに崩れ落ちるのは、各々があまりにもたくさんの感情に耐えているからでもあった。サンスはチョ先生が以前とは違うことに気づいたが、何が違うかといえばそれほど違わないと思い、当時より痩せて顔色が悪いチョ先生を昔のように相手しようと努めた。過去のサンスが生きることへの欲望を見出すことができず、かろうじて会社に出て、ぽこぽこと時間が流れていくのを望んでばかりいた時、チョ先生はサンスがコネ入社でたまたま与えられた席を維持しているのではなく、言ってみれば人間が人間らしく生きられるように手助けするための労働をやっているのだと言ってくれた。今でもパンドミシンでは、ベトナムでは、中国では、とにかく世界のどこかではミシンが動いているし、チョ先生も昔使っていたブリーフケースを持ってサンスの前に座っているから、それなら一緒に力を合わせてやれるのではないか。チョ先生に会ってから、敬愛の表情が暗くなり、過去のある出来事に沈んでいっているようだったので、サンスはわざと軽口をたたいた。

「主任って素晴らしいじゃないですか？　最近は主任をすっ飛ばしてすぐ高い役職に就こうとするのが問題です。文字通り、任された主な仕事に取り組む「主任」を経験してないから。なんというか代理は、文字通り代理でしかないからか、利益と人脈づくりにしか興味がなくて。チョ先生、このチームは朴主任と僕だけなのでこぢんまりとしていますが、正直なんです。人脈とか必要ないし、競争もしなくていいし」

サンスは会話を盛り上げようと努めた。チョ先生と敬愛がそろそろ前へ進んでほしいから、かつてのストライキでの失敗を知らないわけではないけれど、こうやってまた再会できたわけだし、復帰もできるわけだから、古い感情や悔恨もいいけれど、そろそろ別の夢を抱いてもいいじゃないか。こうして夢という言葉を思い浮かべると、心に力が入り、ホーチミンのあの工業団地を歩き回る自分の姿が頭に浮かんだ。それはインディカ米とか戦争とか孤立といったベトナムについてのこれまでのイメージを払拭するのに十分だった。

サンスがＧｏｏｇｌｅマップからホーチミンを検索して見せると、チョ先生は、僕はもちろんいいです、給料がまたもらえるのは嬉しいことですから、もちろん、と相槌を打った。だが、しきりに両手をこすりながら周りをきょろきょろしていた。それから一時間も経たないうちに、場所を移しませんか？　と尋ねた。

「どこにですか？」

サンスが聞き返すと、チョ先生はふと正気に戻ったかのように、いや、何でもないです、続けてください、話の続きをどうぞ、と引き下がった。チョ先生があれほど焦り、不安そうに見えたのがお酒のせいだということに、カフェから出て小さな居酒屋に入ってようやく気づいた。チョ先生はつまみが出る前に焼酎を何杯もがぶ飲みし、するとようやく何かから解き放たれたかのように穏やかな顔を見せた。

「先生、昔は清酒をおちょこで三杯しか飲みませんでしたよね。それで十分だと」

「そうそう、そうでした」

チョ先生はそう言いながらも、今はまだ十分ではないらしくふたたびグラスを差し出した。

サンスがチョ先生のグラスに酒を注いでから自分のグラスを口にも付けずに下ろすと、酔いが回って心が緩み、目がとろんとしたチョ先生が、飲まないんですかと尋ねた。悲しいわけでも寂しいわけでもないらしかった。サンスが何かしたからではなく、ただ気持ちが奈落に落ちてしまった人のまどろみだった。相手が一緒に飲んでいるかどうか、一緒に酔っているかどうかと関係なく、飲み会での時間が長くなればなるほど、だんだん自分だけの世界に潜り込んでしまうありふれた酔っ払いのように。問題は敬愛も手酌で飲み続け、酔い始めていることだった。

こうしてそれぞれの孤立感だけが増していく飲み会では困る。こんな雰囲気では、ホーチミンどころか、空港まで一時間しかかからないリムジンバスにさえ乗れないだろう。そうなれば敬愛はずっと韓国に居続けることになり、いつかは自力でどうにか抜け出せても、当分はあの元カレから離れることができなくなるはずだ。技術者1、営業者2という感じでチームを組まなければ、チャチャチャとステップを踏むようにチームを組んでいかなければ、そんな不祥事が起きてしまうはずだった。

「先生、この頃はどうされてますか」

サンスがつまみのそうめんをチョ先生の前に移しながら尋ねた。

「それより問題はお酒です」

「お酒？」

「がぶがぶ飲んじゃってるから」

「技術はまだ健在でしょう。お忘れじゃないですよね」

サンスがそう言うと、チョ先生はそうめんを啜りながら笑みを浮かべた。サンスと敬愛に会ってから初めて見せてくれた笑顔だったが、見ているうちに生きる意志を奪われてしまいそうな笑みだった。母の顔でよく見ていた笑みだった。サンスは時々、死んだ母との会話をなんの脈略もなく思い出したが、その一つは、母さんって何が大変？ と訊くと母がうっすらと笑みを浮かべながら、今日が大変、と答えたことだった。


なんで今日が大変？

今日を越さなくちゃだから。

今日を越すってどういうこと？

今日を耐えるということよ。

今日を耐えるってどういうこと？

それは、今日は消えないということよ。

今日は消えないってどういうこと？

明日はどうなるかわからないということよ。
明日はどうなるかわからないってどういうこと？
明日は消えるかもしれないということよ。
明日は消えるかもしれないってどういうこと？
明日は耐えられないということよ。
明日を耐えられなかったらどうなるの？
明日を越すことができなくなるよ。
明日を越すことができなくなったらどうなるの？
そうなったら……安らかになるかもしれないね。

母が安らかになるかもしれないと言った時、サンスは気持ちが沈むのを感じた。心が移動しているのを感じた。季節や昼夜のように自然に移り変わったわけではなく、物理的に、強制的に、位置を変えられてしまった。それは母が永遠にいなくなるかもしれないという不安ではなく、心がひどく冷え込んでしまう体験だった。母にとって自分が大事な存在ではないということを痛感しながら、肩を押されるがままに一歩下がって別の場所へと移らなければならなくなる瞬間を「覚悟」する瞬間だった。締め出される覚悟をする心。

あの頃のサンスは、雨の日にもなんとなく傘を教室に置いたままにし、ナイキのサンダルをつっかけて丘の上から流れ込む雨水に逆らって坂を上る、さ迷う子どもだった。あの雨水の感触は今でもはっきり覚えているが、子どものろのろとして元気のない足取りが、街のあらゆるゴミを、ビニールや大きかったり小さかったりする葉っぱや紐や発泡スチロールの欠片や次から次へと流れてくる砂などに逆らう時に感じたあの背筋の凍るような冷たさが、覚悟という言葉に最も近いものではないかと考えた。覚悟とはどうでもいいようなものが捨てられる中、何かが何かに逆らう時の心のようなものだろうと思えた。だから、日本から母が亡くなったという話が聞こえてきた時、サンスは冷たい雨水に逆らっていた足がふと止められたような気がした。

「先生、行きましょう。あっちに技術者が一人いるんですけど、先生と同じくらいの年齢だそうです。あっちはここほど仕事もきつくないんですって。ストライキもないし、私は坊主にしなくてもいいし。もう三十五歳にもなって丸坊主になるのもね。コンさんもまっすぐな方だから大丈夫です。問題ありません」

敬愛がそう褒めると、チョ先生もサンスを見ながら、コン・サンスさんのような人はなかなかいません、と言ってうなずいた。

「でも、私は、行けそうにないです」

チョ先生が最終的にそんな結論を下し、敬愛は言葉を失ってしまった。チョ先生は、自分に中学生の娘がいると、まだ十五歳だから行くことができないと言った。

「私は韓国で働かなければなりません。でも、この仕事はパンドミシンではなくてベトナムに行かないとやらせてもらえないということですね？　私がベトナムに行ったら、あの子は母もいないのにどうやって暮らせばいいいんですか？　無理ですね、私は父親なので」

居酒屋から出た三人は、焼肉の煙が充満している路地を通り過ぎて、カゲロウの群れが舞っている下水道の横を通り、酔っぱらったチョ先生を支えて家まで送った。チョ先生の家は集合住宅の二階だった。霞ガラスの扉を引くと、部屋の中から「お父さん？」という声が聞こえてきた。学校の体操服姿で勢いよくドアを開け放ち、出てきた女の子は、チョ先生の娘だった。

「また飲んだの？」

女の子は慣れた手つきでチョ先生を玄関に座らせ、チョ先生が後ろに倒れないように時々体を支えながら靴を脱ぐのを手伝った。

「ヨンソ、こちらはお父さんと一緒に働いてた方々だよ。わがパンドミシンの従業員なのさ」

チョ先生が紹介すると、ヨンソという名前の女の子がそっと頭を下げてあいさつした。頬のそばかすのせいか、どこかいたずらっ子っぽい印象がある。あいさつをして敬愛とサンスが帰ろうとすると、チョ先生がせっかくここまで来たんだから少し上がってくださいと二人を引き留めた。

「ここで別れるのもね。ちょっと上がってください。ぼろい家だけど」

ヨンソが、はあ、家、汚いのに、と言って奥の部屋へ駆け込んだ。それを見て敬愛とサンスはここで失礼しますとあいさつをしたが、ヨンソが、大丈夫です、ヨーグルトでも食べて帰ってください、と大きな声で言った。敬愛はありがとうございます、と返事しながら靴を脱いだ。家には三つの部屋があって、そのうち一つのドアを取っ払い、リビング兼キッチンとして使っている。白い塗装がけばけばしく剝がれている戸枠が敬愛の目に入った。家が年を取った跡だ。幼い頃に母と一緒に古い家で暮らした敬愛は、家は古くなっていくというより、こうやって年を取っていくのだろうと考えた。家の様子が変わっていくのは、外からの影響というより内からの消耗という脈絡があるのだ。

ヨンソがテーブルのイスに干してあったTシャツやタオルなどの洗濯物を取り込み、小さなポットからヨーグルトをよそい始めた。ネットに入ったたまねぎがかかっているベランダには、幸福の木《ドラセナ・フラグランス》とサンセベリアがあった。剪定していない枝があちこちに伸びていたが、そこからくる生き生きとした感じはこの家に明確な活気を与えている。敬愛はその木を見て、よく育ってる、と言った。ヨンソが日当たりがいいんです！　とすぐに返事した。

「一日中日が入るんです」

「いいね、こういう家がいいよ」

　家の中には螺鈿で細工された棚があって、チョ先生の奥さんと思われる遺影とお香が置いてあった。物はほとんど古ぼけているように見えたが、きちんと整理整頓されていて家に着くまでの騒々しさと比べると現実離れしていると思えるほど安らかな感じがした。やがてヨンソがヨーグルトを持ってきた。最近ダイエット中で、よくこれを食べていると言った。

「どうしてこんなに痩せてるんですか？　あたし、痩せてる人がすっごくうらやましいんです。あんまり食べてないでしょ？」

「焼酎一本も飲んでからヨーグルト食べたら吐きそう」

「大丈夫です、すぐそこがトイレですから」

「つまっちゃうかもよ」

　ヨンソが「お姉さん、めちゃウケる」と言ってクスクスと笑った。サンスは人の家に遊びに来たのが数十年ぶりで慣れなかった。居心地が悪すぎたが、ヨンソという女の子から漂う活発さのおかげで心が落ち着き「そんなことありません、敬愛さんは毎回しっかり食べてます」と会話に割り込んだ。ヨンソは「おじさんのしゃべり方、ちょっとおもしろいです」と言って笑った。

「ヨンソ」

横になっていたチョ先生が背を向けたまま呼んだ。

「お父さんをまた雇ってくれるって言うけど、ヨンソはどう思う？」

「それじゃ、お金が稼げるってことじゃないの？　当然賛成だよ。お願いだからお金稼いできてよ」

ヨンソがスマホでメールを確認しながらぶっきらぼうに答えた。

「でもさ、ちょっと遠いんだよ、ベトナムだって」

しばらく黙っていたチョ先生が言った。ベトナムという言葉にヨンソは顔を上げてシャツが皺くちゃになったチョ先生の背中を一瞥したが、また指を動かしてメールを打ち始めた。

「お父さんは行きたい？　行きたいよね？」

「いや、全然」

「あたしは大丈夫だよ。おばさんもいるし」

ヨンソが流し台にお皿を運んだ。水を出してお皿を洗う間、チョ先生が沈んだ声で三年前の冬にヨンソの母親が亡くなったんです、と言った。心臓が悪かった妻は、その日、何かを予感した人のようにぐったりして夫を見送りながら、行ってらっしゃい、私がいなくてもヨンソをよろしくね、と言ったと。

「お父さん、チョ・ムンテクさん、やめて。その話はもうしないでよ」

ヨンソがチョ先生を立たせてまずはシャワーしてとバスルームに押し込み、そろそろ帰ると言うサンスと敬愛を階段まで見送った。それから、給料はどれくらいかと、ベトナムに行けばまた会社員になれるのかと尋ねた。

「それっていい話ですよね？　父にはいいことでしょ？　それじゃ行かなきゃ。警備よりいいですもんね。父も連れて行ってください。よろしくお願いします」

敬愛は自分には決定権がなく、横にいるサンスを指さしながら、この方がチームリーダーだよ、と言った。

「こちらの方がチームリーダーなら、父は？」

サンスが若そうに見えたのか、ヨンソがふとそんな心配をした。

「お父さんは先生だよ。会社で先生って呼ばれてたの」

「先生じゃないのになんで？」

サンスと敬愛はしばし返す言葉を見つけることができなかった。やがて敬愛が「すごくステキな方だからね、そういう人はいまでも会社で先生と呼ばれてるんだよ。昔からずっとね」と言った。

帰りの電車の中で、サンスと敬愛は窓に映る二人の姿をじっと眺めていた。今こうして並んで座っている風景がもうぎこちなくないように敬愛には思えた。

「チョ先生、どうされると思います？」

駅谷辺《ヨッコク》りで、サンスが尋ねた。

「さあ、会社にはどのように報告するつもりですか？」

「どのようにって、一緒に行くと報告するつもりです」

敬愛にはその言葉が、耳に聞こえてきたというより、流れてきたように思えた。

「大丈夫ですか？」

「何がですか？」

「いや、何でもないです」

「敬愛さんこそ大丈夫ですか？」

「何がですか？」

「何でも」

そう言いながらサンスは敬愛の顔を、電車のライトのせいでかどこか透明感がある敬愛の顔を眺めた。誰かの顔をこんなに近くで眺めるのもとても久しぶりだと思いながら。だが、こんなことをしていいんだろうか、大丈夫だろうか、という警戒心がたちまち湧き上がり、敬愛の横顔とできるだけ距離を置こうと夜の車窓に目線を移したが、そこには会話が途切れてイヤホンで音楽を聴き始めた敬愛が映っていた。しかたなくふたたび目を周りの乗客に向けると、その日に限って電車には誰かと電話で会いたい、もちろん、と囁く女と、携帯電話を見ている恋人の顔にかかっている髪をかきあげる男と、手を組み合わせて相手の話に耳を傾けながらそう？　そうだったの？　と話す男女がいて、どこに目を向けても切ない気持ちが強まるばかりだった。

「あのう、敬愛さん」

サンスは今の気持ちを落ち着かせるためにも、口を開いて何かを話さなければと思った。敬愛がイヤホンを外してはい？　と答えた。

「何を聴いてますか？」

敬愛が聴いてみてと片方のイヤホンをくれた。ビーチ・ボーイズの「ココモ」だった。サンスがこれ『カクテル』という映画の主題歌ですよね、と言うと、敬愛がそうです、ビーチ・ボーイズ、と答えた。

トム・クルーズ

ジャマイカ

ロジャー・ドナルドソン

ゲットアウェイ

サンスが敬愛さんも映画に詳しいですねと言うと、敬愛はぶっきらぼうに、私ってこう見えても学生時代にハイテル[18]で有名だった映画コミュニティの会員でしたから、と言い返した。

「そこの映画クイズ、映クと言うんですけど、私ってあれが得意だったんです」

「僕も知ってますよ。僕だってそこで遊んでましたから」

敬愛が目を丸くしてそうなんですか？　と訊いた。サンスはようやく自分の専門話になったと言わんばかりに自分の知識を披露しようと敬愛のほうに顔を向けたが、その時、あることをふと思い出した。ピジョと仁川《インチョン》と電車と映画コミュニティと一九九九年のすべてが結合し、サンスの頭の中に出来上がったのは、何かの形状ではなく、音だった。寒すぎるね、と言っては言葉を続けられずに沈黙していた、ウンチョンが死ぬ前はいつも、あたしだよ、ピジョ、と話を始めていた、ウンチョンのボイスメッセージで訊いた女の子の声だった。

オンニです。個人的な事情でしばらくは返信が遅くなると思います。書き込みにもコメントができなくて申し訳ありません。じゃあ、どうすればいいわけ？　私たち、どうするの

18 パソコン通信サービスのこと。他にチョルリアン、ナウヌリがあった。

よ？　と心配するオンニもたくさんいらっしゃるかと思います。コブラジジャ様と愛情火鍋様、ヤバい感じ様など、長く付き合っていただいているオンニの方々が個人のフェイスブックページで連帯してくださっていますので、お急ぎの用事はそちらでも相談できると思います。最後に、とうの昔にもらってまだ返信できていないメールがありますが、このような言葉を送ります。心をどのように廃棄すればいいかと尋ねられましたね。どうすれば廃棄できるのかと。相手が以前のように君と一緒に寝たい、あたたかくして、と言ってきた日があって、あなたもそう心を決めて、それでバスルームに入って出てきたら、彼は家に帰ると言って服を着て、靴下まで履いていたと。それから家まで送るという彼の車に乗らずにタクシーで江《カン》辺《ビョン》北路《ブクロ》を走って家に帰ったけれど、自分がすっかり壊れてしまったような気がしたとおっしゃっていましたね。アイツは何なんですか？　あなたを試そうというつもりでしょうか。いったいなんて罵倒すればいいのでしょう。最高級、レジェンド級の罵声を浴びせてやりたい。しかし、オンニ、廃棄しなくても大丈夫です。心を廃棄しないでください。心というものはそうやって一部を捨てられるものではありません。私たちは少し壊れてはいますが、すっかり壊れてはいません。いつでも江辺北路を一人で走って帰って来られるわけですから。元気でいてください。ごはんもちゃんと食べて。お肉もいいけれど、たまには野菜を、いや、とにかく元気に過ごしてください。それが私たちの最後のマニュアルです。

冷えきった夏

母が過ごしていた札幌は、一年の降雪量が六メートルにも及ぶ雪国だと言われたけれど、サンスの記憶の中の札幌は、果てしなく広がるジャガイモやトウモロコシや大根やニンジン畑の街だった。とても小さな日本式の家屋と、病院で指を触れながら一、二と数えた、涙でぬれた手のひらに伝わる白くて、青くて、つるつるとしていて、表情のないタイル壁の街。あの時、伯母は母の遺体を韓国に運んで火葬してほしいと頼んだが、父は現地での処理を望んだ。

伯母は韓国語で上手に話していた最中にも興奮したり怒ったりすると日本語になったが、言葉がわからないサンスにも、怒りに満ちていることが伝わった。防腐処理された母は、伯母の家に送り返されてからも二日待たされたが、葬儀屋が部屋に出入りしながら準備する間、それが日本式の葬儀だったおかげでサンスは母を間近に見ることができた。母はまるで生きているかのように、入棺まで普段使いの布団に横になっていた。

「母さんって呼んでごらんよ。ソオギが返事してくれるかどうか」

母は白いブラウスの上に緑色のツーピースを着込んでいた。母のいちばん好きだった服だと。初給料で買ったその服は、確か明洞《ミョンドン》か乙支路《ウルチロ》かで買ったはずだと言っていたが、サンスは伯母の日本式の発音はもちろん、聞き慣れている地名でさえ妙に異なる感じで言われるのが居心地悪く、不安な気持ちにさせられる部屋がたまらなく嫌だった。結局、伯母の望み通りに死んだ母をやさしく呼ぶことができずにいると、どこで拾ってきたのかわからない輪ゴム一つを手にぐるぐる巻いたりほどいたりしながら呆然と壁にもたれかかっていた兄のサンギュが、膝立ちで前に進み、母をのぞき込んだ。写真を見ながら化粧されたにもかかわらず、葬儀屋の化粧はサンスが覚えている母の顔よりも白くて唇が赤かった。雪にまみれた顔のようだった。当時は夏で、どこに目を合わせても、その視線一つであらゆるものが、街中のポプラの木やトウモロコシ畑の葉、そこら中の雑草ですらその成長を祝福される真夏だったのに、母からは冬と死が連想された。

「母さん」

サンギュは手でせわしなく輪ゴムを引っ張ったり放したりしながら母を呼んだ。

「そうよ、そうよ、サンギュ」

伯母はまるで母であるかのように、返事なのか催促なのかわからない言葉を隣で口にしていた。しかし、サンギュはそれ以上言葉を続けることができずに泣いてしまった。声変わりした男の子が母親を思う存分呼ぶことができず言葉を呑み込みながらすすり泣く音は、泣き声というより唸り声に近かった。そんな兄を見ながら、自分も泣いていいかどうか、今こそ泣くべきかどうか悩んでいたサンスは、ドアを開け放って入ってきた父が兄にビンタを食らわせるのを見て後ずさりしてしまった。

「なんで殴るんだよ！　なんで！」

サンギュが息巻いた。

「なんで泣くんだ。泣くなと言ったはずだ。絶対に泣くなと」

「なんでいけないんだよ！　なんで！　なんで殴るんだよ！」

葬儀屋と親戚たちが来て、サンギュを連れていこうとする瞬間にも、サンギュはずっとなんで殴ったのかと問い詰めたが、父は答えなかった。もしかしたら父にも答えられない質問だったのかもしれない。その夜、サンスはキッチンで伯母からもらったプリンを、あのどうしようもなく甘くてさっぱりとしたレモン味に惹かれて、母が死んだという時に食い意地を張ってはいけないと思いつつも、むさぼり食ってしまった。伯母が冷蔵庫からプリンをもう一つ取り出してサンスに渡した。サンスは母がいつも念を押していた通りに、ありがとうございますとお礼を言ってからティースプーンでカリカリしながら食べた。サンギュは何も口にしようとしなかった。

「あんたたち、釜山《プサン》で暮らしてたことを覚えてるかい?」

サンスは首を振ったが、腫れ上がった頰を何度もこぶしで押し込みながら鬱憤をこらえようとしていたサンギュは、チラチラと伯母のほうへ目を向けていた。

「あんたたちの母さんは、あの頃の夏がいちばん幸せだったって。父さんが与党の総裁の家をうろうろしてたあの時よ。ソウルでは全斗煥《チョン・ドゥファン》[19]に邪魔されて、父さんがどんな事務所を開いてもうまくいかなかったって。経済研究所とかの看板を掲げてもね。何度も事務用品を持ち去られたそうよ。だから母さんが故郷の釜山に全財産を持っていって暮らそうと言ったんだって。就職する、しない、とか言ってたのに結局パラソルレンタルを始めたとかで。でも、パラソルを砂浜に差し込んでおいたら、その年の夏に台風が立て続いたのよ。すっかりダメになっちゃったの。砂も何も全部流されてダメになったのよ。でもね、それでもあの頃がよかった、と言ってたよ」

亡者を棺に納めて一夜を過ごした日、伯母はふと母が歌った歌の話をしてくれた。サンスにも聞き覚えのある歌だった。親戚の集まりに行けば、母にその曲を歌ってほしいと頼む人が多かったからだ。母は十代で合唱団に入り、人の紹介でアイスクリームのＣＭソングを録音するほど歌が上手だった。「さとうきび畑」という曲だと伯母が短く口ずさんでくれたのだが、歌詞の「ざわわ」という日本語は「そよそよ《サルランサルラン》」という意味だと教えてくれた。

ざわわ　ざわわ　ざわわ
広いさとうきび畑は
ざわわ　ざわわ　ざわわ
風が通りぬけるだけ
今日も見渡すかぎりに　みどりの波がうねる
夏の陽ざしのなかで

すっかり雪をかぶってしまったかのように冷たく固まってしまった母と海、波が砕かれる夏の砂浜。そんなものを思い出させるあの歌は、夜の空気を妙にかき分けていた。そうやって冬と夏の時間が共存していた。さらには日本の夏だということで、幾つもの夏が重なって

19 韓国の第十一、十二代大統領。一九七九年のクーデター、一九八〇年光州民主化運動での武力鎮圧、治安改善という名目で人権蹂躙が行われた「三清教育隊」などで悪名が高い。

いた。

葬儀の期間中に、父がどんな態度を見せていたかは記憶に残っていない。どんな身振り手振りで悲しみを表していたかは。サンギュはすぐにでも弾けそうなボールのように振る舞った。もう十分いっぱいなのに、次から次へと何かを注入され、すぐにでもすっかり弾けてしまいそうだった。サンスにも同じような体積を持つ悲しみが心を埋め尽くしていたけれど、兄のように熱などのエネルギーを持った何かで悲しみが膨らんで外に向かうのではなくて、もともと胸の内にあったものがすっかり抜けてしまってだんだん軽くなっているような感じがした。亡霊みたいに身も心もなくなって、母の死を現実として受け入れなければならない瞬間がくるたびに、かえって自分はあまりにも非現実的な世界へ飛んでいってしまいそうな感じだった。

それでサンスはこういうものばかりに没頭した。『インディ・ジョーンズ』や『グーニーズ』などの映画で主人公が悪党に追われていたら洞窟の端からとつぜん崖が現れ、滝の水と一緒に落ちるけれど絶対死なずに生き残るシーンや、そうこうするうちに苦しみがふいと終わりを迎え、悪役がいなくなり、主人公はヒーローになるというストーリーに。あるいはギャラガで、ギャラガが降りてくるとギャラガを撃ち倒してギャラガの王になったり、テトリスで次々と下りてくるテトリスを積み上げてテトリスの王になったりする電子ゲームに。

まるで今この瞬間にゲームセンターの丸い椅子に腰掛けてジョイスティックを動かしているかのように没頭した。そのようにしてソウルでの日々を思い出していると、母が亡くなったという実感は薄れていった。

母の死について説明できる言葉を持っていたのは、他の誰でもない伯母だった。伯母は時々聞き取ることができない日本語を使ってサンスをちんぷんかんぷんにさせたが、そんな穴だらけの話にも、生き生きとうごめく悲しみがあった。それにはサンスの兄や父が見せている悲しみとは異なる質感があった。

父はすべての段取りを正確に踏もうとした。霊柩車が時間通りに火葬場まで到着できるかを知りたがった。弔問客にはどんな食事をどのように提供すればいいかとか、明日が日本では凶日ではないかとか、母が教会に通った時もあるのに仏教式の葬儀を行っても問題ないのかとか。それから何よりも大事なことであるかのように、こんなことを確認した。

「自殺ではありませんよね？　そんなはずないですよね？」

伯母は違うと、病死だと素直に答えたが、ふと恨めしくなったのか、それがどうしました？　後ろめたいんですか？　と詰め寄った。すると、父は後ろめたくなるようなことはしてません、と冷たく答えた。

「気にもしてませんもんね？　ここに追い出してから気にしたことなんてありませんよね？

あの子が闘病中だというのになんてことを！　あの子が病気だというのに！」

いまや義母となったあの人が、母の介護をしに家を訪れていたわけではないということを、サンスはこの時ようやく理解した。伯母の言葉の意味を正確に把握することはできなかったけれど、伯母の非難めいた口調、軽蔑しているような目つきが、父の罪を瞬時にわからせてくれた。

「その話はやめましょう。自殺じゃないとだけ言えばいいじゃないですか」

「自殺じゃなかったらどうなんです？　自殺だったら？　あなたに何か不都合なことでもありますか？」

「いいえ」

父はさっと立ち上がった。暗い照明の下で父の影は、あまりにも長く伸びていた。

「そんなことなら、私が赦せそうにないから。あなたがそんなことをしたなら、赦せそうにないですもの。絶対赦しませんよ、この私が」


その赦しは、誰から誰へと与えられるものだったのだろうか。

ツウヤと言うらしい弔いの夜はそんなふうに過ぎていった。母を弔問しに来た人は少なく、あとから聞いた話によると、母が常連だったベーカリー、精肉店、魚屋、カフェ、編み物屋、薬局の店主が訪ねてきたそうだ。母は小さな町から出ることなく一年を過ごしたという。伯母がリビングに出て仮眠をとっていた夜、サンスは体をぶるぶる震わせながら母のいる部屋に入っていった。

「母さん、消えるっていうのはどういうこと？」

線香が燃えて灰が崩れ落ちた。

「今日がないってこと？」

サンスはいつか衝撃を与えられた母の言葉を思い出しながらもう一度尋ねた。

するとあれほど軽くて空虚に思えたサンスの心に痛みが芽生えた。一箇所からではなく、散発的に、至るところに痛みが走った。それからしばらくすると、隙間などないかのように

「それじゃ、明日は？」

痛みが充満してきた。

火葬の日、サンスは母の骨を見ることはできなかった。小さな子どもには見せられないと葬儀屋に止められたからだ。骨を見たのはサンギュで、彼は火葬場から出てすぐに、なぜか自分の目を何度も強く叩いた。兄がパチンと自分を叩くたびに、サンスも体のどこかが痛む

ような気がした。

「兄さん、やめて」

サンスが止めると、サンギュはさらに強く自分のまぶたを叩き、かろうじて落ち着いていた顔がまた膨れ上がってしまった。見かねたサンスが兄を引き止めようとするうちに結局兄弟ゲンカに発展したが、今度こそはサンスも一方的に殴られてはいなかった。しかし、二人のケンカも大人たちによって止められ、引き離された二人は、火葬場の前に座り込んだまま息を整え、服の汚れを払い落とした。互いに背を向けて、別のところを眺めていた。火葬場から上がってくる煙、骨壺を手に持った人が履いている黒い靴、活気に満ちたセミの鳴き声、それからトンボの飛行といったものを。サンギュは木の枝で土に落書きをし、突然サンスを睨みつけながら父さんの話は嘘だよ、と言った。サンスは兄の話がよく理解できなかったが、兄があまりにも嫌いで振り向かずに耳だけを少し傾けた。サンギュがもう一度嘘なんだよ、と叫んだ。何もかも嘘だから覚えてろ、嘘なんだから。サンスは、その言葉の意味について考えようとしたが、すでに心じゅうに広がった悲しみのせいで考えを巡らすことができず、母がすっかり消えてしまった今日を迎えている。

あなたには妹がいますか？

敬愛《キョンエ》は、ホーチミンのこういうところが好きだった。道路の流れをすっかりつかさどっているバイク。ブルンブルンと道を走るバイクの音で、いつもイヤホンをしたまま歩くことすらままならないくらいだったが、その騒然とした感じが嫌いではなかった。活気を感じることができたから。パンドミシンのホーチミン支社には、代理店の管理と営業を担当する支店長、キム部長、オ課長、ヘレナというベトナム人の従業員、そしてチャンシク氏と呼ばれる技術者がいた。英語と韓国語が話せるヘレナは、支社で七年間働いている。

キム部長は多くの韓国人が住んでいるフーミーフンに家を持っており、初めのうちはみんなでその家に居候させてもらっていたが、チョ先生がチャンシク氏と一緒に暮らすと言って先に出ていくと、続いて敬愛とサンスもそれぞれ部屋を借りた。事務所がある市内までは二十分ほどかかるが、新築で、部屋とリビングがあり、団地内に小さなプールが付いているマンションだった。敬愛はたびたび信じられないような気持ちでプールを見下ろした。プールはいつも韓国人の子どもたちで賑わっている。敬愛はいつかプールで泳いでみようと思ったが、そのためには水着をまず買わなければならなくて、水着を着るためには脱毛しなければならなくて、何よりも泳げないから泳ぎ方から習わなければならなくて、と考えるうちに何もかもが面倒になり、いっそのことプールはないということにしようと思った。サンスにそのことを話すと、ないと思っただけでないことになるならそれでいいです、と同意なのか論評なのかわからない返事がきた。

事務所の人たちは各々のやり方で三人を歓迎した。キム部長は度々サンスをホーチミンの高級バーに連れていったが、そこで何があったのか、サンスが大騒ぎを起こしてからは高級な食事をするだけの会食で団結を図ろうとした。敬愛はベトナムの女性たち――バイクに乗ってエンジンをかけ、バスやタクシーのクラクションにも物怖じせず芸を見せるかのように道を抜けていく若い、もしくは年老いた、すべての女性を見るのが好きだった。ヘルメットをかぶった女性たちは、子どもを乗せたり、荷物を載せたりしていたが、雨が降ると無表情でレインコートを着たまま運転する。そんなところから伝わるクールな感じが好きだった。また、ヘレナのこういう訊き方も。他の従業員が外出していたあの日、ヘレナと二人で昼ごはんを食べながら韓国語で話していると、ふとベトナム語はまったくわからないんですか?と訊かれた。敬愛は急な異動だったから時間がなかったし、サンジュのことで大変だったしで、簡単な自己紹介すら覚えることができなかった。ベトナムに来てからも気安く話していること、まるで歓待しているかのようにかけられる韓国語を当たり前なことのように考えていたのではないかと思い、敬愛はついに申し訳ない気持ちになった。

「韓国人を相手に営業するわけだから、できなくてもいいんですけどね。少し話せたら、サイゴンの人たちにもっと親切にしてもらえると思います」

ヘレナは普段、自分の気持ちを表に出さないタイプだったが、一度だけこんなことを言われた。ヘレナの英語は、敬愛の実力を上回っている。他の従業員の希望に沿って、英語で、また韓国語で、いくらでも話すことができる。だから自分が楽になりたいというのではなく、敬愛のためを思ってアドバイスしたのだ。敬愛は本屋で教材を買って、ベトナム語が同じ発音でも声調によって違う意味を持つということから覚えていった。例えば「マ」という発音には、母、しかし、魂、墓、馬、稲毛という六つの異なる意味がある。それを一つずつ思い浮かべてみると、違う意味でも同じ発音を使わなければならない関連性があるように感じられた。

敬愛はヘレナと仲良くなろうと努力した。事務所で最も信頼できる人だと判断したから。

他の韓国人の従業員は、サンスと敬愛、それからチョ先生と距離を置こうとした。彼らが協力できる関係ではなく、別の会社の営業部員と変わらない競争関係であることは、入札の際に如実に表れた。ホーチミンに来て一週間後に、サンスはとある韓国系の会社に入札した。その際に入札金額について支店長と相談していたのに、そのあとにキム部長も入札に参加したことがわかったのだ。そしてその契約は、キム部長が結ぶことになった。サンスが、なんてことですか！　同僚になんでこんなマネをするんですか！　と唾を飛ばして言うと、支店長は穏やかな顔で、これがこっちの営業スタイルだと答えた。

「一人一人の営業部員がみんな自営業者だからね」

厳密に言えば、すでに営業部があるところに別の営業部が派遣されたわけで、あとから転がり込んできたサンスたちから文句が言える筋合いではなかった。そういう二重の競争は従業員からすれば面倒なことだったが、会社からすればなんの損もない。だから、誰でもいいから契約を取って来いと営業部員を野放しにしているのだ。

「結局はリベートの問題ですか？」

サンスは内部競争のことまでは考えたこともなく、怒りを抑えることができなかった。

チョ先生は必ずそうとも限らないと答えた。

「コンさんが相手の会社にずっと長く勤めるつもりだと考えてみてください。誰かがリベートを渡してきました。それをもらったら足元を見られ、弱みを握られることになります。だからもらわないはずです。それをもらうのは、ほとんどが工場を建てるところまでしか関わらないですぐ帰ってしまう人だけ。会社もそんな人を送って工場を建てて、あとから支社長を交代させるんです。そういうケースでは、リベートが基準になることもあり得ますが、違う可能性もあります。世の中はそんなに単純なものではありません」

「それじゃあ、何ですかね。リベートじゃなかったら」

話がここまで来ると、チョ先生はそれは技術者の僕にわかることではないと口ごもったが、さりげなくこんな言葉を投げかけた。

「人の心はみんな同じなんです。コンさんはどんな時に心が動きますか。人を蔑ろにしないでください。僕の場合、どんなことでもそれに限ると思います」

チョ先生が技術者のチャンシク氏と一緒に暮らすことにしたのも、敬愛の目には人間としての哀れみが働いているように見えた。チャンシク氏は役職のない技術者だった。もともと中国で働いていたが、ここの技術職がいきなり空席となり、異動してきたという。それが五年前のことで、ここに来てからなのか、もともとそうだったのかは知らないが、生活がひどく荒んでしまった。いちばんの問題は酒、次がギャンブル、最後に弱すぎる心が問題だった。

チャンシク氏という呼び方からもわかるように、支社の従業員は還暦が近い彼をまともに待遇しようとしなかった。どんなミスをどこまで犯しているのか、キム部長は彼を呼び出して「チャンシク氏、あなたは人間が中途半端なんですか？　頭が中途半端なんですか？　なんでこんな仕事しかできないんですか」と責め立てた。そうやって非難されるたびに、チャンシク氏は苦しんだが、苦しみを表出する方法が他の従業員と違っていた。チョ先生が昼休みに彼を慰めようとわざわざ呼び出して――サンスと敬愛はあまり望まなかったけれど――ブンボーフエのような辛いフォーを食べに行くと、チャンシク氏はまるで子どものように泣きながら、俺はキム部長に憎まれてるんでしょうねと、会社に悪い報告をしてクビにするんでしょうね、と涙声で話した。何をやらかしたのかと訊くと、何か言い出そうともじもじして、結局口をつぐんでしまった。

「俺の口からは言えません。そんなの裏切りですから、裏切るわけにはいきません」

「どんな話で、裏切ることにまでなるんですか？」

サンスが口をはさむとチャンシク氏は口をさらに固く閉ざしてしまった。そしてお酒が飲みたいとぐずり始めてビールを注文してやると、それを飲みながら突如としてキム部長を褒め始めた。

「それでもいい人なんです。全斗煥《チョン・ドゥファン》みたいだし」

「全斗煥みたいにいいってどういうことですか？」

サンスがそう尋ねると、チャンシク氏は「コンさんは知らないんですね」と言って、さっきまで泣いていたのが嘘のように晴れ晴れとした笑顔になった。

「全斗煥みたいな営業をするね、あの人って全斗煥だよね、というのは男前っていう意味なんです。男らしいってこと。全斗煥がどうして今も健在だと思います？　何をどうしたから今でも彼に従順な人が多いかってことですよ。みんなで男らしく分け合ったから。キム部長は真の全斗煥です、男なんです」

チョ先生がベトナムに来てまず会社に提案したのも、チャンシク氏に関連したことだった。名前で呼ぶのをやめようと提案したのだ。チョ先生はここに来る時から敬愛もサンスもそう呼んでいたし、本社でもそう呼ばれていたらしいということで、支社でも「先生」と呼ばれるようになった。なのに、同じ仕事をしていて、年齢も近い人がチャンシク氏と呼ばれるのは間違っているように思えると言うのだ。

「チャンシク氏をチャンシク氏と呼ばないでなんて呼べばいいんですか？　役職もないのに。チョ先生、氏も敬称です。ぞんざいな呼び方じゃなくて、敬称なんです」

キム部長はチョ先生の態度が気に食わない様子だった。

「それじゃあ、僕もそう呼んでください。それがフェアですから」

「わかりました。それがお望みなら」

こうしてチョ先生がムンテク氏と呼ばれ始めた頃に、チョ先生はキム部長の家を出てチャンシク氏の家に引っ越した。チョ先生は事務所から近くて家賃も安いからうれしいと言っていた。敬愛はチョ先生が、歩き方すら怪しくなっている、気温二十度ほどのホーチミンの朝にも頭痛がするだの体が痛むだのと言って不調を訴える慢性のアルコール依存者と一緒に過ごすのが心配だった。チョ先生がよけいに壊れてしまわないだろうか。そう思うと、ここまで来てみんなでズタボロになって帰るわけにはいかないという危機感が走った。何かをしようと思った。韓国を離れる際のヨンソとの約束を守るためにも。出国する前にヨンソからの電話で父さんをよろしくお願いしますと言われた敬愛は、今どこですかと言ってヨンソを呼び出し、一緒にごはんを食べた。久しぶりにソウルを訪ねたヨンソは、何を見ても気分が晴れると言って喜んだ。それからお店で買ってきたという強烈なバラの香りがする化粧品をくれた。あとで知ったことだが、好きな芸能人のブロマイドをもらうため他に選択肢がなかったらしい。

その日、一緒に夕方まで過ごして駅で見送ろうとした時、ヨンソは敬愛に「妹、いますか」と尋ねた。敬愛がいないと言うとヨンソは「よかった。私も姉がいないんです」と言って笑った。

「父さん、大丈夫でしょうね」

「あまりお酒を飲まないように、私がちゃんと監視するから」

「お酒はいいんです。飲むといい気分になれるし」

「なんでそれがわかるの？」

すると、ヨンソは笑顔のまま口をつぐんでしまった。

チョ先生はホーチミンに持ってきたスーツケースをそのまま移し、あっさりと引越しを終わらせた。チャンシク氏の部屋は観光通りのあるビンタン区にあり、いつも人でごった返している。人ごみをぬって歩いているチョ先生とチャンシク氏を見ていると、二人は長い旅から取り残されたまま、果てしなく続く移動、疲れ、不安、孤独感が、旅という一過性の出来事なのか、明確な継続性を持つ日常なのかなど気にせず、目的地とも、どこかに落ち着くこととも無縁な人生を選んでいる、年老いた貧乏人たちに見えた。

だが、そんな敬愛の心配をよそに、チョ先生はかえってチャンシク氏をバネにして生活を整え始めた。ビンタン通りにあるその部屋は、生活に必要なものが整っておらず、チャンシク氏の荷物ばかりが取っ散らかっていた。チョ先生はまずその荷物を片付け始めた。

「出身はどこでしたっけ。亀尾《クミ》？」

チョ先生が片付けを始めるとチャンシク氏も手伝うと言ったものの、片付けなどしたことのない人のようにチョ先生について回り、近くの物を手に取っては下ろすことを繰り返すばかりだった。

「そこには今誰か住んでる？」

「金泉《キムチョン》です、金泉」

「親戚がみんな住んでます。先祖の墓もあるし、畑もある」

「韓国に最後に行ったのは？」

「行ってません、一度も」

「家族がこっちに訪ねて来たとか？」

「いえ、こっちも行ってないし、家族も来てません。来るなって言われました」

「それじゃあ、仕送りだけしてるんですか？」

「いや、そんなに稼いでるわけでもないですし、仕送りだって無理です。でも一応仕送りができなくて申し訳ないと謝ると、そんなの望んでもないから、野垂れ死にしても連絡するなって妻に言われました」

　チャンシク氏にお金がないのは薄給だからという理由だけではなかった。お酒を飲むのに結構なお金を使っていたが、そんな理由でもなかった。カジノのせいだった。キム部長はもともと金遣いが荒いのか、それとも支社が毎回かなりの利益を上げているのか、頻繁に食事会を開いた。敬愛たちにも声をかけてくれる日もあったが、声をかけない日のほうが多かった。チャンシク氏は指折り数えて食事会の日を待ちわびていた。お酒が飲めて、女が抱けて、スロットを思う存分に引くことができるから。そんなところに付いて回るうちに、チャンシク氏は快楽に味を占めてしまったという。自分の意志というものが見えたら批判したりピシッと忠告したりするだろうに、意志など見えなくて哀れんだ。キム部長はチャンシク氏の蕩尽をそそのかしたと言っても過言ではないくせに、彼を冷酷に非難していた。

「韓国だと考えてみてください。あんな人が何になると思いますか？　ホームレスにしかなれませんよ。こっちだからそれでも仕事も与えて、食事会にも一緒に行って、待遇もしているんです。ベトナムの人たちは、韓国の七〇年代、八〇年代みたいにまだ人情があるから、取引先で結婚式があるとチャンシク氏まで招待してくれるし、人と関わりながら生きて行けるわけです」

ホーチミン支社の従業員はしょっちゅう出張に行ったが、いったいどの会社で、どのようにして納品されたミシンの件なのかを秘密にした。納品先での設置を担当するチャンシク氏に訊いてみると、チャンシク氏はちゃんと答えずに、忙しかったです、めちゃめちゃ忙しかった、といってごまかそうとした。

敬愛は彼らが他社のミシンを売っているのではないかと疑った。工業用ミシンと言ってもみんな同じではなく、ミシンにはどんな服をつくるかによってそれに特化したブランドがある。薄い生地に使う薄物用ミシンと革などの厚い生地に使う厚物用ミシンなら、ジューキや三菱など日本製のミシンのほうが優れていた。ベトナムにある韓国の紡織工場は、主にヨーロッパやアメリカのブランドから受注を取っており、工場が好き勝手にパンドミシンにこだわることはできなかった。発注先からミシンのブランドを指定されるケースもあったのだ。クライアントからどこどこのミシンが必要だと言われたら、営業部員はそのミシンを入手できてこそ信頼され、関係を保ち続けることができた。その上、副収入も入る。だから外国では一人一人が自営業者という言葉は、あながち間違いではなかった。しかし、誰がどれくらい関わっており、どれほど避けられないことかを知る術がなく、敬愛は誰にも、サンスにも、自分の考えを打ち明けなかった。問題を他人と共有することがいかに危険なことか、ストの際に十分思い知ったのだ。

現地に慣れるための時間を過ごしていた一か月もの間、敬愛とサンスは一緒に家に帰った記憶がないと言っていいほど、それぞれ時間を送っていた。二人に真っ先に与えられた課題は、情報の入手ルートを作ることだった。椅子にじっと座っているだけでは到底手に入れることのできない、偶然の互助関係を数多く備えておく必要があった。ネットワークがなければ、どんな情報も手に入れることができない。それで二人は、偶然で、かつ、少なくともいますぐはこれといった目的がなくてもいつ何があるかわからないから、何らかの余地を残しておくための曖昧な打ち合わせを続けた。

そのためには想像力と無謀さが必要だったが、それはサンスが小さい頃から大事に育んできた能力だったためになんの問題にもならなかった。サンスは工場という言葉で思い浮かべられる付属品の製造業者を片っ端から訪ねていった。ホーチミンには不思議なほど多くの韓国人が、それぞれ細分化された目的を持って過ごしている。サンスは忠清道《チュンチョンド》出身でもないのにホーチミンにいる忠清道出身のネットコミュニティの会員になり、オフ会にも参加した。忠清道に親会社がある発電機会社がホーチミンに支社を設けていたのだ。そのようにしてその会社がどの地域にある会社と新規取引を始めたかを知ることができた。カントーやティエンザンやカイベーなど、ホーチミンにまだ慣れていないサンスにとっては、発音することさえ難しいところだった。その地名を支社にいるベトナム人の運転手トニーに訊くと、いつも同じ答えが返ってきた。

「田舎です、田舎。ベリーベリー田舎。何もない」

トニーは事務所にいる唯一の運転手で、会社の車を使って下見に行こうとすれば、あらかじめ約束を取らなければならなかったが、キム部長のほうの用事でしょっちゅう取り消された。サンスとの約束があったにもかかわらずキム部長がトニーを連れて出かけたある日、タクシーを貸し切って工場が建つと噂されている地域へと向かった。夜遅く家に帰り、プールが見えるマンションのベンチで敬愛と遭遇した。どうでした？　と敬愛に尋ねられ、コンテナ一つと旗しかありませんでしたと答えた。

誇張でもなんでもなくて、本当にサンスが往復六時間走ったところで目にしたのは、忠清道訛りの工場敷地の管理者と工場敷地であることを知らせる旗だけ。まだ整地もしてないところに、いつ建物が建って、ミシンが設置され、そのミシンがかけられるというのだろう。サンスは「地面にヘディング」という言葉を身をもって体験したが、どうにか失意に陥らずに管理者と言葉を交わすことができた。彼は無人島に漂着したロビンソン・クルーソーのようにサンスを歓迎した。まともな飲み屋一つない田舎に飛ばされてきてから数か月もの間、韓国人と話したことがないという。サンスは格別に荒涼としている二千坪の敷地を守っている管理者と名刺を交換した。管理者は日が暮れ、どこからかごはんをつくる匂いが漂ってきて、わんわんと犬の吠える声だけが聞こえてくる夕暮れまで、サンスを放してくれなかった。話をしたがったし、訊きたがった。彼は寂しさに耐えていた。だが、そういう寂しさはサンスの専門分野でもあり、サンスはどのようにして営業すればいいかをすぐに看破した。

「ホーチミンにいる韓国人はみんな孤独だと思ってください。寂しさこそ、私たちの営業路線を決めるための大事な照明弾になってくれるでしょう」

寂しさだなんて、と敬愛は考えた。敬愛からすれば、サンスは自分の寂しさでさえまともに処理できずにいるようだったから。

「夕飯は食べました？　何か少し食べますか？　トッポギとか」

敬愛が訊いた。

「こんなに遅い時間までやっているトッポギの店がありますか？」

フーミーフンはまるで韓国にあるニュータウンをそのまま移したかのようだった。チキンやトッポギやハンバーガーの店、美容室、様々な塾、そして不動産。大通りを境に地区分けされ、川もないのに江北と江南と呼ばれているのも韓国にそっくりだった。高級マンションが立ち並んでいるいわゆる「江南」と敬愛が住んでいる「江北」は、家賃に三倍以上の差がある。異国の空間にまで無理やり母国の生活様式を持ち込んでいることに、敬愛は苦い思いがした。ホーチミンにいる韓国人は、ほとんどが会社から派遣された駐在員だったりいろいろな工場で働く管理職だったりしたが、ベトナム人と関係を築くことには消極的だという。韓国人どうしでも住む場所と職業、収入によって階層がはっきりと区分されていて交わることはなかった。

「もちろんシンジョントッポギみたいなお店はもう閉まってますよ。家に食べるものがなければ、うちでちょっと食べて帰りますか？」

そう尋ねる間も、敬愛の表情は淡々としていた。サンスはびっくりした。映画の中で家に行って何か食べようと誘うシーンには、例えばラーメンとかコーヒーとかチョコレートとか果物といった食べ物を勧めるシーンには、いくつかの意味が込められているというのに。もちろんそういう意味ではないだろうし、現に敬愛が実際のサンスに一線を越えて親しみを表すことはなく、オンニと呼ばれる人にしか自分の話を打ち明けなかったが、それでも敬愛の言葉を聞いてサンスは、甘辛いあの食べ物を無性に食べたくなった。返事が遅くなればなるほど怪しまれるだろうに、サンスはあまりにもたくさんの思いのせいで、考えに耽ってしまった。そうこうする間にマンションの警備員が出てきて、プールに浮かんでいる木の葉を掃除しながら歌を口ずさんだ。ベトナム語の歌詞を理解することはできなかったが、エレジー風のロマンチックな旋律だった。やはりエレジーは、何かを懐かしみながら、その気持ちが持つ強い引力を放ちながらも、表では知らんぷり、気づかないふりをして歌うものなのだ。ストレートで露骨な歌詞内容とは裏腹の、細々とした力のない鼻声。しかし、そんなエレジーがよく似合う夜だった。サンスが敬愛に胸の内を打ち明けることができず、敬愛もサンスに何も言うことができないこの瞬間に。

サンスは自分と敬愛との間にウンチョンという共通の友人がいることを知ったものの、どんなアクションも取ることができなかった。いつの日か自然な流れで話せるのではないかと、映画やハイテルのコミュニティのことを話題に挙げてみたが、深入りする勇気はなかった。誰かの傷を覗き見ることは、その人と深い絆を結んだり、深く知っているという自負心を得たりすることにもなるけれど、と同時に無気力になることでもあった。

敬愛と一緒にウンチョンの話を交わし、ウンチョンが敬愛のことをどれほど特別に思い、優しい心を抱いていたのかについて話し合いたかったが、敬愛があの出来事にどう折り合いをつけてきたのだろうと思うと、そうすることができなかった。サンスが知っている敬愛は、あの記憶を一つもいい加減に放っておけなかっただろうから。誰かには時間が経つにつれて自然とフェードアウトしていくようなことが、誰かにはそうでないということが、今のサンスにはわかるのだ。サンスは敬愛のIDを検索して何年か前にもらったメールまで読み返していたが、ある日ふと、敬愛の書いた「封印」という言葉が目に入った。サンジュを念頭においての言葉だったが、ウンチョンについても同じだったはずだ。ウーバーの運転手が差し出すヘルメットをかぶり、ホーチミンの道路をバイクで走ってきた敬愛が事務所の前で元気よく降りる姿を見て、サンスは一日の始まり、昨日とは違う今日を期待しながらも、あの封印はいつ解けるのだろうと考えた。ベトナムの活気が解いてくれるだろうか。

敬愛は部屋一室にだけ荷物を置いていた。もう一つの部屋とリビングはただがらんとしている。

「どうして部屋を一つしか使わないんですか？」

「習慣です。そのほうが楽ですから」

誰かの家に、それも女性の家にお邪魔するのが初めてだからか、サンスは些細なことにも刺激を受けた。フェイスブックで「オンニ」として活動しながらたえず女性の日常を再現し、化粧品やお風呂用品などにたくさんのお金をつぎ込んできたが、敬愛の私物からは特別な感じがした。例えば敬愛が捨てたコットンやぐるぐる巻いて最後まで無駄なく使っているチューブ型のハンドクリームや袋を閉じずにいる食パンや買い物リスト——焼酎とベーコンと書かれたメモなど、一緒に暮らさなければ絶対に知り得ない敬愛の一面が。

そういうものはたいした象徴体系を持たない上に大切でもないからなんのパトスも呼び起こさないと、誰もが使っているありふれた消耗品に心が動くのはおかしな話だと思いながらも、サンスは敬愛を強く実感せずにはいられなかった。敬愛がインスタントトッポギを電子レンジでチンと回す行動さえ。そこには魚肉やネギやキャベツが小さく刻まれ、乾かされて、あるかどうかさえ気づかないほどのフレークになっているのに、夜食をごちそうすると言いながらもなんの手間をかけずに七分で済ませようとするところも敬愛らしく、家じゅうのすべての敬愛らしさがサンスを刺激してきた。

とにかく敬愛が作ってくれたものだからと、サンスは薄いスープにぷかぷかと浮いているトッポギ、つまようじみたいに細くてどこか切なく見えるトッポギをつまんだ。浪人時代に真っ暗闇の中で食べた化学調味料の味が強く思い出され、サンスはしかし、当時とは比べられないほどに感情がやさしくさざ波を立てているのを感じた。敬愛を抱きしめる想像さえしてしまった。想像は勝手に膨らむものだからどうしようもなかった。だが、それは激しい抱擁ではなく、肩をそっとなだめる程度に近いハグだった。オンニ、自分がすっかり壊れてしまったような気がします、という敬愛の言葉。私は何を期待してそんなことまでしたのでしょう。敬愛からメールでそう尋ねられた時、サンスが一緒に感じた恥ずかしさと悲しみ……。

「マズいですか」

「いや、全然」

サンスは壁に貼られたデイヴィッド・リンチの『マルホランド・ドライブ』のポスターをじっと見上げた。

「リンチが好きですか？」

「いや、別に」

「それじゃ、ポスターはどうして？」

敬愛もポスターを見上げた。

「友だちが好き……いや、韓国で貼ってたものをそのまま持ってきただけです」

ウンチョンのことだろう。しかし、生きている人の話をしているような言い草だった。いざ敬愛からそうやってウンチョンを匂わすようなことを言われると、親しかった二人の関係を受け入れたい気持ちと拒みたい気持ちが同時に沸き起こった。その狭間で揺られながら、サンスはずっと前にデイヴィッド・リンチの特別上映会で『マルホランド・ドライブ』を観たという話を突如として持ち出した。

「家にDVDがあるはずです。もし欲しかったらあげます。あの時、上映後に何かのイベントをやってて、応募したら送られてきました。包みもそのままです。中古で売る際に、包装されたままだと値段が高く付くそうです。手付かず状態なら」

すると、敬愛がDVDですか？　と言いながらサンスをじっと見つめた。長い沈黙が続き、居心地が悪くなったサンスは、お皿を流し台に運んで洗い始めた。やわらかいスポンジでお皿をこすると泡が立った。冷たい水で流すときれいに泡が消え、水気だけが残った。

「昔も今みたいな体格でした？」

サンスは敬愛が自分の後ろ姿を見ながらそんな質問をしたことに、なぜか恥ずかしさを覚えた。それ以上洗うものもないのに、流し台に放り出されているタオルまで我にもなく洗いながら、違うと答えた。二十代の頃には敬愛が想像することすらできないほど太っていたと。

「どれくらい？　ジャック・ブラックくらい？」

「ジャック・ブラックくらいならまだいいほうです。あんなの太ったうちに入りません。体力を蓄えておいたってくらいのレベルです」

サンスが絞って広げたタオルを台に干して振り向くと、妙に敬愛の表情が変わっていた。『マルホランド・ドライブ』を観に行った時に、父に投げられたボールで顔がボコボコになっていたのを思い出した。不幸な時代で、屈辱の日々だった。敬愛は首をかしげたまま、冷蔵庫のウイーンという音しかしない部屋から何らかの音を聞き取ろうとしているみたいに顔をしかめたが、すぐにホーチミンへの帰り道はどうでした、疲れてませんか、と訊いた。

「ええ。道はまあ、道ですから」

舗装されていない道路を走る間、サンスは車が揺れるせいで腰とお尻がひどく痛かった。それから往復道路で四つもの事故現場を通り過ぎなければならなかったことが——孤独な韓国人一人を孤立した荒れ地に残して帰るところだったからよけいに——あの夕方の疾走を寂しく感じさせた。大きな熱帯の街路樹の下に、白い布で覆われて死人が横たわっている事故現場もあった。

そんな風景から悲哀を感じたのは、事務所のオ課長から聞いた言葉のせいでもある。オ課長は貪欲なキム部長とは違って非常に気弱な若手社員で、何かを言い洩らしてしまわないかと心配してか、サンスたちとはほとんど言葉を交わさなかったが、ホーチミンやホーチミンの人についての何気ない話題が出る時だけ、時々会話に割り込んできた。心に溜まった疲れとストレスを、ホーチミンを相手に解消しているかのように、ほとんど否定的な評価ばかりだった。

キム部長はホーチミンの人たちは情があって、義理堅くて、優しいと言ったが、オ課長は頷かなかった。ホーチミンの人たちは冷たくて、厳しくて、恐ろしいほど現実的だと。交通事故で人が死んでも、補償がもらえればあっという間に片付いてしまうと。だが、サンスからすれば、それはホーチミンの人固有のスピードというよりか、資本のスピードのように感じられた。他の都市でもよくあることだった。サンスはホーチミンとその近辺で七万人以上の韓国人が暮らしていると聞いた時、彼らが韓国から来ただけではなく、グアテマラやサイパンのようにある時期まで米国企業の下請け工場があった地域や中国、マレーシアといったアジア全域からやってきたという話を聞いた時、だとすれば、ホーチミンはそういう異邦人のせいで必然的に冷酷になったのかもしれないと考えた。食べて、生きることを考えなくてもいいならここから離れたいと思う気持ち、少なくともここは自分の定住地ではないという拒否感が、異邦人たちを支えているだろうから。キム部長はホーチミンで十年以上暮らしているが、子どもたちはみんな韓国にいた。オ課長にも一緒に連れて来られなかった家族が韓国にいて、支社長は任期さえ終わればいつでもこの地を去ることができるから、支社の管理業務以外にはあまり興味を見せなかった。

敬愛がエレベーターで下まで降りてサンスを見送った。大丈夫だと断っても、ちょっと外の空気が吸いたいと言って降りてきた。プールにはもう人気《ひとけ》がなかった。ライトに照らされてプールの水はさらに青く、まるで誰かの深淵のように深く見える。

「二十代には今より体格が大きかったということですよね？　鼻の骨が折れたこともあるし」

「はい。浪人時代の話ですが、何もかもがめちゃくちゃでした」

そう答えて二人は別れたが、家に帰ろうとしたサンスはふと、鼻の骨が折れたという話までしたことがあっただろうかと訝しく思った。敬愛の話で当時のことを思い返していたのは確かだが——いつもあれこれしゃべりすぎて、言ったことをすべて覚えているわけではないが、そんなことまで言ったっけ、と。敬愛はどうしてあんなことを言ったんだろう、どうしてわかったんだろう、と考えたが、あまりにも長かった移動時間のせいで疲れ果てて、ジャケットも脱がずに寝落ちしてしまった。

寂しさを営業上の大事な武器にしようと思ったのは、あまりにもサンスらしい考えだった。サンスは田舎に幽閉されているクライアントをホーチミン市内に呼び出し、観光させて、一緒にごはんを食べた。ただ、ビール以外の酒は飲まなかった。すると彼らは当然のようにある期待を抱き、残念そうな顔をして唾をのんだ。

「清いお方で、きれいさっぱりしてらっしゃるね。あんまりだね」

敬愛がいる席で、そうやって露骨に不満を言う人もいた。ほとんどがホテルか飲み屋かマッサージショップかで数十万ウォンで楽しめるという夜遊びを期待しているケースだった。するとサンスは、初めのうちは「人間らしく暮らそうと工場を回してるわけですから」とチョ先生から伝授してもらった労働の精神を説いたが、効果がないと思ったのか、のちには「いけないことです、次長。ここは共産主義の国ですから。賭博、売春、麻薬をしたら公安に捕まります。ここの刑務所のこと、映画で見たことありますよね？『パピヨン』に出てくる刑務所ってベトナムの刑務所ですから。ゴキブリを食べたりねえ、ご存じですよね？」と言って脅かした。意外と効果はあったが、中には夜遊びへの欲が強すぎて、興味を失い、連絡を絶つ人もいた。サンスはホーチミンに派遣された営業部員の中で、唯一無二のロマンチストのようだった。

サンスと敬愛は、同じチームであるという理由だけで何かしらの関係だと疑われたり、そのうち付き合うだろうと思われたりすることが多かったが、そのたびにサンスは手を振りながら絶対そんなことはないと否定した。やたらと強く否定した。すると、従業員たちは本当に何かがあるはずだと、二人の間にきっと何かがあるだろうと思うようになり、敬愛がある日、サンスにそこまでしなくていいとアドバイスするほどだった。

「他の人みたいに、やり過ごせばいいんです。絶対そんなことないとまで強く否定する理由なんかないでしょ？」

敬愛がずばり言うと、サンスはさらにびっくりしながら「あり得ないことですから」ともう一度繰り返した。

「だから、なんで？　社内恋愛が禁止されてるわけでもないのに、なんでそこまで否定するのかっていうことです。よけい怪しまれるだけなのに」

「違うから違うと言っただけです」

「わかってます。それは私もわかるんですけど、とにかくもう少し普通にしてください。そうやって顔色まで変えて否定するから、何かありそうに見えるんです」

何があるというのだろう……サンスは考えた。

誰かについてたくさんのことを、嵐が吹いたかのように一気に知ってしまうことは、奇妙な経験だった。敬愛がうざったいとか、嫌になったとか、そういう意味ではない。「オンニには罪がない」ページにあのような告知を出してから、「凍っているフランケンシュタイン」からは当然ながらなんの連絡も来なかったけれど、サンスは依然として敬愛を助けたいと思っていた。しかし、オンニとしてやりとりをしていた時とは違う。あの頃は他の会員たちにそうしていたように、自分が相手よりマシで、もっと博識で、強くて、物分かりがいいと思っていたが、今はそんな考え方に力などなかった。敬愛がもう匿名の会員でなくなってから、サンスはそんな優越感など失っていた。敬愛を助けることなど不可能だった。敬愛から自分はすっかり壊れてしまったとメールが送られてきた時、いつものように、しっかりしてだの、貧乏くじを引いたのも同然だの、男はそんなものだの、性欲のためならどんな甘い言葉でも言うだの、そんなのポエムにすぎないだの、まるでリルケかぶれだの、と言うことはできなかった。靴下も脱がずに座っていたサンジュの前で敬愛が感じただろう侮辱を思い浮かべながら静かに憤るだけ。敬愛がそうしたであろうように、縮こまってしまった。冷たい水を浴びせられたかのように心がしぼんだ。気が折れて、小さくなった。誰かを理解するということは、こうして一緒に堕ちていくことなのだ。

それからサンスがしがみついたのは、あの時の火災事件がいったいどのように片付いたかを調べることだった。サンスにとってはあの不運な事故でウンチョンが死んだことが大事で、事件の全貌については何一つ知らなかった。それでマンションに帰ると、ネットで昔のニュースを検索し、事件の経緯を調べ始めた。しかし、記事のタイトルを読むだけで、心が苦しんだ。

仁川《インチョン》の雑居ビルで大規模火事、56人死亡
居場所のない若者たち、「10代のカルチャー」を緊急チェック
「勘定」のために出口閉鎖
死者五十人超　火災事件日誌
「死んじゃだめ」泣き疲れた校庭
「警察と区役所に賄賂を払え」ビアホールの店主、遊興飲食店から拠出
「高位層の庇護」疑惑主張　ビアホールの従業員を調査
被害者への補償は？
仁川火災ビアホールの店主が自首

サンスは賄賂を受け取った国会議員のリストから、父親と親交があり、京畿道《キョンギド》の清平《チョンピョン》や龍仁《ヨンイン》へ一緒に家族旅行をしたこともある人の名前を見つけた。それから、ウンチョンならどんな方法で敬愛を助けただろうかと悩んだ。だが、もう二十年も前のことで、あまり想像ができなかった。親しかったのは間違いないけれど、はっきりと思い出せるのは、二人で短編映画を撮ろうと歩き回りながら、ウンチョンが家から持ってきたおやつを一緒に食べたことく

らいだった。マヨネーズを塗っただけのトウモロコシ食パン。その他に、ウンチョンがどんな両親のもとで育ち、きょうだいは何人いて、塾に通っていたかどうか、成績はどうだったかなど、まったく思い出すことができなかった。かろうじて記憶しているのは、サンスが父について毒舌同然の不平を言うと、静かに耳を傾けていたウンチョンが「それでも君は運がいいほうだよ」と言ったこと。サンスがじゃあ君は運が悪いほうか？　と訊くと、もちろん違うと答えたこと。

ウンチョンはめったに怒らないタイプだったが、一度だけサンスを追い詰めたことがあった。あの頃の仁川では、解雇された自動車工場の元従業員たちが、長蛇の列を作ってデモをすることがよくあった。そんなある日、サンスが「解雇はしかたないことだよね」と言ったのだ。当時、父がテレビを観ながら、ほとんどのことに対して「しかたない」という意見を言っていたから。すると、ウンチョンは「君は大切なものを失うということが、どういう意味かわからないんだろうな」とため息をついた。

大切なものを奪い取られて、激怒したことがないんだろう。

サンスはあの頃のことを思い出して、ノートパソコンに「ウンチョンは激怒したことがある人」と打ち込んだ。

過去について調べることは、サンス自身の人生をこれまでとは異なるフレームで見直す作業でもあった。サンスが知っているサンスの悲しみ、サンスの受難、サンスの苦難、サンスの傷から抜け出して、過去を立て直す時間だったのだ。

サンスはまた、「ウンチョンはコン・サンスのことを運がいいと思っている人」と書き加えた。

敬愛も人脈を作るための打ち合わせを始めたが、サンスほど無謀ではなかった。パンドミシンと取引していたものの数が少なくて後回しにされているかキム部長と合わないなどの理由で連絡がとぎれとぎれになっている取引先をヘレナの紹介で訪ねていった。ヘレナは取引先のリストに性別、出身、注意事項まで細かく書き記してくれた。そのおかげで敬愛は事前準備をすることができた。出身はもちろん、会社から発令を受けてきた管理職なのかホーチミンで雇用された社員かどうかまで。後者の場合、実はいつクビになるかわからない臨時職なので、受注においてはあまり役に立たなかった。ただ、工場によっては経営陣が工場のことにそれほど関心がなく、そういう経営陣は事故なしに回ってさえいれば満足していたので、意外と彼らの意見が通るケースもあった。敬愛は工場の韓国人管理者といっても国籍が韓国ではないかもしれないということ、中には中国同胞[20]も多いということを知った。国籍上は、彼らは中国人だった。

　ヘレナなりに把握した管理者の好みの中には、酒、お金の他に、家族の安否やキムチという記録もあった。ヘレナによれば営業部員の中には韓国から戻るたびにクライアントの家に寄ってベトナムに送る荷物を直接持ってくる人もいるという。十キロものキムチとカクテキを運んだ営業部員もいるそうだ。ヘレナのノートは、これまでホーチミン支社にいた営業部員のマーケティング備忘録で、ある種の親切や優しさ、挑戦、あるいは弱者の生存法、お世辞、説得、抱負、覇気の記録でもあった。

　敬愛にそのノートを手渡しながら、ヘレナはタダで渡すわけにはいかないと言った。つまり、ノートをもらう代わりに自分の妹を就職させてほしいと。もうすぐ大学を卒業する妹は、旅行会社でガイドができるほど英語が堪能だと付け加えた。

「ヘレナ、いま私は誰かを雇えるような立場じゃないんです。わかってますよね、末端であることくらい」

「自分のお金で雇えばいいでしょ？」

ヘレナは敬愛を説得した。妹が事務所に出してもらう給与は、韓国のお金で二十万ウォンだから、それくらいはサンスや敬愛が払うこともできるのではないかと。経理担当がいれば、仕事もかなりはかどるだろうと。自分も一生懸命に手伝うと。確かに、サンスのチームはほとんどのことをキム部長のチームと共有していた。会社から出る機密費はすべて支店長からキム部長へ流れるし、ヘレナやトニーのような現地の従業員もキム部長の用事を済ませてからしかサンスのチームの面倒を見ることができなかった。キム・ユジョンから忠告された通りにチョ先生と一緒に来たおかげで、技術者の派遣問題で揉めなくて済むことだけが不幸中の幸いだった。毎日のように動員されているチャンシク氏は、他の仕事をする余力などなさそうに見えた。それに、ヘレナのノートがどれほど役に立つかとは関係なく、彼女の提案を断るのは難しかった。ホーチミンにある多くの韓国系の工場では、このような形で就職が決まった。家族や親戚が同じ会社で働くのはめずらしくなく、推薦できる枠をあらかじめ決めておく会社もあった。

「敬愛さん、きょうだいはいます？」

敬愛を説き伏せようとしてか、ヘレナは自分の手を敬愛の手に重ね合わせながら尋ねた。敬愛が一人っ子だと答えると、ヘレナは小さくため息をつき、もしきょうだいがいたなら私

20 中国の国籍を有する少数民族である朝鮮族を指す。

の気持ちがわかるはずです、と言った。きょうだいがいなくても、敬愛はヘレナとの普段の会話から彼女の状況を理解していた。ホーチミンはずっと前からインフレが激しく、失業率も高かった。ほとんどが大家族なのに、狭い家で暮らしている。ヘレナも八人家族だという。中には結婚した兄夫婦もいた。メコン川周辺にはそんな大家族がたくさん集まっていて、二人だけの時間を過ごすことができない夫婦たちがデートする川岸の公園もあった。彼らはそこで非常に熱い時間を過ごしていると、ヘレナは冗談を言った。

キム部長への不満が募っていたサンスは、ひとまずその妹を「個人的」に雇用することにした。その頼みを聞いてやれば、ヘレナがサンスのチームにもっと好意的になり、事務室にかかってくる見積もりの問い合わせ電話などをサンスたちのところへと回してくれると思ったのだ。サンスのチームにとっては、そんな少量の注文でも大事だった。

ヘレナの妹はさっそく次の日から出勤した。英語の名前はエイリーンで、黒めのロングヘアと笑みを浮かべた口元がチャーミングな女性だった。エイリーンは姉の向かいに自分の席を構えて仕事を覚え始め、ヘレナも当然ながら一生懸命に仕事を教えた。妙な警戒心が働いたのか、キム部長がまさか自分の会社を作るつもりじゃないだろうな、とぼそぼそとつぶやいていた。

エイリーンはしばらく事務所で電話を受けたり、コピーしたりしていたが、次第に敬愛の外回りに付き合うようになった。韓国人の相手をすることがほとんどだったが、工場の雰囲気を確認する時は、ベトナム語が話せるエイリーンが役に立った。

エイリーンは敬愛をスクーターに乗せて外回りに出かけるのが好きだった。事務所では気後れしている、というか緊張しているようなのに、街に出ると何かから解き放たれたかのように二十二歳の若者へと戻った。エイリーンは敬愛がなんで結婚をしないのかを知りたがった。テレビで見ると、韓国の美しい女性たちは、料理上手で、やさしい男性たちと付き合っているのに、と。敬愛が結婚にあまり興味がないと答えると、エイリーンは自分もそうだと言った。

「結婚しないでお金を貯めるつもりです」

「お金を貯めて何をするつもりですか？」

「家を買います。家を買わないと」

「確かに家は買わなくちゃね。家は必要です」

「敬愛さんにも家がありますか」

「ありません」

エイリーンは自分が好きな韓国アイドルグループ、ＢＴＳについて話したがったが、敬愛が初めて聞く名前だと言うと、ＢＴＳを知らない韓国人がいるなんて信じられないという顔をした。エイリーンはそのグループの歌詞を完璧に覚えていた。『血、汗、涙』という曲を歌ってみせ、敬愛の記憶から引き出そうとした。エイリーンの歌唱力ではラップなのかバラードなのか見当のつかない音律を聴きながら、敬愛は笑った。エイリーンはソウルの雪についても知りたがった。

「エイリーン、いつか冬にソウルに来ることになったら、いちばん厚い服を着てきてください」

「雪が冷たいから？」

「いいえ、雪は冷たくないんです。むしろ雪が降ってる間は、熱エネルギーで少し暖かくなります。でも、雪が降る前までの空気がとても冷たいから。だから雪が降るんです」

「つまり、雪が降るまでが寒くて、雪が降ったら寒くない」

「そうそう、寒さが和らぐんです。雪が降る直前までがいちばん寒い」

「じゃあ、きれいなものを見ようとしたら寒くなきゃダメなんですね」

「でも、寒かったらチキンを食べながらビールを飲んだり焼酎とビールの爆弾酒を飲んだりすればいいからね」

「韓国人はなんで焼酎とビールを混ぜて飲むんですか？」

「はやく酔いたいからね」

スクーターを運転していたエイリーンは、頭をのけぞらせながらゲラゲラ笑った。

「それウケる。はやく酔ってどうするんですか？」

「はやく酔って早く家に帰るんです」

「家もないのに？」

「確かに」

敬愛はエイリーンが好きだったが、いつかこのような注意をした。自分にやさしくしすぎないでほしいと。エイリーンはごはんを食べる時に魚の骨をさばいてくれたり、マンゴスチンのような果物の皮を剝いてくれたりしたが、ある日敬愛はエイリーンにそこまでしなくてもいいと言って彼女の親切を断った。

「私だけじゃなくて、事務所の人にはそんなことをしないでください。そこまで親切にする必要はないから」

だが、その言葉がエイリーンを誤解させてしまったようだった。エイリーンは自分が拒絶されたと勘違いし、それから何日も敬愛によそよそしく接した。敬愛はエイリーンの親切がいやなのではなく、そのやさしさがちゃんと理解できない他の従業員たちに悪く利用されてしまうのが心配なだけだった。敬愛はヘレナから妹のことで気に入らないことがあるのかと尋ねられて、ようやく誤解があったことに気づいた。

「ごめんね」

敬愛が謝ると、エイリーンは大丈夫ですと答えながらも、胸を痛めたのか目に涙を浮かべていた。それからしばらく、敬愛はわざとエイリーンを連れて、さらに頻繁に外回りに出かけた。チャイナタウンに降りて市場を見物したこともあるが、数多くの食材の中からカエルを見つけてびっくりすると、エイリーンはなんで？　おいしいのに、と言って敬愛をからかった。敬愛はエイリーンと一緒にいて、ふと輝かしい――と思った。いまのような時間がどこか輝かしくて、エイリーンが知りたがっている雪のようなものに似ていると。二人はそうやって姉妹のようにチームになって歩き回ったが、韓国人に会う時もエイリーンの存在は、若すぎるとしても、ベトナム人という点でかなり役に立った。オ課長の言葉によると、ベトナムは頼母子講で始まり頼母子講で終わるという。一人が何十個もの頼母子講に参加するほどだった。そうやってすべての関係が絡み合っていて、誰かへの評判が瞬く間に広がってしまうために気をつけなければならず、だから韓国人管理者たちはエイリーンを少し警戒していた。そんなある日、敬愛がエイリーンと一緒に工業団地を訪問して外へ出ると、誰かがトヨタ車の窓を開けてベトナム語で何か叫んだ。エイリーンがベトナム語で答えてから続いて敬愛に「知り合いですか？　敬愛さんが韓国人かどうか訊いてるんですけど」と通訳した。

「はい、そうです」

敬愛が答えると、その女はいきなり「私はジューキ・パクです。パンドミシンの新しい営業の方ですよね？　アタシの話、聞いたことあるでしょ？」と尋ねてきた。いつか聞いたことのある名前ではあった。ホーチミンで二十年間持ち堪えている韓国人はめずらしいのだが、韓国系の工場が次から次へと渡ってきたＩＭＦ危機[21]の時代から有名な営業クイーンがいるという話だった。ミシンを、特に日本製のジューキをどれくらい売ったらジューキ・パクとあだ名まで付けられるんだろう、と。それが恥ずかしくもないのか、そのあだ名を記した名刺まで作って持ち歩いていて、そのイケイケな感じが男に負けていないと。しかし、敬愛は聞いたことがあると言っていいか知らないと言っていいかわからず、ただこんにちはとあいさつをした。

「今度一緒に食事でもしましょう。電話しますね」

ジューキ・パクは敬愛が答える前にすでに約束が済んだような感じで、そうそう、とひとり言を言ってから車で工場の中へと入っていった。次の日、心配だったのかエイリーンがジューキ・パクについての噂を聞いてきた。ヘレナや他の韓国系の工場で働いている家族から聞いた話によると、ジューキ・パクは怖い女だという。ずっと前に、ナイキの下請け会社の管理職として働いていて、靴の原材料を無駄遣いしているという理由でベトナム工場の従

21　一九九七年のアジア通貨危機の影響で、韓国の経済は大きな打撃を受けた。外貨準備高が急減し、対外債務返済不能状態にまで陥った韓国は、国際通貨基金（ＩＭＦ）から金融救済を受けることになる。しかし、その代償として、ＩＭＦから経済構造の過酷なまでの改革を求められた。これにより韓国経済の世界化が進み、企業の海外進出が加速した。

業員たちを一列に立たせて靴で頭と顔を叩きつけ、労働者たちがストライキを起こしたことがあると。しかし、その後もホーチミンを離れず、ミシン会社と工場をつなぐマネージャーとして働いて、今は自分で代理店を運営しているそうだ。

ジューキ・パクは本当に事務所に電話をかけてきた。敬愛は見晴らしがいいことで有名なABタワーの最上階にあるラウンジバーで彼女に会った。ジューキ・パクはほとんど自分の話ばかり言い並べ、ホーチミンで最も有名なストを起こした張本人であることも隠さなかった。

「なよなよしすぎよ。あまりにもね」

ジューキ・パクはストのことをそう整理した。

「あんなの何でもないことでしょうに。七〇、八〇年代には覚醒剤を飲ませながら働かせてたことは敬愛さんも知ってるでしょ？　全泰壱《チョン・テイル》[22]とかさ、ねえ、知ってるよね？」

ジューキ・パクは酒豪だった。ウィスキーを何杯も飲み、酔いのせいでだんだん言葉遣いが荒くなったかと思うと、敬愛にどれくらい覚悟できているかと尋ねてきた。

「営業というものは、何でも差し出せるぐらいの覚悟がないとね。じゃないとうまくいかないよ」

酔いが完全に回ってからは、目の前に敬愛がいるかどうかさえ興味がないようだった。ただ沈守峰《シム・スボン》[23]の歌を「憎しむ、憎しむ、憎しむことなく」と口ずさむばかりだった。敬愛はジューキ・パクがどうして自分を呼び出したのかがわからなかったが、別れ際になってようやく「キム部長とオ課長って会社にいますよね。あの人たちは会社にチクってもいいんじゃないかしら」と言った。

「どういう意味ですか」

するとジューキ・パクはおもしろい話を出し惜しむかのようにためらい、ようやく「あの人たち、パンドミシンのものは売ってませんから。他社のミシンを売ってるの。会社から報償費を受け取っておいて、自分たちの商売をやってるんだよ」と言った。バーを出てからジューキ・パクが敬愛に家まで送ると言った。地区は違ったが、二人ともフーミーフンに住んでいた。完全に泥酔しているくせにどうやって家に送るんだろうと思ったが、トヨタの車にはベトナム人の運転手が乗っていた。

「敬愛さん、私が営業の秘密を教えてあげようか。妹みたいだからね」

22 労働運動家。東大門《トンデムン》にある平和《ピョンファ》市場の縫製工場で裁断士として働きながら、独学で労働法を学ぶ。工場における劣悪な労働環境の改善に向けて活動するが、状況が少しも変わらず、計画した抗議デモさえ警察などの妨害で失敗に終わると「勤労基準法を守れ」「我々は機械じゃない」と訴えながら焼身自殺する。享年二十二歳。

23 シンガーソングライター。「男は船、女は港」「愛しか私は知らない」「百万本のバラ」など数々のヒット曲を残し、トロットの女王と呼ばれている。

「どんな……」

「ここでは絶対に、すぐ帰ってしまいそうな感じを出しちゃいけない。そういう人にはサイゴンたちはもう飽き飽きしてるから。一週間だけいても二十年はいそうな感じに振る舞わないと」

「しっかり覚えておきます」

「でもね、ここで耐えるためには、心持ちをどうすればいいかわかる？」

「どうすればいいんでしょう」

「その気になれば二、三日のうちに荷物をまとめて韓国に帰れる、と思うべきよ。じゃないと耐えられない」

敬愛は自分を見ているジューキ・パクの顔の後ろに広がるホーチミンの夜景を眺めた。

「わかりました」

敬愛が言うと、ジューキ・パクは聞きたかった答えを聞いたかのように「よし」と言いながら突然手を打ち、運転手に音楽をかけてほしいと頼んだ。フーミーフンに向かうホーチミンの街中で、夜明けになっても明かりが消えない煌びやかな看板と飲み屋とバイクの波の中で、歌手は憎しむ憎しむ憎しむことなく、と歌っていた。「遥か遠い昔、ある星から私がこの世にやって来る時、愛を授けて来なさいという小さな声が聞こえたんだ」と。

痛みにも気づかずに笑っていた

部屋に戻った敬愛《キョンエ》は、椅子に座ってがらんとした部屋を見渡した。どうして他の部屋は使わないのかというサンスの質問を思い出した。そう訊かれるまで、自分では気が付かなかった。応募ハガキに「E」と書いて劇場から出ていった、ミイラみたいに包帯をぐるぐる巻いて泣いていたあの時のあの男がサンスだったのだろう、と敬愛は思った。二人に共通の友だちがいるということは、それほどたいした偶然ではないのかもしれない。生きていればキラッと光る人脈ができる瞬間が一度や二度はあるだろうから。だが、共通の友だちがEである以上、そのことを話題に出すことには恐れを感じた。何かが壊れてしまうかもしれないという恐れだった。

それはつまり、敬愛が記憶するすべてが、誰かのテストを通らなければならないというような恐れだった。

メッセンジャーでミユとイリョンに話しかけてみたが、イリョンだけが「どうした?」と返事をくれた。「なんとなく」と敬愛が答えると、イリョンがホームシックに違いないと言った。

ちょっと、感傷的っぽいね。

普段と違う?

まあね、普段はフランケンシュタインみたい。

『フランケンシュタイン』読んだことある? あれってフランケンシュタインという名前じゃないからね。

あの話だって伝わったからいいだろ。

休憩時間が終わったのか、イリョンからそれ以上のメッセージは送られてこなかった。連絡を待つか、寝るか、決めなければならない時間だった。敬愛は何もない部屋を眺めながら、余った空間に寂しさが溜まっているのかもしれないと思った。昔の母の美容室のように。あの頃、敬愛と母は店に付いている一間の部屋で暮らしていた。他のスペースは母の仕事場で、ハサミが用いられて、化学薬品の匂いがするパーマ薬で女性たちの髪にパーマをかける美容室だった。昼間は人で賑わっていた美容室も、夜には母が呆然と座ってテレビを見る、昼間の騒々しさが消えてセメントの床から冷気が伝わってくる、それで、母の言葉を借りれば夏でもどこか「寒気がする」場所に変わり果てた。

母は不幸だったろうか。

そうやって不幸という言葉にしがみついていると、部屋の余ったスペースがすべて不幸でいっぱいになった。すっかり連絡が途絶えてしまったサンジュが、部屋のどこかに座っているような気がした。しっかり追い払ったのに、頭からすべてを消すことができず、先輩は不幸じゃない？　と訊いてみたくなるのだ。

ミユは、私たちが別れてからようやく安心して眠れるようになったって。娘が夜泣きで毎晩十一時きっかりに目覚めて泣き叫ぶ時期があったけど、それよりもつらかったって。私と先輩が付き合う時間が……。特定の時間に「あれが来た」と勘づいて精一杯に泣ける子ってうらやましくない？　私たち、同じ人だったのかな。一日中寝転がって音楽を聞いていて、お腹の空いた人がラーメンを作った二十歳頃の私たちと、漢江《ハンガン》でスワンボートを見ていたこの間の私たち。同じ人だったのかな。別々の車に乗って江辺北路《カンビョンブクロ》を走っていたあの夜の私たちって、同じ人だったと思う？　ひょっとしたら壊れていたのかもね。封印していたものを勝手に開けてめちゃくちゃにしちゃったのかも。そんな疑問が頭に浮かぶと、私はあの日、カフェに行くべきじゃなかったと思うの。傘はある？　と訊いてはいけなかったし、なんでそんな服を着てきたの？　と心配してはいけなかったと思う。私も先輩を抱きしめたいと言ってはいけなかったし、君とあたたかくして一緒に寝たいという先輩の言葉を信じてはいけなかった。元気にしてる？　不幸ではない？　それとも、ちゃんと不幸になった？　完全に、後悔ないまでに、ちゃんと不幸になってる？　と訊くべきだったと思う。

こんな言葉を並べておいて、しかしサンジュに伝えることができないから、その不幸を毛糸のようにぐるぐる巻いて部屋の空きスペースにぽんと置いておくしかないのだ。

敬愛には母の幼少期の話で好きなエピソードがあった。敬愛が一度も見たことのない風景なのに、不思議と見たことがあるかのようにありありと目の前に浮かんでくるようだ。母は十代の頃、故郷にあった番小屋で、畑で盗んできたスイカを夜遅くまで近所の友だちと一緒に食べていた。そんなある日、笑いすぎておんぼろだった番小屋の底がスポーンと抜けてしまったのだ。母は、子どもの頃からその話を何度も聞かせてくれた。すると敬愛は、「番小屋の底が抜けてしまったのよ。それもおかしくてねえ、痛みにも気づかずに笑っていたんだよね」と言う瞬間を心待ちにした。「痛みにも気づかずに笑っていた」というこの話のクライマックスは、大きくなるにつれて母から最も聞きたい言葉となった。しかし、いざ敬愛が話の中の年齢になった時には、痛みにも気づかずに笑うことができなかった。

ホーチミンの工場を回りながら敬愛が思い浮かべたのも、やはり母のことだった。美容技術を覚えるまで工場で働いていた母は、お腹が空きすぎて糊用の小麦粉を持ち帰り、寮の友だちと焼いて食べたこともあるそうだ。壁が薄くて冬の風が吹くたびにたわんだという畳の部屋で工業用の小麦粉を焼いて食べたと。だが、母にはあの頃への自負心があった。都会に出てきたのは、誰かからの強要ではなく、自分の選択だったという誇りがあった。みずからの足で世界に出てきたと思う人の顔にはある種の明るさが、想像の中の畑を圧倒するくらい大きな、夏の月のような明るさがあった。

何してる？　もう寝てる？

メッセンジャーからイリョンがもう一度尋ねてきた。

まだ起きてる。

今、敬愛がどれくらい寂しいかわかるような気がする。

私って今、どれくらい寂しいの？

僕は十二月の最後の日、つまり大晦日から元旦に移る夜十二時に物流センターでちょうど今日みたいに夜勤してたんだけどね。

イリョンは特別手当が出るから、いつもその日に夜勤するもんね。

そうそう。それで、僕もカウントダウンをするだろ。十、九、八、七、六、五……あけましておめでとうございます、と言ってたら、商品がドスンと落ちてきたんだよ。クイック配送しなきゃいけない商品は、包装まで終わった状態で倉庫に入っていて、注文が入った直後にベルトコンベアに乗せられてくる。なんの注文だろうと見てみたら、百個入りのジッパー付き袋でね。そのバーコードを読み取って運びながら——あなたもよっぽど寂しい人間ですね、と思ったんだよね。新年早々にジッパー付き袋を買う人生ってね。人間はみんな寂しいんだよ。百個入りジッパー付き袋みたいに、みんな寂しい。

敬愛はイリョンの言葉がおもしろく、また慰めにもなって、しばらく画面をのぞき込んでいた。ひょっとしたら痛みにも気づかずに笑うということは、こういうことではないだろうか。ちょうどその時、ノートパソコンにメールが届いたという通知が来た。フェイスブックのオンニから送られてきたものだった。オンニのお知らせがアップされてから、敬愛はそれ以上メールを送ることができなくなっていた。が、「心を廃棄しないでください」というオンニからの言葉は、それまでのどのアドバイスよりも敬愛を奮い立たせた。日常の何もかもあきらめて引きこもってしまった時代と違い、不幸を乗り越えようという意志を持たせてくれた。少なくともオンニの言葉だけは、敬愛の心には罪がないことを保障してくれているように思えたのだ。

敬愛は机の前に腰掛けて、メールを確認した。「きれいなオンニたちの集まり」というタイトルのメールは、「早く寝てください」「ごはんをしっかり食べましょう」というタイトルのオンニからのメールとは違っていた。メールを開くと、何十もの成人向けの広告が現れ、ポルノサイトにつながった。サイトは閉じても閉じても閉じることができず、増殖するように増えるばかりだった。GIF画像でつくられた様々な人種の女性たちが、セクシーなポーズで画面を埋め尽し、敬愛が慌ててウィンドウを閉じると、「緊急連絡――『オンニ』から届いたメールを開かないでください」というメールが届いていた。愛情火鍋という会員から送られてきたそのメールは、「オンニ」のアカウントが乗っ取られたため、被害の拡散を防ぐためにフェイスブックのページを当分閉鎖するというお知らせだった。

雨粒が頭上に降り注いでくる

退屈な梅雨が続いていた夏で、ある種の冒険が行われる日だった。敬愛《キョンエ》は昔Eと夜明けまで歩いたことがある。仁川《インチョン》のピカデリー劇場でデビッド・フィンチャーの映画『セブン』を観るためだった。劇場では『セブン』と一緒に前年度の大ヒット作『タイタニック』がなぜか同時上映されていて、そのうち『セブン』はR-18指定になっている。初演の時に中学生だったEは、いくら大人びた感じに着飾っても劇場に入ることはできなかったと言った。未成年者だから劇場に入れるだろうかと思いつつも、敬愛はEを一人で映画館に行かせたくなくて同行することにした。Eが一人で映画を観るのが嫌だった。映画を観るということは、上映時間の上を歩いて自分の心の中の秘密空間に入っていくことだとわかっていたから。Eが夢中になって一人で観た映画の話をすると、敬愛は映画の内容ではなく、Eが一人だけで没頭した時間と心の動線が気になって心細くなった。敬愛に背を向けてどこかを訪れてきたような気がするのだ。それでケンカになることもあったが、寂しいの、あたしには感じられない何かをあなただけが味わってくるような変な気分がするの、その話をする間もまたそこに訪ねてきてるような気がして嫌なの、と言えればよかったのに、まだ幼かった敬愛には、その気持ちがどんな意味かわかりかねて、些細なことが葛藤へとつながった。チャジャンソースかけチャーハンのことでケンカになる時もあった。ソースとチャーハンを最初から全部混ぜるか、ソースを少しずつかけて食べるかはただごとではない問題で、じゃれ合いのつもりだった会話は、しだいにケンカへ発展してしまった。


一気に混ぜたら、ごはんがべちょべちょになっておいしくなくなるだろ。

嫌ならごはんを混ぜる前に言えばよかったじゃん?

言ったよ、何回も。

別にこれでよくない？　そんなに怒ることじゃないと思うけど。

ピジョはいつもおおざっぱだから、なんでもいいだろうけど。いったいそれの何がいいんだよ。

これは、二人が交わした会話の中でちっとも大事じゃない欠片みたいな記憶で、またいちばん長く記憶に残るものでもあった。今ならどうでもよかったと思う。ソースをかけようがかけまいが、一緒に食べられさえすれば。だが時々、このような記憶がEの死によってよけいきれいに彩られているのではないかと思うこともあった。あるいは苦みが……。そこで記憶を彩るものについて思いを馳せようとするうちに、思考がパタッと止まってしまうのだ。悲しみだってきれいに彩られることがある、とつくづくそう思っていたのに、だんだんそんなことを思っていたこと自体に耐えられないほどの怒りが込み上げてきた。誰へともなく、敬愛は心の叫びを上げた。記憶を彩るものがあるなら、それは飾るためではなく隠すためだと。中を覗けば、さらに深い悲しみと苦しみがあるはずだと。ただ、その言葉を誰に向けているのかは、自分でもわからなかった。誰が耳を傾けてくれるかも。

Eは用事のない日は、電車で仁川から九老《クロ》まで敬愛を送ってくれた。改札を出るとまた切符を買わなければならないので、ホームのベンチに座り込んで話を続けた。切符は三時間まで有効で、一時間半ほど余裕があった。もちろん終電時間によっては、それより短くなることもあった。二人が話し合う間、Eと敬愛の前には電車が止まっては発ったり、夥しい数の人がどっと降りてきたりした。二人の時間はそういう匿名の人たちのおかげで、さらに特別なものとなった。帰る時間になると、Eと敬愛は改札口の前で次の約束を決めて別れた。二人にとって改札口は、それぞれの家路に帰る路地、または玄関前同然だった。いつもそこで別れていたから。そうやって別れたあとは、それからの互いの日常の中でどんなことが起きているのか、当分知る術がなかった。ただ敬愛が「じゃあね」と言って振り向くと、Eは「うん、気を付けて。恩寵《ウンチョン》あれ」とあいさつし、すると敬愛がまた「その恩寵はいつ来るわけ？」と言い返した。

Eは気難しい子でも、欲張りでもなかったが、それでも敬愛が別れ際に一度も振り返らずに帰ってしまうのをひどく寂しがっていた。だから一回は絶対に振り返らなくてはいけなくて、二回は程よくて、三回の時は満足げだった。敬愛が回転式のバーを押して改札の外へ出ると、Eは敬愛とは別の空間、つまりプラットホーム――に居残らなければならないのだ。敬愛が振り返るたびに、Eは改札のところに立ち尽くして手を振っていたが、それがいつまでも繰り返すことができる場面ではないということ、当たり前なことではないということを、当時は知らなかった。

『セブン』と『タイタニック』を観た日だけは、そのまま別れることができなかった。天国と地獄を行き来したような気持ちで劇場から出た二人は、ただ静かに黙っていた。キリスト教の七つの大罪に従って誰かを犠牲にする殺人者がいて、恋する人を救おうと冷たい海水で凍っていく崇高なジャックがいる。空いている劇場では、椅子に腰かけたままの年老いた警備員がチケットを片手だけで受け取って確認していたため、二人はなんの問題もなく入場することができた。しかし映画を観終えた敬愛は、なぜかその一日を台無しにされたような気がした。世に出たら、こんな恐ろしいことが私たちを待っているだなんて。大罪でも、犠牲でも、等しく恐ろしかった。いつもならそのまま駅に向かい、電車に乗り込んだだろうに、敬愛とEは歩き出した。気分転換をしようと、敬愛がゲームセンターに誘った。ライデンとストリートファイターで遊んだが、いくらパンチを食らわせ、爆弾を投げつけても気持ちは晴れず、残念な思いだけが膨らむばかりだった。ゲームもつまらなくなり、お腹が空いてきた。だけど、映画の中の死者を思うと、何かを食べる気にもなれなかった。あてどもなく歩いている間、これまでさほど意識してこなかった世界の風景が、敬愛の周りをはっきりと通り過ぎていった。光る文字、赤や青に輝く照明、カラオケやビアホール、モーテルやナイトクラブ、刺身店、サンギョプサル店、パブといったものが並大抵のことではないかのように、敬愛の目に入ってきたのだ。道を歩く人々の、どこか少しずつねじれている体も。誰もが猫背だったり、足が曲がっていたり、顔が歪んでいたり足を不安定に揺さぶったりして、少しずつねじれた体で生きていくのだが、『タイタニック』に寄せて考えれば一人ひとりのことがひどく重く感じられて、『セブン』に寄せて考えれば、理不尽な罰を避けられない弱々しくて不幸な存在のように思えた。やはり映画は恐ろしいものだった。生きるということも同じかもしれない。

　二人はそこそこ大きい小麦粉工場の筒形をした倉庫を通り過ぎて、古い家が軒を連ねている町にたどり着いた。Eが、ここが俺の地元の花水洞《ファスドン》だよ、と言った。その時、敬愛はようやく改札口の向こうに広がるEの本当の人生を目の当たりにしたような気がした。まず目に入ったのは、内臓まできれいに捌かれている魚だった。歩道にも、どの店の前にも、魚がネットに載せられ、日干しされている。二人は釣竿やネットを売る小さな店を通り過ぎた。いろいろな形をした数々の針が釣竿につながれた奇怪な感じの漂う店だったが、店主はパラソル下に腰を下ろしてＤＪ ＤＯＣ[24]の楽しげな曲を聴いていた。「箸がうまく使えなくたってごはんは食べられるさ。踊りたけりゃ踊ろうよ」Ｅは反対の通りを指さして、あっちはチャイナタウンで、中国人たちが住んでいると教えてくれた。子どもたちは華僑のための学校に通い、中国人の男性はみな「八卦将」という武術をやっていると。行きつけの中華料理店のシェフは、かの有名な黄飛鴻《こうひこう》の弟子だったという。

「なのに、あそこで何をしてるの？」

「何をって？」

「武術の段持ちなのに、中華料理店で何をしてるのかなと」

「料理に決まってるだろ。玉ねぎの撃破もすれば、鶏肉も切ってる。シェフいわく、鶏で作れる料理が千個以上もあるんだって」

敬愛はいくら何でも鶏でそんなにたくさんの料理が作れるということが信じられなかった。せいぜい煮たり揚げたりしたものしか食べたことがないのだ。そんなやりとりをしているうちに、映画で取り乱した気持ちが少し落ち着いたような気がした。空気は濁っていた。鼻をツンと刺すような、どこか石油っぽい匂いは、海水が満ちたり引いたりする干潟から漂ってくるものだと言った。周りに工場が多くて、悪臭が風に乗って町にやってくるのだと。

「ピジョが住むところは、どんなところ？　どんな感じなんだろ」

敬愛は教えたくなかった。敬愛の住むところは、壁に記された一連の番号で住居が区分けされる「蜂の巣」のような町だったから。店の一角にこしらえた部屋で暮らしている自分もだが、町には四、五人が一つの部屋で暮らしている家庭も多かった。そんな家の子は、一度外へ出ると、なかなか家に帰ろうとしなかった。ほとんどの時間を、町中をさまよいながら過ごした。鬼ごっこを何十回もして遊びながら、逃げたりつかまったりするスリルに没頭し、ゴム飛びをしながらくるくる回って、目が回ったらチビたちが遊びたいはずのすべり台を占拠して時間を過ごした。夏の時間は進むのではなく、アイスクリームのように溶けていくような感じがした。そういう日々を過ごしていると、一歳ずつ年を取り、大人になるのではな

24 韓国のヒップホップ歌手。デビュー当初は、「スーパーマンの悲哀」「夏の物語」「ＤＪ ＤＯＣと踊ろう」などのダンス曲で愛された。

く、人生がただ擦り減っていくだけのように思えるのだ。そんな町で、敬愛はちょっぴり変わった存在だった。家に閉じこもって映画ばかり観ていたから。そんな敬愛を不思議がって、いったい部屋で何をやってるんだ？　と食ってかかってくる友だちもいた。二人はムツゴロウ鍋——と縦に大きく書かれた看板の見えるバス停に腰を下ろした。空がすぐにでも雨が降りそうに曇り始め、すると少なくともその瞬間には、空がだんだん暗くなって高く晴れ渡った空より低く下りてきていて、近くに感じられた。敬愛はホッとした。

「近所にヨンウクという子が住んでるんだけどね。こないだ作文大会で賞をもらってきたの。神様に手紙を書いたんだって」

敬愛がわざと気持ちを込めずにぼそぼそと言葉を吐き捨てた。

「ねえ、聞いてる？」

「うん。話を聞くのはいつも好きだから」

「なんで？　話を聞くのが好きだと貧乏になるらしいよ」

「おかしいよね。話を聞くのが好きなお金持ちなんてごまんといるのに」

Eが鼻で笑いながら答えた。

「例えば？」

「シェヘラザードが出てくる『千夜一夜物語』の、女を殺しまくる王の話とか」

アイツは最悪、と敬愛が言った。

「あの王の名前ってなんだっけ？」

「なんだっけ、思い出せない。やっぱりああいう悪党の名前なんて世に残らないものね。そういう悪いやつがいたよねってなるだけで」

「罪が名前を覆い隠してるんだろう」

Ｅはそう答えると、腕を上げてトンボが飛んでいる空をぐるっとかき回した。

「ピジョってさ、さっき観た映画の殺人者の名前、覚えてる？」

「覚えてない。映画を観ながら思ったんだけど、世の中ってすごく怖くない？」

「怖いよね。ピジョもそうだったんだ」

「うん、怖かった。罪も殺人者も」

敬愛は地元の子のヨンウクが書いた手紙の話を始めた。神様、僕の家族は蜂の巣の中で住んでいます。おばあさんと母さんと、妹のヨンスクと僕の四人家族です。部屋はおばあさんの言葉を借りれば、インスタントラーメンの段ボールくらいの大きさで、四人で一緒に寝ることができません。それで九《ク》老《ロ》二《イ》洞《ドン》の居酒屋で働く母は、店で仮眠を取り、夜明けに帰ってきます。父さんは青松《チョンソン》監護所[25]というところにいますが、母さんから外では「死んだ」ということにしてと言われました。

二人はまたもや突拍子もなく、しばらく呆然とし、また話を続けた。

「これがどういう状態か、わかるよね?」

「わかるさ。俺は殺人者も罪も怖くない。むしろそういうのが怖い」

Eはそう言いながら、しきりに地面を蹴っていた。土ぼこりが舞い上がった。怖いという言葉と足で土ぼこりを舞い上がらせる無邪気な動きのコントラスト。いつか敬愛は、Eの真の姿というものがあるとしたら、あの言葉と動きではないだろうかと考えた。空模様が怪しいと思ったら本当に雨が降り出し、Eは家がすぐ近くだから傘を取りに行こうと言った。二人はひどく恐ろしい何かから追いかけられているように、訳もなくうわーきゃーひいーと叫び声を上げながら走り出した。門も屋根も青いペンキで塗られている家で、庭はなく、鉄の門から数歩先にアルミサッシの玄関があった。背が百七十センチほどあるEは、腰をかがめて玄関をくぐらなければならなかった。部屋の明かりは消えていた。誰もいないわけではないとEは言った。

「ばあちゃんがいる」

Eはまるで小さなきょうだいや猫みたいな大切なものを見せるかのように小さな声でささ

やいた。それから、寝てるかな、と部屋のドアを開けたちょうどその時、おばあさんも起き上がって、おかえり、ウンチョンが帰ったのか、と迎えてくれた。明かりをつけると、これまで敬愛が目にした誰よりも腰が曲がっていて顔に皺がある人が、扇子を手に持って——扇ぎはせずに——部屋から出てきた。敬愛を見ると、はじめまして、と大人を相手するかのようにかしこまったあいさつをし、「教会のお友だちかい？」とEに尋ねた。Eはそうだと敬愛を紹介し、ドアを開けてきょうだいたちと一緒に使っている部屋を見せてくれた。床に緑のテープを張って部屋を仕切っているのが印象的だった。きょうだいゲンカが絶えないので、両親が考え出したアイデアだという。絶対に越えてくんな、と言い合っているが、寝ているうちに手足が線を越えてしまうと。横向きに線にまたがって寝る子もいると。一つしかない机には、小学生から高校生までの参考書とEの好きな『スクリーン』や『ロードショー』といった映画雑誌が見えた。かなり値打ちのありそうな、古いフィルムカメラも一台あった。Eは友だちからプレゼントでもらったが、返すつもりだと言った。いくら考えてもプレゼントでもらっていい代物ではない気がすると。

「なんで返すの？　素直にありがとうと言ってもらえばいいじゃん」

25 再犯可能性があるとされ、保護監護処分を受けた常習犯を収監していた施設。保護監護処分は、全斗煥《チョン・ドゥファン》政権のもとで実施された「社会保護法」に基づく保護処分の一つだが、二重処罰でかつ人権侵害だという批判が絶えなかった。二〇〇五年の「社会保護法」廃止とともに、清松監護所も閉所した。

「要らないしね。写真はあまり撮らないから」

「くれた子はお金持ち？　プレゼントでカメラをくれるなんてね」

「金持ちだよ。だけど、よく泣く」

「なんで？」

「なんでだろ。怖いからじゃない？」

「お金持ちなのに何が怖いの？」

おばあさんが流し台の水を出しながら、夕食を作らなくちゃねと言った。もうすぐ出るよ、ばあちゃん、すぐ出かけるから、とEが返事をしても、おばあさんは食べてから行けばいいじゃない、と言って鍋を火にかけた。Eはそれ以上おばあさんを押し止められず、ちょっと腰かけてく？　と言って敬愛を床に座らせた。おばあさんの体はボールのように丸かった。腰が曲がっているせいでもあるだろう。敬愛はおばあさんが半分に割った煮干しの頭を取り除いて、鍋の中へぽたぽたと入れていくのを眺めていた。ふたを開けると白い湯気が立ちのぼり、ジャガイモと小麦粉の生地を入れると鍋がブクブクと沸騰し始めた。いざ出されたすいとんは、しょっぱくておいしくなかった。醬油を入れすぎたのか、スープは黒く濁っていて、妙な臭みがあって、高濃度の塩分が感じられた。Eが残してもいいと敬愛に耳打ちしたけれど、敬愛は食べられるだけ食べようと努めた。

「ありゃまあ、お祈りを忘れちゃったじゃないの」

キムチを取り出して小さく切り、ようやく一口食べようとしたおばあさんが慌てた声で言った。

「ウンチョン、まずはお祈りしなさい。それ食べてないで、ほら」

「俺がする？」

「そうそう、あんたがして」

あの時の食事のお祈りを、敬愛は覚えている。主よ、日々の糧を与えてくださり感謝します。今日は友だちのピジョとも一緒にごはんが食べられることを感謝します。主よ、御顔を照り輝かせ、ここにいる人々に恵みと平和を与えてください。

「お友だちは料理が口に合うかい」

すいとんをもぐもぐ食べていると、おばあさんが尋ねた。敬愛はおいしいと言おうとしたが、つい少ししょっぱいですと打ち明けてしまった。

「ちと薄いと思ったのに、しょっぱいかい。どうしよう」

「大丈夫です。いつもが薄味すぎるだけなので、気にしないでください」

年のせいかこの頃は味がよくわからないのよ、とおばあさんは言った。それで醤油を少しずつ足すうちに漢江《ハンガン》の水みたいになると。敬愛は「漢江の水」という聞き慣れない慣用句がなんだか古っぽく思えてフッと笑いがこぼれた。

「舌も一緒に年を取るのよ。何もかも老いてしまうわよ」

「ばあちゃん、まだそういう年じゃないよ」

Eがやさしくおばあさんの腕をつかんで言った。

「そういう年よ。そろそろ神様のところに行かなくちゃ」

「何言ってるの。いま行っても喜ばれないだろ」

「喜んでもらえるさ。神様は喜んでくださるに決まってるよ」

敬愛はその日にEの家で嗅いだ匂いやおばあさんの話し方、三人きょうだいが一緒に使っていた部屋や軒下に落ちてくる雨などを覚えている。食事が終わるころに帰ってきたEの父が「新しい友だち?」と訊きながら腰を下ろしたことも、そして残ったすいとんを食べながら「区からの便り」という情報誌を読んでいたことも。どこか牧歌的な雰囲気だった。誰も敬愛のことを気にしなかったし、Eも自分の空間に入り込んだ友だちの面倒をあえて見ようとしなかった。何一つ特別ではなく、静かに、各々必要なことをやるだけ。敬愛は——いつか三十歳を過ぎてから——あの日にEの家を見ることができてよかったと思った。じゃなかったら、Eとの思い出の場所が映画館や駅のホーム、それから親切でない人々でごった返す街中だけだっただろうから。それではEの一部しか見ていないことになるだろうから。私はEのああいうところを見てるから、と思うと自信が湧いた。Eを悼み、慕う資格が十分あるという自信が。

*

夜中じゅう続けざまに送られてくるメッセージに目が覚めてしまったサンスは、見るに堪えない成人向けの広告や罵倒で埋め尽くされたフェイスブックのページと、誰かが勝手に中身を漁り、メールの一斉送信までしたメールボックスを見て思わず、自分が——実際ではなく——とんでもない金切り声を上げたと思った。このホーチミンから、中国大陸を横切り、朝鮮半島にあるソウルにまで十分聞こえそうなハイトーンの声を。メールとフェイスブックのアカウントを乗っ取られ、暗証番号を変えられたため、サンスはしばらく自分のアカウントにログインすることができなかった。数々のわいせつな書き込みが「オンニには罪がない」を嘲るかのようにアップされているのに、手の施しようがなかった。サンスは片手で右耳を塞いでその瞬間を耐えていた。アマ、クソたれ、ビッチ、侮辱、虫けら、処女、寝取る、なめる、化け物などの言葉がしつこいコバエみたいにサンスの耳元から離れなかった。本人認証を済ませてようやくログインすると、真っ先にパスワードを変えて、ページを非公開にした。フェイスブックのページが非表示になり、「リンクに問題があるか、ページが削除された可能性があります」という案内とともに包帯をくるくる巻いている親指のマークが表示された。銃声が鳴り響く戦場で、ふいと奇跡のように沈黙が訪れたようだった。

どれくらい流出したんでしょう。

メッセージ欄に「クソな感じ」からのコメントが表示された。

犯人は一人だと思いますか？　それともグループ？　何人でやったかによるでしょう。

アカウントが乗っ取られたことは伝えたから、告知の内容はオンニがご自分で作成してください。

「オンニには罪がない」最大の事件が起きたわけだから、一度会って相談するのはどうですか。

非対面がこのページのコンセプトですから。オンニは後ろ姿と手の写真しかアップしないから、どこかですれ違っても絶対気が付かないでしょうね。

オンニ以外の方は、フェイスブックでいつも写真を見てるから、昨日も会ったかのように声かけられそう。

そうそう、オンニ以外の方にはね。

とにかくオンニはいま外国にいるから、来られないでしょうし。

へえー、そうなんだ。

会員たちが会話する間、サンスはキーボードに指一本触れることができなかった。緊張のせいで心臓がザクザクと切られているような感じがした。サンスは普段から口癖のように「オンニがやります」「オンニはこう言いたい」「今日のオンニはですね」と自分のことを「オンニ」と名乗ってきたが、いまやいつも以上の勇気を振り絞らなければ使えない言葉になってしまった。正体がバレる可能性が高まった以上、この瞬間からは期限付きの嘘をつくことになるわけだから。

オンニ、びっくりしました？　何も言わなくなっちゃった。

黙っていることもできなくなったサンスは、まだ会員の書き込みが流出したという証拠もないし、幸い三十分でアカウントが取り戻せたから、もう少し様子を見守ることにしようと打ち込んだ。フェイスブックのページとメールが同時に攻撃されているから、おそらくこのページが嫌いな誰かの仕業だろうけれど、結局何がしたいのかがわからない。ただの嫌がらせか脅しかで、何事も起こらずに事態が収まることを祈っている、という言葉とともに。

オンニ、頑張ってください。

オンニ、大丈夫です。

オンニには罪がありません。ハッキングしたやつが悪い。

サンスはその瞬間、何かとお別れしているような気がした。一緒にいた人たちがみんな去って、置き去りにされたような気がしたのだ。少しでも寝てください、といった日常的なあいさつでさえ、「おさらば」と手を振られたかのように思えて、サンスは憂うつな気持ちでチャットを閉じた。出勤時間までただ呆然と座っていた。サイバー犯罪の捜査願を出すべきかと思い、サイトに入ってみたが、住民登録番号を入力して本人確認しなければならないことに絶望感が押し寄せてきた。生年月日を入力し、「1」で始まる後ろの番号を入力するその瞬間から。[26] こんなことになってみると、これまでページを運営しながら感じてきた自信と抱負、使命感といったものはどこかへ消えてしまい、どうすれば事態を悪化させずに済むか、そこまで非難されずに済むか、運よくなりすまし続けられるか、ということを考えるので頭の中がいっぱいになった。恋愛相談サイトを運営し、誰かの相談への返信をページに公開することは、当然ながら誰かへの名誉毀損になる。実名ではないから裁判にかけられることはなくても、自分の話であることを知る当事者たちから——時には相談を依頼してきたオンニたちが「ほら、あんたって最悪なやつだって」と言ってサンスからの返信や会員たちのコメントを見せることがあった——激しい抗議を受けることがあった。名誉に傷がついたと告訴を予告したり、サンスをクソアマだと罵倒したりした。ただじゃおかない、と。最近は悪質な書き込みが増え、強制退場させなければならないケースも増えたし、コメントを削除しなくてはならないケースも続いた。その中の誰かだろうか、この事件を起こしたのは。

サンスはページを閉鎖したついでにアカウントも削除してしまおうかと考えた。どうせオフラインで会ったこともないから責任追及もできないだろうし……だが、そうするわけにはいかなかった。それだと、サンスの人生のある一部をあまりにも簡単に廃棄することになる。

翌日の朝、サンスは敬愛に昼過ぎに出勤するつもりだとメッセージを送った。それから何も食べずにモニターの前に腰かけたまま、いまや暗唱もできそうなサイバー犯罪捜査の案内ページを眺め、ようやく家をあとにした。音楽プレイリストからは『スター・ウォーズ』の主題曲が流れている。ロンドン交響楽団のオーケストラによって雄々しく奏でられる「Across The Stars」を聴きながら、いったい自分が何をして、こんな攻撃を受けなくてはならないのかという考えに耽った。フーミーフンのアパートから始まった苦悩はどんどん深まり、タクシーやウーバーを呼ぶことさえ忘れてしまうほどだった。出勤の約束をした午後一時が近いというのに、今まで自分の両足では一度も歩いたことのない場所まで足を延ばしてみることにした。チェロの重々しい旋律とバイオリンの切ないメロディーに耳をすませて歩いているうちにお腹が空いてきたけれど、どこにもレストランが見当たらず、だだっ広い野

26 個人識別番号である住民登録番号は、生年月日を表す六桁の数字と、性別情報を含む七桁の数字から構成される。七桁の数字は男性の場合1または3、女性の場合2または4から始まる。

原には道路だけが伸びていた。建物と言えるものはコカ・コーラの屋外広告が掛けられている工場しかなかった。暗澹たる人生だなと思った。どんな顔かも知らない誰かが、自分の生殺与奪の権を握っているだなんて。そう思うと鬱憤がこみ上げた。自分が懸命に耕しておいた世界を制圧され、目の前で壊されるのを見届けなければならない人たちは、こんな気持ちなのだろう。だからホーチミンの人たちも戦争を経験することになったのだろう、そうだ、ベトナム戦争があったんだ。ロビン・ウィリアムズが毎朝「この素晴らしき世界」を聴きながら、皮肉にもグッド・モーニング、ベトナム、と叫んでいた映画もあったし。思えば『スター・ウォーズ』で帝国軍の侵攻を受けた宇宙惑星の市民たちもそうだった。それでも『スター・ウォーズ』には反乱軍も、レイア姫もいたのに、僕には誰がいるのだろう。事実が明らかになってからも、誰かが僕の味方になってくれるのだろうか。そこまで思い至ると、雄々しかった交響曲は意味深長な音幅をもって悲劇さを増していき、ついに悲しくなったサンスが涙を流し始めた時、敬愛から一通のメールが届いた。

まだですか?

サンスはメールを確認し、そのまま携帯電話を閉じた。これまで築いてきたチームワークになんの意味があるというのだろう。意味なんかはない。短気で、仁義を重んじる敬愛は、先頭に立って「オンニ」の罪を問いただすだろう。その相手がサンスであることを知ったとしても許さず、むしろよけいに憤るだろう。逃げたいという思いに、これから起こる事態にどんな責任も負えないという不安が加わり、最終的には敬愛を含むすべての会員が恨めしく思えた。どうして僕に愛について訊いたんだ。ページを作った当初はどんな意図も目的もなく、たまたま掲載したものが注目され、それからの期待に応えたいと思っただけだった。

来ないんですか？

ふたたびメールが届いた。行かないよ、行けるもんか。熱が上がって、サンスはカーディガンを脱いだ。それからえっちらおっちらと歩き始めたその時、踏み外して流し込んだばかりのセメントに足が嵌まってしまった。セメントはまだどろどろの状態で、サンスはサンダルを履いていた。家に戻ろうかと少し悩み、やぶれかぶれな心境になってすたすたと歩き続けていると、道端に看板も出さずにすだれをかけてテーブルを置いているだけの露店の店主から足を洗って行けと声をかけられた。洗うまではしなくていいからナプキンで拭くだけでもしたいと思ったけれど、ベトナムに来てから一度もそういう露店に座ったことのないサンスは、大丈夫《コンサオ》、大丈夫《コンサオ》と言って断った。すると男は、どこにつながっているかわからない黒いゴムホースを持ち上げて、サンスと同じくコンサオ、コンサオとすすめてきた。そうやって互いにコンサオな状況が続き、セメントが固まると肌にも悪いだろうし、こんな格好ではタクシーにも乗れないだろうと思い、サンスはしかたなく日陰に腰を下ろした。営業は終わっていたのだろうか。いくらピークが過ぎているとはいえ、客が使った食器を片付けるほどの活気すら感じられなかった。サンスはセメントを洗い流し、店主からもらった数枚のナプキンで足を拭いた。そのまま帰るのもなんだし、お腹も空いていたので、麵料理を一つ注文すると、小さく切った血の塊が乗っているうどんが運ばれてきた。牛か豚かわからない内臓やパクチーに、タケノコも入っている。サンスが食べられるものは麵しかなかった。優しい店主は、サンスと目が合うたびに笑顔でゆっくり食べてとすすめてくれた。店主がずっと目を凝らしているし、親切に右足まで洗わせてもらったしで、サンスはしかたなく韓国のお金で三百ウォンくらいする麵を啜り始めた。その時、携帯電話が鳴り出した。

敬愛だった。

「今どこですか」

「まだ家の近くです。タクシーにも乗れなかったし」

「なんでですか?」

サンスは足を汚してしまったいきさつを敬愛に説明した。とても長ったらしく。店主に「この人は忙しくて料理が食べられないんだ」と思ってもらえるように。

「それで出勤できないってことですか?」

「はい。今日はとうてい行けそうにありません」

サンスの声が奇妙なまでに高ぶっているせいか、しばらく黙っていた敬愛が、目の前に何が見えるかと訊いてきた。顔を上げると、そこには露店で使う赤いプラスチックの椅子があって、手垢のついたプラスチックのゴミ箱があった。それからホーチミンに来た韓国人なら一度は圧倒されたであろう巨大な街路樹が、ヤシの木と油の木、ネムノキのような木々が道端に立っていた。とある日の午後に、麺の入った器を手に持ったままぼんやりと見上げたその木々は、リズミカルに風に揺れながら昼間の熱気やせわしなさやここまで歩く間にサンスが雄々しく交響曲調に変奏させてきた感情、つまり恨みつらみや悲しみ、寂しさや不安、敵意や怒りのようなものをゆらゆらとするシンプルな動きだけでそっとほぐしてくれた。うどんの麺をほぐすかのように。

「うどんを食べてるんですけど、すぐ行きます。ごめんなさい、敬愛さん」

「うどんですか」

そう答えると、敬愛は隣にいる誰かと話しながら「あそこかもね」と言った。間もなくして、トニーの運転する車に乗って、エイリーンと敬愛、それからチョ先生がやってきた。東洋物産というニット工場を訪れてきたという。中国同胞出身の工場マネージャーから助けを求められ、チョ先生が会いに行く予定だと昨晩聞いたのにすっかり忘れていた。サンスは敬愛の計画をちゃんと聞こうとしなかった。もしかすると、相手が中国同胞だからかもしれない。工場で働く中国同胞は契約職であるケースが多く、キャリアが長くても実質的な権限までは持っていない。一九九〇年代末から、韓国の工場がサイパンやコスタリカ、ホンジュラス、ハイチといった南米の国々、またその後にインドネシア、バングラデシュなどに工場を建てて、ともに働いてきた中国同胞は、実のところ、韓国で紡織が斜陽産業となり、若い働き手が見つからなくなった状況からすれば韓国式紡織技術の嫡子だったけれど、今でも韓国人の賃金の半分しかもらえないし、長年働いても主任、代理以上の役職に就くことはできなかった。しかも、たとえ高い職位であっても、慣例上、韓国人社員に何かを指示することはできなかった。

「何か食べましょうか。私たちも腹ペコなんです」

敬愛の顔は活気に満ちていた。

「どうして？　どこかに行ってたんですか？」

「東洋物産に行くって言ったのに。ビンズオンにあるから、朝から向かうって」

「それなら午後に行けばいいのに」

「無理ですって。午後はキム部長が車を使わなきゃいけないそうで」

敬愛は様子を窺いながら、そのうちチーム専用のバイクでも買いませんかと言って、うどんを注文し、エイリーンはパパイヤ漬けのソースと新鮮な野菜と揚げ春巻き《チャーゾー》を一緒に混ぜて食べる料理を頼んだ。サンスはどうしてメニューを見て選ぼうと思いつかなかったのだろうとハッとした。思いつかなかったのは、それだけじゃない。サンスの人生では、いつも予想できなかったことがサンスをうろたえさせた。人生におけるほとんどの日々が、失敗という結論をサンスに宣言させるために用意されている気がする。つまり、コン・サンスは失敗、メニュー選びも失敗、Eメールセキュリティも失敗、オンニとして生きることも失敗、片思いも失敗、海外派遣も失敗、チーム長も失敗、とにかく全部失敗。

「東洋物産のユ主任、覚えてます？　あのユ・ドンシム主任を、チョ先生が助けてきました」

敬愛はサンスの苦手なすべての具材をずるずると飲み込みながら説明した。ユ主任は東洋物産の新しいマネージャーで、職場に慣れることができずに、威張る他の社員たちのせいで苦しんでいた。ホーチミンの人たちは、中国同胞が韓国人というよりやはり中国人に近いということで警戒心を抱いていた。数年前に中国とベトナムの間で領土紛争が起こった際には、反中感情が高まって中国系工場がデモ隊の襲撃を受け、韓国工場で働く中国同胞もリンチを受けることを恐れて外出できなくなったほどだった。それにベトナムでも紡織産業が長く続き、今では現地出身の管理者もいるほどだから、誰かが天下りのように突然やってくるのは喜ばしいことではなかった。韓国人ではないから力で工員たちを制圧することができず、韓国人幹部たちは工場がうるさくなるのがいやだから対立を仲裁しようとせず、ますます困難な状況に陥っていた。ベトナムの従業員たちと仲良くなろうと、カラオケに行ってベトナムで国民的な人気を集めている歌謡「ボンボンバンバン」を歌ってみても、工場に戻れば彼らは、イントネーションや使用する語彙がはっきりと異なる、韓国語が話せる中国人に過ぎなかった。中国同胞は中国と韓国、それからベトナムとの間で波乗りをやってのけなければならないサーファーだった。

「今日、ユ主任がチョ先生にすごく助けられました。ラッパのこと、ご存じですよね。それを鉄板で作ってあげたんですから」

ラッパはバイアステープを張る時に形を整える補助具である。布が入るところは広く、出るところは狭い形をしているから、日本式の発音で「ラッパ」と呼ばれている。時間が短縮され、形もきれいに整うけれど、問題は工場のほうで用意してくれる道具ではないということだった。ベトナム従業員の何人かが苦情を言ってきてユ主任がみずから作ってあげたら、他の従業員たちからも頼まれるようになった。親指の爪ほどの簡単な付属品ではあるけれど、作ったことのない人にとってはそう簡単に作れるものではなかった。ユ主任一人ではとうてい作り切れなくて、チョ先生に助けを求めたのだ。敬愛たちがいる間に誰かが覗きに来ていたが、あとから聞いた話によるとその工場の取締役だったと、敬愛は何かの期待に満ちた声で話した。

「鉄板なんかに効果があるんでしょうか」

　一晩中苦しんでいたためか、サンスは前向きな言葉が出てこなかった。そんな小さな縁が最終的には成果へと繋がるはずだと、ホーチミンの最後のロマンチストになって寂しい在ホーチミンの韓国人の心を揺さぶろうと言っていたくせに、今日はテンションがだだ下がりだった。

「ところでコンさん、どこか悪いわけじゃないんですよね。顔色が悪い」

「大丈夫です、チョ先生。昨日映画を観てたから、目がちょっと充血してるだけで。こっちに来てからも映画観るのをあきらめられなくて、一晩中映画を観たりしてるんです」

「どんな映画を観たんですか」

　敬愛に訊かれ、サンスは映画のタイトルを思い浮かべようとしたけれど、頭がいま、口の中に入っているパクチー風味のスープみたいに望んでいない異物感でいっぱいになり、考えるということをすることができなくなっていた。

「映画を……観ました。主人公が苦難に陥っていて、攻撃を受けて。だだっ広い空間でスペクタクルなシーンが繰り返されて、コブラが出てきて、ラブシーンもあって、主人公がすっごく悔しくなるんですけど、あれ、『スター・ウォーズ』を観ました。『スター・ウォーズ』でした」

「『スター・ウォーズ』にコブラが出てましたっけ」

敬愛は記憶を辿るような表情になった。コブラが出ていたかどうかは、サンスにもわからなかった。『スター・ウォーズ』には、あれやこれやと生命体が出てくるから、コブラ一匹くらい出ていてもおかしくないだろう。そんなものが一つくらい出てきてこそ正念場が始まり、主人公が危険に陥っているという緊張を感じることができる。何よりも素早くて、容赦なくて、猛毒で、ゆっくり相手に巻き付いて窒息させるようなもの。そう思うと、サンスは会社のことでしばし忘れていた昨日の悲劇を思い出し、泣きたくなった。真昼の風に当たりながら腰を下ろしている露店での安らぎ、手垢のついたプラスチック製の醤油入れや生春巻きやチャーゾーなどの食べ物を保管する冷蔵機能のなさそうなガラスケース、麺類をかき回す長い箸の木目、店主が頭にかぶっているすげ笠《ノンラー》の青い水垢や敬愛が手にしている花柄の食器といった風景が、昨日のことを思えば実に現実離れしたもののように感じられる。つまり、先々続くであろう悲劇の伏線に過ぎない瞬間かのように。この一時《いっとき》の安らぎが大切に思えてくるたびに、ただちにぶち壊されるのではないかという恐れが膨らんでいった。

キム部長からの呼び出しでトニーが先に帰り、残された人たちはウーバータクシーを呼んだ。敬愛は、東洋物産がヨーロッパからの受注で機械を入れる予定だそうなので期待していいと思いますとサンスに伝えた。すると今度はチョ先生が、ラッパをもっと作らなきゃいけないだろうにいいんでしょうかねと冗談を言い、敬愛が笑った。サンスの目には、車窓越しに見えるホーチミンの風景とともに敬愛の澄んだ顔が特別な愛おしさとして迫って来た。敬愛が美しいと思った。

「ところでチョ先生、久しぶりに作ってもあんなに作れるもんなんですね。実力が衰えてない」

「いいえ、実力は衰えてます。記憶が衰えてないだけで」

「記憶が」

敬愛はチョ先生の言葉を繰り返した。チョ先生は敬愛が契約を取りつけてさえくれれば、ラッパくらい徹夜してでも作れると意気込んだ。すると敬愛はそうなるといいですねと言葉を返した。そうなればどんなにいいだろう、と。

それからの数日間は、サンスという島が事務所にぽつんと浮かんでいるような時間だった。サンスは魂が抜けたかのような様子だった。会おうという約束を忘れたり、期限までに書類を提出しなくてただでさえ事あるごとに文句をつけるキム部長から叱責を受けたりした。成立寸前の契約を横取りされたりもした。工場の敷地を物色していた頃から付いて回り、サンスが力を注いでいた人だったが、いざ契約の日になると忙しいというメールだけをよこしたまま、なぜか会ってもくれなかった。いつもなら特有のしつこさを発揮してどうにか解決しようとしただろうに、あいにくサンスは元気がなく、「オンニには罪がない」のことで個人的に直面するであろう屈辱を想像の中であらかじめ経験することに気を取られて、電話がつながらないならしかたないという状態に陥っていた。韓国にいるナム部長から「コンさん、この件がうまく行かなかったら覚悟してください」と怒鳴られても、部長の声はサンスの耳に突き刺さるどころか、煙のように流れてきて通り過ぎるだけ。四苦八苦してきたすべての現実がスローモーションのようにのろのろと、おぼろげに流れていくような感じがした。この世のあらゆるものを哀れみ、虚しく思っているかのような態度だった。

契約すると言った相手が会ってもくれずに行方をくらました日の夕方に、サンスはなぜか事務室で使っていないパソコンをチャンシク氏の家に運び、花札のゲームをダウンロードしてやった。チャンシク氏が望んだわけでもない。とにかく設置が終わると、チャンシク氏はサンスに言われた通りにキーボードを押しては、これまで触ったことのある工場のどの機械よりも——比喩じゃなく——ぶにゅぶにゅした感じだと言った。それから、自分が韓国から中国へ、またベトナムへと移動させられたのは、この頃のコンピュータ式のマシーンが扱えなかったからだけど、ゲームをするうちにパソコンも使えるようになるのかという冗談なのか本気なのかわからない質問もした。チャンシク氏の話から悲しさが伝わってきた。もちろんサンスはチャンシク氏の普段の放蕩な暮らしっぷりのせいで、彼のことをよく思っていなかったけれど、今では親しみが感じられた。「オンニには罪がない」が乗っ取られ、何もかもを失ってしまうかもしれないと思うと、捨てられて、人生においてのデフォルトがなくて、鼻水みたいに自分の人生をぷーんとかんでどこにでも流しているかのようなチャンシク氏の中に、自分の姿を発見したのだ。サンスは自分の体で土手に開いた穴を塞ぎ、洪水を防いだというオランダの少年の心地になり、あのクソみたいな射幸心がチャンシク氏の中へと流れ込んできて問題を起こしているならば、パソコンに花札のゲームをダウンロードしてやれば少しは解決できるのではないかと思い至った。すると出費も減り――パソコンがよくわからないから、ゲームマネーを買ったり売ったりして問題を起こすこともないだろうし――カジノで騒ぎを起こして胸倉をつかまれて追い出されることも減るだろう。とにかくサンスの見せた善意は、チャンシク氏の回復を祈る、なんともめずらしい利他心によるものだった。

「これで僕たちが六百万ウォンを稼いだことになるんです。それじゃあ平日は花札を楽しんで、週末だけああいうとこに行くことにしましょう」

「六百……」

チャンシク氏はそうつぶやくと、奥ゆかしい目でモニターに表示された金額を眺めた。それから何回かゲームが続き、金額はさらに膨らんだ。本物のお金ではないが、パチンコやカジノでも実物のお金を手にしたことのないチャンシク氏はそれなりに興味を感じているようだった。サンスは説明を終えてから、机の前に初めて座ってみる人みたいにぎこちなくモニターの前に腰を下ろし、片手で椅子の縁を握っているチャンシク氏の姿を見守った。給料で必要な物を買ったり体にいいものを食べたりすることなく、お酒を飲んだりパチンコやカジノに出入りしたりして、体調を崩すと部屋で横になったまま唸り声をあげ、避けられない何物かと対決しているかのように歯ぎしりをして、行かない、行かないって、まだ早いんだってと叫ぶというチャンシク氏。チョ先生が韓国から持ってきた正露丸や胃腸薬を差し出して、そうやってしゃべりすぎると気力が奪われます、黙って休んでもいいですと声をかけると、兄貴、ありがとうございますと返事するというチャンシク氏。夕暮れになり、おやおや、回して、光薄[27]、場札搔きこみ《バンスリ》[28]、打ち当てといったゲームの効果音が騒がしく鳴り響いた。チャンシク氏が驚いたなあ、俺をバカだと思ってんのか、取ったのか、それはないだろ、といちいち返事している光景を眺めているうちに時間が過ぎていった。夕日が部屋の奥へ奥へと長く差し込むにつれスコアが上がり、マネーも増えていったが、サンスは何かが崩れ落ちていくような気分がした。

「チャンシク氏、韓国にはいつ戻るつもりですか」

「韓国にどうやって戻るんですか？　職場がここにあるのに」

「でも、家に戻らなくちゃ」

「ハチャメチャな人生なので、家なんかありませんよ。待っている人もいないし」

サンスはチャンシク氏も自分も、同じような境遇だと考えた。チャンシク氏の過去がサンスであり、サンスの未来がチャンシク氏なのだろう。普段からサンスが当たり前だと思ってきた地位や立場などが様々な角度で崩れ始めていた。笑い物になるだろう。会社のみんなも、よほどのことではない限り顔の筋肉を動かして自分の感情を表に出そうとしない、コン・ヒョサン議員の浪人時代の同期である会長も破顔大笑するかもしれない。ヒョサンの息子が女のふりをしてたって？　一流の男だと宣伝して回っても危ういヤツが、なんで女のふりまでしたんだろう。おいヒョサン、お前の息子、じゃなくて娘、いや、何と言えばいいんだ、とにかくアレはどうした、なんてことを言われたら、コン・ヒョサン議員はゴルフで勝ったとしても我慢しないだろう。ただでさえ絶縁状態の親子が、ふたたび縁を切ることになるはずだ。絶縁して、また絶縁して、そうでなくても虚ろな関係が竹のようにパキパキと割れてしまうだろう。父親不在の状態が極まれば何になるんだろう。兄みたいに何もしなくなるのだろうか。

27　取り札に光札が少ないこと。光札の点数でゲームが終了した時、負けた側の光札が一枚以下の場合、勝った側の点数が二倍になる。
28　ゲーム中に場札がなくなること。ボーナスで相手の取り札から一枚取ることができる。

兄のことを思うと、サンスはさらに絶望的な気持ちになった。サプリメントを飲むのを欠かさず、筋肉運動を休まずに続けてムキムキになった体で威張るように近づいてきては、サンスに「女々しい」といちゃもんつける場面が頭に浮かんだ。サンスはサンギュが普段からよく着る、体に吸い付いているようなトレーニングウェアが嫌いだったが、いつからかサンギュは真冬にもトレーニングウェアをまとうようになった。自己顕示欲に満ちた兄の肉体は、彼が犯してきた数々の暴力を想起させ、サンスを居心地悪くさせた。その記憶は、いつか実家の屋上で首をくくりつけられていた、子犬や動物ではない人間、つまり法学部に進学しようと島から江南《カンナム》へと転校してきた少年を想起させた。サンスはまるで自分が屋上にくくりつけられ、首を絞められているような気がした。「オンニには罪がない」の話を聞けば、兄は笑うだろう。笑うと体が揺れるから、真っ先にその短く刈り上げた髪が揺れ、それから肩が揺れ、上腕三頭筋と上腕二頭筋、ふくらはぎの筋肉と素早い足蹴りで鍛えられた足首のアキレス腱までが揺れるだろう。ところが、その揺れは、サンスにとってあまりにも不快なものだった。耐えられないものだった。サンギュが兄であること、幼い頃から一緒に育って、母の死を経験して、同じく父の不在を共有している唯一の兄弟であることまで踏み込んで考えると、その忌々しさと嫌悪を感じながらもしかたなく湧いてくる愛着が悪臭のように漂ってきて、サンスはやるせない無力感に陥り、何度も気持ち悪いと思った。この吐き気はいつか止まるのだろう。チャンシク氏の後ろで次々と浮かび上がる思いに溺れているサンスを救い出してくれたのは、敬愛だった。敬愛はサンスがレンタカーまでして地方の工場の敷地を見に行き、他の工場長から得た現地の事情を教えるなどしてノウハウを提供するのに最善を尽くしていたことを知っていたので、釈然としない理由で契約を保留した工場長をただで韓国に帰すわけにはいかなかった。不義理だと思い、地方から来て韓国に戻るためにはホーチミンの中心街で宿泊をすることになるだろうと、泊まりそうなホテルに電話をかけて「ミスター・リー」がいるか尋ねた。どんなミスター・リーを探しているのかと訊かれると、フルネームを伝え、「チェックアウトは明日のはずです」と付け加える。その条件にピッタリ合う宿泊客のいるホテルが一つに絞られたと、さっそく訪ねてみようとサンスを急かした。

「敬愛さん、行って何をするんですか?」

サンスが気乗りしない声で、防ぎようのないカス薄29と光薄に苦しみ、意志というものをすべて失ってしまったかのように素っ気なく尋ねると、敬愛は大きな声で言った。

「行って専務に事情を聞いてみましょうよ。どうしてなのかと、私たちがどんな間違いを犯して契約を結ばないのか、ちゃんと確かめましょう」

「確かめたら何が変わるんです? 世の中は元々そういうところなのに。ちょっとでも気に

29 取り札の中にカス札が少ないこと。

食わなければ、一人くらい簡単に切り捨てられる世の中ですから。捕まえたら何か変わりますか？」

「イ専務を捕まえたいわけじゃないんです。捕まえようとしたって捕まらないだろうし」

「敬愛さん、帰ってください。帰って買い物をして、おいしいごはんでも食べてください。過ぎたことには過ぎただけの意味がある、という歌詞の曲もあるじゃないですか。そんな歌があるくらいだから、これで終わりにしましょう」

「あのう、コンさん。今行ってなんでこんなことになったか確かめないと、逃すことになるわけでしょ？　行ったところでどうせ私たちの思い通りには動いてくれないだろうし、このままパーになるでしょうけど、それでも逃したものをちゃんと確かめなかったら、今度の仕事も続かなくなると思うんです。ああ、コイツもパーかよと思っちゃったら、どうやって営業を続けるんですか？　だから行って確かめましょうよ。ああパーになっちゃった、すっからかんだって確認しましょうよ」

サンスは、他の言葉より敬愛が興奮して投げつけた「パー」と「すっからかん」といった言葉に心を動かされ、ホテルへと向かった。出向かなければ、同じチームであっても険悪なムードになりかねないという警告のように聞こえたから。そんなムードになるのもどうせ時間の問題だったが、サンスはできるだけ先延ばしにしたかった。当然のことながら、この状況を打開し得るカギをサンスは手にしていなかった。サンスのアカウントを盗んだ、幽霊のようなハッカーの手に握られているのだった。

八時になっても、イ専務は現れなかった。ホテルのロビーに座っていた二人は、これなら何か食べながらでいいだろうと入り口を見張れるカフェテリアへ移動した。敬愛はサンドイッチとティーを、サンスはビールを注文した。ちょうどその時に始まった歌手の歌さえなければ、それなりに耐えられそうな時間だった。歌手はホーチミンの夜に漂っているロマンをすべてかき集めてこの狭いホールに詰め込もうとしているかのように、有名なサントラの数々をブルージーに、こってりとした感じで歌い始めた。スティーヴィー・ワンダーの「I Just Called to Say I Love You」から始まった歌声は、ホイットニー・ヒューストンの「I Will Always Love You」、ナッキング・コールの「Unforgettable」へと続いた。もちろんそんな愛の歌と今の状況はてんで違っていて、敬愛とサンスは自分たちの親切を放り投げようとしている誰かを捕まえようと待ち伏せしているだけなのだが、普段からすべての日常に哀れみを感じていたサンスはその切実な歌に心酔していき、目の前にいる敬愛から目が離せなくなった。ハムを噛み千切っている敬愛の頑丈なあごと、たまに見える鼻のしわのような、とても些細なことから目が離せなかった。ホーチミンに来て以来髪を切ってなくていつの間にかまぶたまで伸びてしまった前髪から、なぜかティーカップの取っ手ではなくカップそのものを持ち上げてお茶を飲む腕の動きまで。このすべてが、今ではなく一年前も、三年前も、サンスが敬愛をまったく知らなかった時代からも続いている敬愛らしさだと思うと不思議な気持ちがしてならなかった。サンスが敬愛の心の中を初っ端から知っていたと、そのすべてが明らかになってからも、敬愛は敬愛のままで続くのだろう。暮らしのためにごはんを食べ、必要によっては走り、時には怒り、泣き、冷たく背を向けて生きて行くのだろう。そう思うと、胸が熱くなった。普段あまり抱いたことのない最強の優しさがこみ上げ、サンスは思わず敬愛の手を握った。気力の尽きた歌手が喉を休ませようとしてかようやく「Raindrops Keep Falling On My Head」を、これくらいはへっちゃらだという風に淡々と歌い出した時だった。

もちろんサンスは、敬愛の手を握った正確な意味を理解してはいなかった。「だましてすみません」かもしれず、「あとであんまり怒らないでくださいね」かもしれなくて、「助けてください」かもしれなかった。あるいは「お疲れ様です」くらいの意味かもしれない。敬愛は本当に苦労をしていたのだから。たまに誰かの人生に考えをめぐらせ、その大変さに感情が揺さぶられることがあった。サンスの場合、ほとんどが自分の人生について考えた時だったが、少なくとも今日は違った。拍子抜けしたサンスは敬愛の手を握っていることが実感できず、敬愛の手が自分の手に重ねられた時になってようやく状況を理解した。サンスが先に敬愛の手を覆うように握ったのに、今度は敬愛がその手を上から重ねてサンスの手をぎゅっと握っている。空っぽじゃないか、とサンスは考えた。こうして代わる代わる手をギュッとつかんでいる今は、頭の中ががらんどうになり、どんな煩悩も感じられなかった。いや、いま何も考えていないという考えをしているから、絶対なる無ではないけれど、何かとても静かに、宇宙に広がっていく短波音のようにピー――と音を発しながら、空っぽ――であることだけを認識させているのではないか。そんな時、この「空っぽ」という考えは、つまるところ唯一無二の何かのために奉仕しているわけだけれど、ここに手があり、それは敬愛の手で、敬愛の手は暖かくて、敬愛の手にはサンドイッチソースがついていて、その手首にはレザーのブレスレットがつけられていて、敬愛はサンスの手をもう一度握りしめながら爪に手を触れてみたり、もう少し力を入れて手のひら全体で押してみたりして感じてみようとした。ここにサンスがいるということを。

「泣いてますか?」

「いいえ」

サンスはここ数日あまり寝られなくて目が充血してるだけだと言い繕った。嘘ではなかった。二人は手を離したが、手を離してもテーブルの空気は変わらなかった。ここに愛がある。このベージュ色のテーブルクロスが敷かれたテーブルに愛があるんだと思うと、サンスの目に涙が浮かんだが、それは愛があるという感じがもたらしてくる意外な虚しさのためだった。

愛があると言うと、たいていの場合は何かが満ちてきたりこみ上げてきたりするだろうに、サンスは今、何かが突如として抜け出して行き、ガラッと変化した外の気温と内面の温度を感じている。寒い冬の窓みたいに。そんな温度差が生じると、心には、少なくともこの瞬間のサンスの心には、じめじめとした悲しみが滲んでくるようだった。泣きたかった。だが、泣くわけにはいかなかった。その時、回転ドアを回して素早く入ってくるイ専務の姿がサンスの目に留まった。サンスはイ専務なんかどうなってもいいと、このままじっとしていたいと思った。どうしてわざわざ捕まえなきゃならないのかと。きっと、賄賂をくれるという別の営業部員が現れたに違いない。それでそっちに移りたかったのだろう。サンスから受けた便宜は、あって当然のことだと思ったのだろう。どうでもいいことだ。

「専務、こんばんは。パンドミシンの朴です！」

イ専務に気づいて飛ぶように立ち上がったのは、サンスではなく敬愛だった。敬愛が呼び止めると、イ専務は振り向いてきまり悪そうな笑みを浮かべた。しまったと言わんばかりの笑顔だった。それからは明確な責任を問うにも問えず、とはいえ遺憾の念がなくはない三者面談が始まった。専務は話題を逸らそうとするかのように、親交を深めようとして天気の話から会話を始めるように、いきなり北朝鮮の話を切り出した。開城《ケソン》工業団地[30]にいた時にいろんな経験をしたと。韓国人にとって北朝鮮は、なんというか多方面で使えるネタだった。外国にいる韓国人たちにとっては特に。

「専務、北朝鮮は置いといて、私たちのどこがいけなかったか教えていただけませんか」

ついに敬愛が専務の話を遮った。

「いけなかっただなんて、そんなことはありませんよ。こちらの作業工程が変わっただけの話です。ヨーロッパからのオーダーにダウンが入ってたんです。だから厚物ミシンから入れなきゃならなくなって。なのにパンドミシンのものだと厚物作業ができませんからねえ」

「とは言っても、今後とも薄物オーダーを受けないつもりじゃありませんよね。なのに薄物ミシンの件はどうして先送りになったのか……。いろいろと便宜を図って差し上げたのに。手形の決済だって調整して差し上げると申し上げましたよね」

「朴さん、御社のキム部長がそれ以上の便宜を図ってくれたんです。三菱のミシンまで込みで一億ウォンでどうかって。その旨を社長に報告したら、進めろですって。私にどうしろと言うんですか。同じ会社なんだから、少しは裏で口を合わせてきてくださいよ。コンさんがロンアン省まで来て一緒に回ってくれたのは忘れませんから。若い人があれくらい一生懸命働けば成功するでしょう。契約は交わせなくても、保証はしますから」

30 韓国と北朝鮮が共同運営した経済特区。南北緊張緩和政策の一環として二〇〇〇年に合意し、二〇〇七年から本格的な運営が始まったが、韓国の軍艦が朝鮮人民軍の魚雷攻撃で沈没した事件や北朝鮮の核実験などで南北の関係が悪化し、二〇一六年に閉鎖された。

そういうことだったのか、と敬愛は思った。苦労はサンスがして、お金はキム部長が稼いだってことか。敬愛は契約の手続きだけでも任せてもらえないかと頼もうとしたが、そうするとミ菱のミシンまで手配しなければならないのがネックだった。少なくともサンスはキム部長みたいに自営業者になったつもりで、他社のミシンを売ったりはしないだろうから。専務の説明にだってこれといった反応を見せずに、対岸の火事のような感じで傍観しているじゃないか。相談はこっちとしておいて、契約はキム部長とするなんてあんまりだだの、私たちも三菱のミシンを手配しますだのという言葉で説得する気もなさそうだった。

これからの成功を祈るというイ専務の空虚な保証だけを得て、サンスと敬愛はホテルをあとにした。それから黙り込んで、数々のイミテーション商品が売られている、たった五ドルでノースフェイスのバッグが買えるベンタン市場を通り抜けた。契約が失敗に終わって不愉快なのに、その不快感に浸っているのは敬愛だけだった。サンスは騒然としている通りを歩く敬愛に意識を集中していた。

「呆れますよね。バングラデシュでも工場をやっていたくせに、どのミシンが必要なのかも把握しないで移転先の敷地を探してたってことじゃないですか。あんなの言い訳にもならないと思うんですけど」

敬愛はサンスの顔色をうかがいながら、ホーチミンにいる唯一のロマンチストが落ち込んではいないかと気を遣ったが、サンスは平然としているようだった。

「敬愛さん、ホーチミンのホーチミンですね」

人民委員会庁舎の前を通っていたサンスがホーチミン銅像を指差しながら言った。さっきまで専務の悪口を並べていた敬愛も銅像を見上げた。台座には花が飾られており、銅像は右手を上げてあいさつしている。人々は座り込んだまま話に夢中で、観光客は銅像近くで写真を撮っていた。暑くてじめじめしているせいか、サンスはホーチミンの昼間より夜のほうが好きだった。ホーチミンの夜の街はソウルに劣らないほどの不夜城で、ネオンサインのためか降りるはずの闇が降りきれず、赤色、黄色、紫色へと色を変えるその風景が気に入った。

「敬愛さん、どんな気持ちだと思いますか？　自分の名前にちなんだ町があるのは。ホーチミンのホーチミンみたいに」

「上水洞《サンスドン》のサンスみたいに？」

「ああ、まあそんな感じですね。敬愛する敬愛《キョンエ》みたいに」

サンスの話を聞いて、敬愛は手に持っているミネラルウォーターを何口か飲み込んで笑った。

「今のってアピールですよ。攻めてますね」

「え、僕が何を、攻めるんですか」

「敬愛するって言ったでしょ？　それって敬って、愛するという意味ですもん。ああ、二人で敬って、愛せたらどんなにいいでしょうね。それが人類愛だとしても」

笑みを浮かべて耳を澄ましていたサンスの顔色がだんだん暗くなっていった。

「どなたが名付けたんですか、その名前は？」

サンスが話をそらした。

「母でしょうね。私は母の手で育てられましたから。他には誰もいませんでした。叔母とかに付けられてそうな名前だけど、私はそんなに嫌ではありません」

「僕もそういう名前が好きです。サンスだって、とても特別な名前なのに数学の先生はいつも、この常数《サンス》の値を求めよう、と僕を名指してました」

「それで、解けたんですか」

「解けました」

「なかなかの優等生だったんですね」

「解けない時もありました」

敬愛はホーチミンという人には、百六十個以上の名前があることを知っているかと尋ねた。革命時代、素性がバレないように夥しい数の別名で暮らし、共和国の初代主席にまでなったのだが、ホーチミンは彼が中国で記者をやっていた頃の名前だと。

「おもしろいですよね。百六十個の別名で暮らしたホーチミンのホーチミンさん」
その瞬間、サンスは二つの秘密のうちのどちらかを打ち明けたい気持ちに襲われた。二つのうちどちらでも構わない。オンニであるサンスとサンスであるオンニについて、それともサンスはウンチョンと呼び、おそらく敬愛はEと呼んでいたはずの友だちについて。だが、サンスはどっちについても言うことができず、夜がゆっくり深まってほしいと願った。何にも邪魔されずに、敬愛と二人きりで座っていたかった。すぐに暗くなるだろうけど、まだ真っ暗になってほしくなかった。それは欲の出し過ぎかもしれないけれど。

*

敬愛は「オンニには罪がない」にアップされた告知の内容が理解できなくて何度も何度も読み返した。おかしかった。恋愛悩み相談の何が問題で、どうせ誰にでも慢性的に続き、限りなくプライベートな痛みだというのに、それがどうして他のサイトに容赦なく晒されているのだろう。「オンニには罪がない」の運営陣は流出被害に遭った会員を確認し、個人的に連絡を取る予定だという話で、お知らせを締めくくっていた。告知がどうであれ、「オンニには罪がない」の会員は目に見えて減っていった。敬愛は停電した街から明かりが消える速さに似ていると思った。二万人もの会員は、被害の告知があった日の午前中に二千人以上が減り、午後にはさらに五千人が消えた。敬愛はすべての掲示板が閉鎖され、お知らせだけがアップされている今も、数百人の会員がフォローをキャンセルしているのだろうと思った。

だが、数時間経ってから告知には会員からの書き込みが続いた。中でも注目を集めたのは、「オンニさん、どうしてインタビューを断るのでしょうか」というさるネット新聞記者からのコメントだった。「表に出てきて話題になれば問題解決にも役に立つでしょう」とその記者は綴り、それに数百個の同意表示とコメントがつけられた。記者が対面インタビューだけでなく、オンラインでのインタビューも断られたと付け加えると、状況はさらに悪化した。続いてのコメント欄には、真偽を確かめられないコメントがさらに加わった。オンニから恋愛相談に乗る代わりにお金を求められたというのだ。恋愛相談後には必ず化粧品やジュエリーショップの宣伝メールが送られてきただの、個人情報を訊かれただの、どこどこから提供されたというエステのクーポンを買うように勧められただの。これまで問題にならなかったのがおかしいと思えるほど、オンニの二重生活にはキリがなく、それは主に金銭関係の話だった。誰かはオンニが使っているインスタグラムの本アカウントを知っていると言った。シャネルのバッグを下げている写真があったと。すると、誰かがシャネルのバッグの何が問題ですかと抗議した。このコメントをされた方、ここの会員じゃないですよね？　感性がとち狂ってませんか？　ところが、こういうケンカが始まると、またしても会員が増え、そのうちもともとの会員数に迫るようになった。誰が、どんな理由でフォローしたかは知る術がなかった。

敬愛はすぐに状況が改善しそうにないと思い、自分のメールも流出してはいないかと心配した。最後にメールのやりとりをしたのは数か月前だから大丈夫だろう、と思っても気になってしまうのは仕方のないことだった。その時、サンスから今日ミシン教育センターで行われる設立式に出席できそうにないという電話がかかってきた。せっぱつまった声には力がなかった。

「具合でも悪いんですか？」

「いいえ。いや、悪いのかも」

「どうかしました？」

「いいえ。いや、まあ」

一度否定してから認めるサンスの態度がどうも怪しかった。敬愛はサンスに今から迎えに行くと告げた。

「迎えに？　ここからそっちまでワンブロックしか離れてませんけど？」

「人生にはワンブロックがワンブロックじゃ済まなくなる日だってありますから。朝起きてドアの外に出るのが、無動力でエベレストに登ってるかのようにつらく感じることもね」

サンスは大丈夫です、そこまでしなくてもいいですと返事をしてから、部屋の番号はわかりますよね？　と言葉を結んだ。設立式はホーチミンから車で二時間離れたベンチェーで行われる予定だった。完工後すぐに工場を回さなければならないので、事前に村人たちにミシンの技術を教えておく必要があった。サンスは数か月前に夕暮れの寂しさを分かち合った、工場の敷地を一人で守っている管理者と連絡を取り続け、ついにひとまず必要なだけのミシンを購入してもらうことになったのだ。たったの八十台だったが、誰よりも先に見つけ出し、最終的にミシンを買ってもらえたという意味では、サンスのチームにとって無視できない成果だった。そんな一大イベントに、サンスが出席しないわけにはいかなかった。靴下とルームシューズを生産するその零細な工場が定着し、実績を出していく過程は、私たちのような新規の営業チームの運命と変わらないはずだと、だから私たちは単なるビジネスパートナーではない同伴者で、だからチョ先生とエイリーンも一緒に行くべきだと言っていたくせに、当日になっていきなり自分は行けないなんて話があるかと。それに、オ課長まで一緒に行くことになっていた。同じ会社の人間なんだからあいさつでもして来いという口実でキム部長が同行させたのだ。この前みたいに、計算さえ合えば横取りしようという思惑があるのかもしれないと思いつつ、サンスも敬愛も来なくていいと断ることはできなかった。悪意と好意はいつもごっちゃに入り混じっているものだから。最終的にそのどっちが優位をとっているかなど分かりっこないことだった。

敬愛は顔を洗って鏡の前に立ち、ドライヤーで髪を乾かし始めた。ホーチミンに来てからは美容室に行けなくて髪が結べるほどに伸びていた。ここが韓国だったら耳の下へ自然と流れるように母に切ってもらっただろうと思いながら、敬愛は濡れた髪をタオルで拭いた。すると、ストで髪を坊主にした時に、母が会社にまで髪を整えに来てくれたことが思い出された。素人がバリカンで頭を刈ったら、どうしてもギザギザ頭になってしまうと駆けつけてくれたのだ。たが敬愛は、工場の従業員たちがいるテントに母を連れて行きたくなかった。彼らの前で髪を剃るところを見せたくなかった。結局、誰もいない場所を探して工場の中を歩き回ったが、母はここが食堂なの？　あんたの事務室は二階にある？　と見学に来た人みたいにきょろきょろして、いざ適当な場所が工場の裏にある、落石防止のために菱形のブロックが敷かれた丘下の、陰になっていて一年中青い苔が生えているところしかないとわかると、どうしても喉が詰まるらしかった。敬愛は地面から少しでも盛り上がったところ、マンホールの蓋に腰をかけた。母は家から持ってきた新聞紙をきちんと折って真ん中を半円の形にちぎると、頭がすっぽりと出るように敬愛にかぶせた。それからヘアーカッターで髪を整え始め、ふと頭のてっぺん近くに手を乗せた。

「ここに大泉門というものがあったのよ、もうすっかり閉じてるけど。坊主頭は赤ちゃんの時に見て以来だわ」

「大泉門ってどこにあった？」

「ここよ。赤ちゃんの頃には息をすると、ここの骨が開いて『息してるんだなあ』ってわかるのよ」

「変じゃなかった？　想像するだけでもなんか変だけど」

「全然。むしろ感心したわ。力を入れて頑張ってるのが偉くてね。変だと思うわけないでしょ？」

「それってなんで閉まるんだろう。頭でも息できたらいいのに。一回は頭で息して、その次は胸で息して」

「頭のてっぺんがずっと開いてたら大変でしょ？」

「今はすっかり閉まってるだろうね」

「もちろん。さっきから何を言ってるのよ」

「よかったね」

だが、髪をきちんと整え終えた敬愛の母は、それにしてもこんなにまでしなきゃ会社に通えないのかと尋ねた。そんなら公務員の試験を受けさせりゃよかったと。敬愛は髪をとかすと、自分の頭と額、鼻、頬、顎、肩、胸、それから腕を、生まれて初めて触れるかのように触ってみた。人が何らかの時間を通り過ぎるということがどういう意味を持つのか知りたかった。あの頃も「進んでる」という感覚が抱けていたんだろうか。「耐えてる」という感覚だけじゃなかっただろうか。しかし、いつもではない。誰かがノックをするように気配を感じさせることもあった。サンスの手をつかんだ時、敬愛はもっと体どうしを寄せ合いたいという衝動とともに、自分をぐっと奮い立たせる力を感じた。自分だけでなく、向き合っているサンスも片腕で抱えて立たせられそうな気がしたが、しかしどうしてサンスを思うと、そういう力について考えることになるのだろう。力を持たなくちゃと自分に言い聞かせることになるのだろう。

敬愛は数日間、Eとの思い出をアーカイブしておいたブログで、サンスと関係がありそうなものを探そうとした。長い歳月をかけて記憶をたどりながらブログを書いていたのに、アップした数は百個にも及ばなかった。

もちろん、敬愛はそんな数字ごときでEと過ごした時間に見当をつけることはできないと信じていた。Eと過ごした物理的な時間は三年だったが、記憶の中でその時間は、限りなく伸びたり、また一気に縮んだりした。記憶の中の些細な場面を感じ取ろうとすると、時間はぎゅっと縮まって、つまらないものに思えてしまう。だが、具体性や鮮やかさをあきらめてしまえば、時間は十分なまでに伸びていった。実感ではなく一貫性に神経を集中すれば。

敬愛はEが撮った短編映画『心』についてのメモに目を通した。やはりあの男の子、教室でひとり言を言い続けていた子がサンスのように思えた。束の間の沈黙にも耐えられずに続く不安なおしゃべりは、サンスの特徴だから。もちろん男の子の顔は映っていなかったけれど、心に潜めている何かをどうしても口に出せず、たわごとばかりをまくし立てながら切実な気持ちを「消耗」させていくのが、まさにサンスそっくりだった。最後のシーンでカメラの角度を変え、納骨堂をちらっと映していることからわかるように、その心は誰かの死と関係しているはずだ。そんな焦がれる気持ちは一度抱いてしまえば、どうしようもなく外へ出てしまうものだということを、敬愛は知っている。

マンションに着いてチャイムを鳴らすと、サンスは疲れ果てた姿で廊下に出てきた。サンスの髪は適量のオイルとミストを使っていつも清潔で最適なコンディションが保たれていたのに、今日は違った。週末の間にシャワーも浴びなかったのか髪の毛が額にへばりついていた。目は充血していて、ひげを剃っていないせいか疲労困憊で冷笑的なムードを漂わせている。買ってきたホーチミン式のサンドイッチであるバインミーを持ち上げて見せても、サンスの表情は少しも変わらなかった。

「僕は行けそうにないんです。行きたくありません」

「何かありました？」

「何もありません」

敬愛は呆れた。ひょっとしてあの日に手をつないだくらいのことで距離を置く気なのだろうか。だが、そんな考えはぐっと抑え込んで、サンドイッチの入った袋を見せながら昼ごはんを食べようと、サンスさんが好きなバインミーだと言った。サンスは首を横に振った。敬愛と目も合わせようとせず床を見下ろしてばかりいるので、首を横に振っているというよりひとりで気を落として首を揺らしているように見えた。

「気にしてるんですか？　そんな必要ないのに」

「何をですか？」

「あの日二人で手をつないだことで、重く感じることありませんからね」

すると、サンスは言葉に詰まり、ただ大きくため息をついた。

「今の僕の様子がどこか変と思うかもしれませんが」

「かなりおかしいですけどね。せっかく買ってきたから、一人ででも食べてください。シャワーも浴びたほうがいいですよ」

敬愛はバインミーの入ったタッパーを一つ取り出してサンスの手に握らせると、振り返って階段を下り始めた。かえって負担に思うかもしれないから。サンスは意外にも純情派で、熱烈な片思いを寄せた相手もいるから、複雑な気持ちになるのもわかる。しかし、だからといって仕事までできなくなるなんて。手を握ったくらいでこれなら、一緒に寝でもしてたら自責の念に押しつぶされて死んだんだろう。屍で見つかっただろう。サンスから電話がかかってきたが、敬愛は出なかった。サンスの押し返しがさざ波程度で通り過ぎるよう、心を縮こませなければならなかった。大波になって飲み込まれることになってはいけないから。

敬愛さん、

サンスが携帯のメールで敬愛に声をかけた。

少し待ってもらえませんか。出ようとは思ってるんです。

笑顔の絵文字一つ使わずにまじめに綴られているサンスの言葉に、敬愛はそれ以上答えることができなかった。何を待てばいいのだろう。マンションから離れずに足を止めればいいのだろうか。振り返ってみると、サンスはベランダに出て敬愛を見下ろしながらメッセージを送っていた。携帯電話を手に持ったままベランダの手すりにもたれかかって、さっさとシャワーを浴びて出てくるだけのことができずにいるサンスの気持ちが見えそうで見えなかった。だけど、と敬愛は思った。私にどうしてほしいのだろう。敬愛はサンスからは見えないところまで歩いてベンチに座り、バインミーを食べ始めた。フランスパンにハムと野菜、豚のレバーパテを挟んだサンドイッチは、フランスから由来した料理だが、パンの生地に米粉を入れるのはベトナム特有のレシピだという。米粉のおかげでよりもちっとしているけれど、とはいえフランスパンの粗い表面のせいでどうしても結局口蓋がむけてしまう。それでもおいしかった。

まずはバインミーを食べてください。

やがて敬愛はサンスに返事を送った。

食べたあとは？

食べたあとまたメールください。

言われたままバインミーを食べているかどうかはわからなかったが、しばらくサンスからの連絡が途絶えた。敬愛は残り半分のバインミーを嚙みながらフーミーフン通りを眺めた。エイリーンはフーミーフンに来るたびにこの地区の「きれいさ」が印象的だと言った。電柱も屋台もバイクも見当たらないと。ニュータウンを作る際に電気設備を地下に埋めて、狭くてごちゃついているホーチミンの通りにまるで鳥の巣のごとく電線やらケーブルやら絡まっている電柱がこの街にはなかった。フーミーフンに住みながらもこの街がホーチミンの風景と違う理由について気が付かなかった敬愛は、その言葉が印象に残った。そんな発見の目がなければ、人生が違って見える可能性などゼロなんだろうと思った瞬間だった。敬愛は知りたかった。それが人間関係にも適用できるかが。例えば、週末のあいだ部屋に引きこもって感情の起伏に耐え、とうとう玄関の外へ出られなくなった人間を理解することにも。

敬愛さん、食べました。

あとはシャワーしないと。

そうですね。

今はとりあえず立ち上がるところまでやってみてください。そのあと風呂場まで行く。だけど今はそこまでするのも大変でしょう。

敬愛さん、なんでそんなことまでわかるんですか。

同じ経験をしたことがあるからわかります。じゃなかったらわかりません。「ぱっと見りゃわかる」のは八〇年代だけですからね。

その流行語を知ってるんですね。

もちろんです。ぱっと見りゃわかるという言葉が流行るだなんて、とんでもないことです。ですね。ぱっと見てわかることなんかないのに。

ねえ。そんなのあり得ない。

そうそう。敬愛さん、大変だったでしょう。

いつのことですか。

……だから、ウンチョンが死んだ時とかいろいろと。

空になったタッパーを輪ゴムでパチンと留めた時、サンスのメッセージが送られてきた。自分だけ気づいていたわけじゃなかったんだ。それじゃあ、サンスにもウンチョンとの思い出の中に、敬愛を連想できるような取っ掛かりがあったのだろうか。あったならそれが何か訊いてみたい。そう思うと涙が滲んできた。

トッポギを食べた日に気づいたんですか。

はい。

ハイテルの映画コミュニティで、私と話したことありますか。

それはわかりません。どうでしょう。

なんというニックネームでした？

……映研オンニです。

オンニ、お風呂場まで行けました？

まだです。

あと三十分しか時間がありません。

呆れますよね。

いいえ。

バカみたいじゃないですか。

全然。

敬愛はEを知る人がいたら訊こうとした言葉、Eが亡くなってからの人生がどうだったのか、どのように変わったのかをサンスに訊いてみた。

冗談抜きで太りました。かなり太りました。見たからわかりますよね。でしたね。ああ、写真に残しておけばよかった。

あんな黒歴史をどうして。ところで、敬愛さんはどうでしたか?

指が止まった。サンスに訊かれたからにはもっと正確に答えたかった。何らかの言葉を完成させようと、「し」と「た」と「に」、あるいは「か」と「つ」と「す」の間に指を滑らせてみたが、結局どんな言葉も選ぶことができず、やがて敬愛はすべての言葉を宙に放り投げて「とても寒かったです」とだけ打ち込んだ。

車を走らせて目的地に着いた時には、もう三十分遅れていた。廃校になった学校を再利用したセンターは、こぢんまりとしていた。校門には「技術協力センター」と英語とベトナム語で書かれていたし、「ウェルカム」と書かれたポスターが貼られていた。敬愛たちはファン課長という管理者にあいさつをしてから会社の幹部たちと名刺を交換した。テーブルには

「333」のマークで知られるホーチミンのバババビールが並べられていた。ベニヤ板を重ねて作った壇上で、会社の関係者たちがあいさつを始めた。その光景をしばらく眺めていたエイリーンがぷっと吹き出し、敬愛に「通訳の人がさぼりたいみたいです」と耳打ちした。韓国人がいくら長くしゃべっても数行くらいにカットしてしまうと。果てしなく続く激励の辞を聞いていると持っている意欲さえ削がれそうだったから、わからないでもなかった。韓国から来た理事が、自分たちが廃校してしまった学校をまた開校し、皆さんをふたたび学びの道へと導きますと訴えて壇上から降りると、また別の関係者が、皆さんの労働力と韓国の先進資本が相乗効果を生み出し、発展が遅れているこの地域を開発させますという言葉を付け加えた。韓国側関係者たちが緊張でガチガチになっている一方で、住民たちはもう少し余裕を見せていた。途中で泣く子をあやそうと立ち去ったり、畑の仕事があるからと席を離れたりした。先進資本は緊張し、労働力はそれなりにリラックスしていたイベントが終わり、やがて本格的な食事の時間が始まると、村人たちはカラオケの機械を手押しで運んできた。警察署長の息子だという男がトップバッターで歌い始め、マイクは横へ横へと回されていった。

ファン課長が敬愛たちのところにやってきてお酒を勧めたが、サンスの言葉通り、彼はものすごい寂しがり屋で、感傷的な在ホーチミンの派遣社員だった。ことあるごとに「助けてください」「ちょっと助けてください」とお願いしていたが、助けてもらうべきなのは、本当はミシンを売らなければならない敬愛たちのほうであるはずだ。それなのに彼の話を聞いていると、本当にこちらから何かをしてあげなければならないような気がしてくる。その時「ファン課長、一曲歌いなよ」とマイクが回されてきた。壇上に上がったファン課長は、イベントを開催できた高揚感からかお酒の飲みすぎからかわからないが、日暮れの空を見上げ、ベトナムと縁がある叔父がホーチミンで毎日聞いていたという曲を歌うと言った。

「部長、『Saigon Dep Lam《サイゴン・デップ・ラム》』という曲です。『サイゴンは美しい』という意味なんですけど、韓国の歌で言うと、そうそう、『ソウルの賛歌』みたいな感じです」

ファン課長はイベントのために何日も前から準備してきたかのようにベトナム語で歌い始めた。風に舞い上がるアオザイとバラの人生、それから愛があるサイゴンという歌詞が出てくる、チャチャチャリズムの曲だった。テンポの速い曲を歌いながら、彼は目を半分閉じて、空ではなく地面を見下ろしている。歌い終えたファン課長が席に戻ると、チョ先生は「叔父さんはこちらで事業をされたんですか?」と尋ねた。するとファン課長は、悲しそうな顔で「ベトナム戦に参戦したそうです」と答えた。

「叔父は地上軍ではなくて軍楽隊だったと言ってました。サクソフォンを吹いたと。実際吹いてるところは一度も見たことがないのですが、とにかく本当にサクソフォンを吹いただけだといいなと。アルコール依存症で半生を病院で過ごしました」

韓国人からの熱のこもった激励は終わりなく続いた。韓国人たちは礼儀正しく振る舞い、住民たちの目の敵にされないよう努めたが、明るい未来を約束すればするほど、協力のプロセスを夢見れば夢見るほど、どうしてもさりげない恩着せがましさが透けて見えるのだった。韓国人たちのそんな話に耳を傾けていた長老の村民がお礼を言いながら「Không《コン・》 ai giàu ba họ,《アイ・ジョウ・バ・ホ》 không ai khó ba đời《コン・アイ・コ・バ・ドォイ》」というベトナムのことわざを引用した。「富は三代続かず、貧乏も三代続かない」という意味だと通訳の人は説明した。すると、今度はオ課長が「そうとも。そのうち追いつきます。今ホーチミンに行ってみてください。韓国の車はほとんど見当たりません。ほとんどがトヨタかホンダです。韓国は緊張を緩めてはいけませんよ」と言った。

やがて韓国の従業員たちがPSYの「江南スタイル」の馬ダンスを踊り始めた頃に、マイクがサンスのところへ回されてきた。敬愛はサンスがいま歌う気分ではないことを知っていたけれど、いったん回されてきたマイクは誰かの手に取られるまで二人の前に置かれていた。

「Xin lỗi《シン・ローイ》、Xin lỗi《シン・ローイ》、Em Không biết tiếng Việt《エム・コン・ビエッ・ティエン・ヴィエッ》」

サンスが、申し訳ないと、ベトナム語がわからないと、下手なベトナム語で了承を得ようとしたが、住民たちは親切にも韓国の歌があると言って音楽を流してくれた。ベトナム語に翻案されてヒットした八〇年代の歌謡曲「ヒナリ」だった。子どもの頃、母が美容室でいつもラジオを聴いていたので敬愛も知っている曲だった。ハンサムなあのくせ毛の歌手が好きだった母は、人気バンドの「ソンゴルメ[31]」をやめてこんなジメジメとした曲なんかを歌っていると残念がった。他の女性ファンはどう思うかわからないけれど、自分にとってク・チャンモはソンゴルメのク・チャンモだと。「思いがけず出くわしたあなたの姿が僕の心をとらえてしまったんだ」でなくちゃいけなくて、「罪人のようにあなたのそばに行くことができず」じゃ違うと。中学生の時、引越しの荷造り中に父の顔が比較的はっきり映っている写真を初めて見た敬愛は、父がその歌手に似ていると思った。母があの歌手を嫌うようになったのは、単にバンドをやめたからではなく、顔が似た人と別れたからかもしれないと。それでも、母が依然として思いがけず出くわして惚れ込んでしまった恋を気にしているのは幸いなことだった。罪人のように近づけなかったと言って、母の言葉のようにうじうじとしてるのではなく。敬愛は隣で歌詞がわからずにウォウウォウと言ってごまかしているサンスからマイクを取り上げて代わりに歌を歌った。サンスはマイクを取り上げられてからも手拍子をしながらしばらく一緒に歌っていたが、そのうち二人の声にベトナム語の歌声が覆いかぶさった。

教室には八十個あまりのミシンテーブルが置いてあって、最前列には開校を祝うために赤い布で作ったリボンが飾られている。ここは学生の数が減って数年前に閉校したところだった。学校に通うほどの経済的余裕のある子どもたちは都会に出ており、残された子どもたちは勉強より仕事を優先せざるを得なかった。敬愛は朝になると会社近くにニワトリを売りに来る十一、二歳くらいの子どもの顔を思い浮かべた。ベトナムでは子どもたちが働いているのをよく見かける。みんなは外へ出て、敬愛だけが教室に居残り窓の外を見ていたら、サンスが点検でもするみたいにミシンに触れながら近づいてきた。

「何人くらいミシンを習いに来るんでしょうね」

「ファン課長が言うには、とりあえず午前と午後に一クラスずつ開講するそうです」

敬愛はミシン台の前に座り、ペダルを足で踏んでみた。まだ糸の通っていない押え金が上下に動いた。サンスが敬愛の前の席に座って後ろを振り向いた。

「学校ではどんな生徒でした?」

「縁起悪くて、人気のない生徒でした。敬愛さんは?」

「幽霊みたいな生徒でした」

「ゾクッとしますね」

サンスはまだ影が差している顔に微かな笑みを浮かべた。

31 一九七九年に結成されたロックバンド。

「何があったかは訊かないようにしますね。どうせ言わないでしょうし」

さっきまで敬愛をじっと見つめていたサンスが、気まずいのか黒板のほうに体を向き直した。グラウンドから聞こえてくる宴会の雰囲気とは無縁の、隔離された空間にいる気がした。十代の頃、日がな一日突っ伏していた敬愛とは無縁に、教室の時間が流れていたように。あの頃の敬愛は、突っ伏したまま目を開けて腕と髪の毛で作った小さな闇を見つめていたが、その間に他の子たちはこぞって筆記したり歌を歌ったりごはんを食べたりした。まるで自分で自分をシャットアウトするかのようにして突っ伏していても聞こえてくる——ねえねえ、返して、おはよう、教科書を開いて、今日はちょっと駆け足で進めるから、気は確か？　委員長は誰？　ホームルーム始めるよ——といった音が敬愛の周りを流れていった。どんなに力を入れて突っ伏しても、敬愛のつくった闇には限界があった。完全な暗闇を作ることができなかったのだ。指や髪の毛の隙間からクラスメイトの長い髪の毛、誰かに書いた途中までのメモ、捲り上げた緑色の体操着みたいなものが目に入った。すると敬愛の胸も少しずつときめき、どうしようもなく何かを待ち焦がれる気持ちになるのだ。その気持ちは、時々祈るような気持ちへ移り変わった。敬愛は一日中突っ伏したままの幽霊のような生徒だったけれど、だからといって心がないわけではなかった。むしろ心が強く揺れ動いているから何もできずにじっと止まっているしかなかった。

敬愛はサンスにEとの思い出をどれもこれも言ってほしいと思ったが、すぐに何も聞きたくない気持ちになった。今はただ、後ろ姿のままずっと座っていてほしかった。Eと一緒に短編映画を撮った頃よりも肩幅が広くなっているはずだ。映画で男の子の肩をしつこく映していたカメラのアングルが思い出された。こうして後ろ姿を眺めていればEがどうしてサンスの肩を撮ろうとしたのか、あの角度から残そうとしたのが何か、わかるかもしれない。敬愛はしばらくサンスを眺め、シャッター音がしないカメラアプリで写真を何枚か撮った。敬愛が携帯を机に置いた時、サンスが前を向いたまま「敬愛さん、僕は悪い人ではありません」と言った。

「はい」

「本当です。信じてください」

「わかってます、心配しないでください」

しかしそれからもしばらくの間、サンスは鬱々とした顔で同じ言葉を繰り返し、そのたびに敬愛はわかっていたし、そう思っていると答えた。帰りの車内ではしばらく気だるい疲労感だけが続いた。車が舗装されていない道路をがたがた揺られながら走り、行きの時もそうだったが、すぐに腰が痛くなってきた。助手席に座っているチャンシク氏がふとサンスのほうを振り向いて、やはり自分のお金を誰かに盗まれている気がすると訴えた。花札ゲームで一億ウォンも勝ち取ったのに、どういうわけか日に日に減っていくと。

「前を見てください。うしろ向きで乗ると車酔いしますから。ベルトもちゃんと締めて」

サンスがチャンシク氏に声をかけた。運転中のトニーも道が悪くてその姿勢だと腰を痛めるかもしれないと念を押した。

「俺の腰のことまでおまえが心配すんな。運転に集中しろよ」

「ネットにつながったパソコンじゃないから誰も持って行けませんよ。勘違いです」

チャンシク氏はしばらくサンスを見つめ、そうかと姿勢を正した。あとどれほど続くかはわからないが、今のところサンスの設置したゲームは効果抜群だった。訪ねたところでお金を棒に振るだけで、お金がなければ横で見物しかできないカジノに行く代わりに、仕事後に家で時間を過ごすようになったのだ。家にゲームもあるし、人もいるから帰るようになる、とチャンシク氏は言った。だが、問題がないわけではなかった。いくらチョ先生がやさしく接しても、チャンシク氏は突然ひねくれてわけもなくイチャモンをつけたり斜に構えたりした。ヤキモチも焼いた。チョ先生には朝からメッセンジャーであいさつをする娘がいるということ、お酒を完全にやめる意志があるということに。日常はそんなふうに快方に向かったり潰れてまた壊れたりを繰り返したが、チョ先生はチャンシク氏がああなるのもまともに暮らしたい気持ちがあるからだと、だから大丈夫だと言った。それでも間抜けづらでどうやれば部長にお酒をおごってもらえるか考えながら一日を過ごしているよりはマシだろうと、妬むほど手にしたいものができたわけだからだと。

「あり得る話かもしれません。疑ってみる価値はあると思います。ここはどうにかなりそうな国ですからね」

オ課長が割り込んできた。

「キム部長の奥様のこと、ご存じですよね？　ベトナムのお手伝いさんを次々と変えてるじゃないですか」

国道を走っている車が牛に出くわすと、トニーはヘッドライトを消したまま牛が通り過ぎるのを待った。明かりに驚いた牛が暴れまわることもあるから、そのほうが互いに安全だという。

「しょっちゅうだましてくるんですって。お肉や野菜の値段をだまして、買ってない物を買ったとだまして、買ったものを買ってないとだます。頭がどうにかなりそうだと言ってました。気がおかしくなりそうだと」

キム部長の奥さんが一日に何度も電話をかけてきて、お手伝いさんが嘘をつくと訴えていることは、事務所の人間なら誰もが知っていた。神経症気味の妻に苦しめられているキム部長は、うんざりするホーチミンを離れて韓国に帰りたがっていた。だが、本社に十五年も海外支社にいた人の席を空けて待つケースなんてありはしない。帰るためにはもう働かなくていいほど老後の準備をきちんと済ませなくてはならないと、キム部長は不安がっていた。しかしいきなり、いい気分だと言って従業員に数十万ウォンずつ小遣いを渡して不自然に励まそうとする不安定な人間だった。気前のいい時もあれば、奥さんの不安そうな電話に出るべく沈んだ顔で、落ち込む以外の気持ちは麻痺しているかのように機械的に出た電話で、そんなはずないだろ、領収書を確認してみたら？　バッグの中をちゃんと確認して、とも言わなければならない人。ホーチミンにいる韓国人たちはいくらお金を稼いでも、不安で意識のある部分を麻痺させられてしまうようだった。オ課長もこの街にうんざりしていたが、それもやはり偏向的な疑いに近かった。お金を稼げば稼ぐほど、何かを手にすればするほど、妙な不安と破壊の情動から抜け出せなくなる。そんなふうに心がこわばってしまうのは、ここがホーチミンだからではなく、何かを所有するということが必然的にもたらす心の状態なのかもしれない。チャンシク氏が手にできるはずもないゲームマネーに乱れてしまうように。

「なあ、君もそうだろ？」

オ課長はふとトニーに問いかけた。

「何がですか？」

「君だって遅刻した日に理由を訊くと、道が工事中でなんとかかんとかと言い訳するだろ。

そんで俺が同じ道を通ったけど工事中じゃなかったと言うと、今度は車が故障して修理するのどうのと言って。なんで事前に修理しておかなかったのかと訊くとカーセンターに部品がなかったと言って自分のミスを絶対認めないだろ。それをベトコンスタイルっていうんだよ」

「オ課長、そんな言い方をしたらホーチミンの従業員たちが気を悪くしますよ」

チョ先生が静かに言い聞かせた。

「こっちに来てまだちょっとしか経ってないのに、もう味方するんですか？　コンさんのチームみたいに心優しすぎると長持ちしませんよ。部長がコンさんのチームのことで賭け事をしてますからね。一年持つか持たないか」

「いくら賭けたんですか？」

黙って静かに座っていた敬愛が訊いた。

「それを知ってどうするんですか？」

「私も賭けようかなと思って。ホーチミン支社で何年も他社のミシンを販売しているのを、本社が知っているかどうか」

オ課長が口をつぐんだ。それから間をおいて何を言っているんだと敬愛を咎めた。

「聞いたことない話なら、それ以上は聞かないでください」

「何ですか？　それって脅しですか？」

「まったくない話じゃなかったりして？　まあ、そんな噂を聞きました」

ホーチミン市内に入ると、オ課長はここで降ろしてと言った。おんぼろな店がいくつか立ち並ぶ薄暗い街だったが、車内にいるのが気まずいようだった。トニーはオ課長を降ろしてからもヘッドライトを消して停車していた。エイリーンが行かないの？　と訊くと、戻ってくるかもしれないからと答えた。やがて車が出発し、サンスが敬愛に「ここでその話を持ち出してどうするんですか」と何か気の毒そうに話しかけた。自分だって知らない話ではなかったと。

「じゃあ、なんで問い詰めなかったんですか。私たちにまで飛び火したらどうするんですか」

「やめようよ。二人ともそこまでにして。俺はどうすればいいんだよ」

チャンシク氏が手を振りながら言った。

「二股かけたって何が悪いんだよ。二人は若くて大学も出てるから、こんな仕事くらい失ってもいいだろうけど、俺はどうすればいいんだよ」

「私だって仕事がないと困るから、丸刈りまでしてデモに参加してるんです。そこまでしてでもこの仕事を守りたくて」

車内の空気はめちゃくちゃになった。チャンシク氏はこれからどうすればいいのかと繰り返し言い、サンスは口をつぐんだまま窓の外を見続け、トニーとエイリーンは黙って気配を消していた。表情までは見えないチョ先生は、両手を組み合わせてはほどき、また組み合わせながら姿勢を直した。窓の外を見ていた敬愛は、今日いろいろ言われてるだろうけど、あまり気を悪くしないでねとエイリーンを慰めた。

「確かにちょっと変な日ではありましたね」

エイリーンは窓に額を付けて、考え込んでいるサンスのほうを横目で見ながら言い放った。敬愛がそう、変だった、めちゃくちゃだったと同意し、明日はさらに変になるかもねと付け加えた。するとエイリーンは「それでも遠足は遠足ですから、敬愛さん」と言った。それからベトナム語で「chị gái thích nhất《チ・ガイ・ティク・ナット》」とつぶやいたが、「それでもお姉さんはいい人です」という意味だった。敬愛はそんなことないと答えようとしたが、その代わりに親指を立てて悪い気はしないねと言った。

家に帰ると、サンスから電話がかかってきた。なぜ向こうに情報を与えてしまうようなことを口にしたのかと、キム部長たちの専横については韓国本社に報告済みで、もっと確かな物証をつかんでから始末するつもりだったと、なのに敬愛があんなことを言ってしまったせいでチャンスを失ったとサンスはまくし立てていた。敬愛はサンスの話を最後まで聞き「何のチャンスでしょう」と尋ねた。

「どういうチャンスで、何のためのチャンスですか？」

「追い出すんです」

「どこからですか？」

「支社から完全に追い出さなくちゃ。根こそぎ変えていくんですよ」

「それが私たちになんの足しになるんですか？」

サンスは言葉に詰まった。なんの足しになるのかって？ これまでずっと馬鹿にされてきたから、あの人たちの悪行を暴露して社長に対処してもらえばすっきりするだろうし、昇進もして何もかもが一気に解決するだろうに。そんなことがわからなくて問い続けているのだろうか。敬愛はまだまだ短い人生だけれど、チャンスというものはそんなふうにしてやってくるものじゃないと言葉を加えた。他人の不幸を担保にしたチャンスは、チャンスというより一種のテストに近いと。

「そんなテストに運命や未来をかけるなんて、ちょっとおかしくないですか」

「何がおかしいんですか。敬愛さん、ナイーブに考えないでください。そのうち本社から何らかの指示があると思うので見ててください」

敬愛は昼まで鬱々としていたサンスが熱意を見せるのはいいけれど、結局事態を悪くしそうな気がしてならなかった。しかし、今のサンスには何を言っても無駄だろう。敬愛はそれ以上のことは言わずに、ひさしく口にしなかった「恩寵《ウンチョン》がありますように」という最後のあいさつを告げた。しばらく無言だったサンスはどんな脈絡でか「ごめんなさい」と答えた。

しばらくの間、事務所では緊張が走った。キム部長はサンスを呼んで言い訳をしようとも事情を説明してもらおうともせずいつも通りに過ごしていた。いつも通りにチャンシク氏を叱り、夜にオ課長と接待をしに出かけ、電話に出た。サンスとも仕事についてのなんの変わりのない会話を交わした。だが、敬愛には一言も声をかけず、まるでいないかのように振舞った。

数日後に本社から敬愛の異動発表があった。敬愛が一度も行ったことのない京畿道《キョンギド》の始興《シフン》で、パンドミシンの物流センターでの仕事だった。敬愛にそのことを知らせたのはチームリーダーのサンスではなく、キム部長だった。サンスは会社が自分と事前に協議をすることもなくこのような決定を下したことに驚き、憤り、会議が終わるなり本社に電話をかけた。部長は聞いた通りだと、今回の件はそうやって片付けることにしたと生半可な返事をした。サンスがどうして問題だらけのキム部長のチームを解散させないのかと問い詰めると、部長は鬱陶しそうに答えた。

「コンさん、世間知らずすぎますね。そっちであんなことやる時は、こっちの理事たちから暗々裏に了解を得るわけで、リベートも分けているというのに何が報告ですか。とにかくコンさんは黙っていてください。私が朴敬愛さんを異動させるくらいで丸く収めてみるから。社会が民主化したと言っても、会社では上司の命令に従わなきゃならないのに上司を脅すだなんて。朴敬愛さんの肩を持たないでよ」

こんな結果になるとわかっていたら、根掘り葉掘り上司に告げ口しなかっただろう。サンスに知られていることは役員たちにとってなんの脅威にもならなかったのに、デモ歴のある敬愛が動き出したとたん、役員たちは急いで解決策を講じた。つまるところ、誰もが融通を利かせていたのだ。もう少し正確に言えば「ユトリ」を発揮していた。キム部長の融通は海外派遣社員の融通へとつながり、その融通はともかく収益を生み、収益はボーナスと遊興費と役員たちに定期的に送るリベートを生み、社長の親戚である役員たちはそんな融通になんの不満も感じなかったため、サンスからの告発がコネ入社して以来ピントの外れた愛社心を発揮してきた習わしだろうとやり過ごそうとしたのに、オ課長とキム部長から敬愛が問題提起しているという話が聞こえてきたのだ。敬愛があまり融通の利かない社員であるのは数年前から証明されているわけで、問題なのは社長にも経営上の「ユトリ」がまったくないことだった。会社経営がおもしろくなさそうで、続々と役員に就任する義理の兄や叔父などを快く思っていないようだった社長がどんな出方をするか、一向に見通せなかった。例えば、ちょっとしたことで怒り狂う会長に報告することもあり得る。役員まではどうにか融通を利かせることができても、会長は許さないだろう。彼は戦後の一九五〇年代に、復旧もまだ進んでいなかった朝鮮半島で紡織産業を興した伝説的人物で、そんな伝説に勤勉さと誠実さとチャレンジ精神は必要でも、他社のミシンを提供する「ユトリ」は不要だった。「ユトリ」は伝説にふさわしくないものだった。

サンスの状況はさらにこじれてしまった。手紙が公開されて被害を被っている会員に、敬愛がいたのだ。特別な手紙だと思って別のトレイに移さずに、受信トレイのいちばん上に固定しておいたせいで、敬愛のメールが真っ先に流出したのかもしれない。毎日運営陣からの催促があった。書面でもいいからメディアインタビューに応じてほしいと。あるいは会員たちと対面で話し合ってほしいと。会員たちが話したい相手は「オンニ」だからと。サンスがいまだサイバー捜査隊に捜査願いすら出していないことを知ると、愛情火鍋はサンスに「私を試さないでください」と言った。「これ以上対応が遅れたら、オンニには罪があるということになるかもしれません」と。

サンスは逃げられるものなら逃げたいと思った。だが、あいにくそのすべてに敬愛が関連しており、逃げられなかった。サンスは自分が正義と勇気の人だとも、インテリだとも思わなかったけれど、そのすべてのことが「敬愛」と関連していると思うと、卑怯になるわけにはいかなかった。ただ、部長からきつく警告され、サンスは物思いに耽っていた。サンスのこれまで犯した些細な過ち、つまり大邱《テグ》でキム・ユジョンを救い出そうと騒ぎを起こしたことや昇進をねだったこと、世界各国のバイヤーと言い争ったこととは比べ物にならないくらいの事件だと部長は説明した。

「これ以上問題を起こしたら、いくら会長のコネだといっても無理ですよ」

「何度もお話しましたが、私はコネ入社じゃありません。父とは連絡も」

「コンさん、お願いだからちょっと黙って」

「はい？」

「黙れ。ずっと前から言いたかったけど、がまんしてたんだよ。お願いだから、もうしゃべるな」

サンスは部長が怖いからではなく、なんとなく申し訳ない気持ちがして口をつぐんだ。長い間ずっとサンスのことをがまんし、一度も黙れと言ってこなかった部長こそ「ユトリ」がありすぎて、茫々たる海の水平線のように忍耐力の果てを見せてくれたのではないか。それなのに部長は、今度も自分がひどすぎたと思ったのか電話を切る前に、今回仏教の通信大学に入学したとなんの脈絡もなく付け加えた。

「気の迷いから抜け出して。世の中は虚しいものです。どうせここには自分のものと言えるものも、自分と言えるものもない。ただ自分と言えるものがないという事実だけがあるのみですから」

こうして部長との電話は、土壇場のオフィスドラマから始まり、暗闘が繰り広げられる政治スリラーを経て、人生をめぐる洞察へとつながるヒューマンドラマで締めくくられた。しかし、そのことではっきりしたのは、敬愛がベトナムから去るという事実だけだった。事務室の雰囲気はすっかり沈み込んでしまった。敬愛は午後休みを取って家に帰り、エイリーンはすすり泣きながらヘレナと話をしていた。椅子に座って鉄板でラッパを折っていたチョ先生が、サンスにランチを食べに行こうと誘った。

二人は事務室を出て、フォーの店に向かった。チョ先生が敬愛に不利な話を広めるはずがないと思い、サンスは部長から聞いた話を洗いざらい伝えた。話は麺が伸びるまで司祭の前で告解するように続いたが、サンスは話しながら今回の件を無力に受け入れるまいという気持ちを固めた。あんまりじゃないか。責任を問われるべきは自分であって、不正のことを知っているということを伝えただけの人を、営業部員なら行く用もない始興の物流センターに行かせるだなんて。そこにはミシンだけでなく、ミシンが斜陽産業になって以来、日本の本社とのコラボでなんちゃって開発をしたプリンターとか自動車インジェクターとかといった製品が保管されていた。そこでは敬愛の持っている敬愛らしさ、つまり、慎重さや善意や推進力や根気や英語や現地で覚えたベトナム語の実力といったものを発揮することができっこなかった。総務部で働きながら倉庫を管理していた、営業部に来る前の金曜日三時三十分から四時三十分までの時間を繰り返すだけになるのだろう。どんな口実で責任を問われるかわからず、できる限り決められただけのことをこなして、時々適当な場所を見つけてたばこを吸ったり、出入りするトラックの単調な動きを目で追ったり、フォークリフトが下した段ボールの数を数えたりしながら。

だが、そこには必要以上の筆記具を細かく要求し、頭を悩ませるサンスがいなかった。突然チームになって必要以上の連帯感を求めてくるサンスがいない。電車に乗ってピジョという ニックネームを使う学生時代の敬愛を想像するサンスが、敬愛が手を重ねた時に静かに胸を震わせていたサンスがいなかった。サンスは、数学の先生たちから口ずっぱく言われていたいつも変わらない常数《サンス》ではなく、いまや敬愛の人生から消えた空洞、ゼロ、未知数になるのだ。

そんな感情の嵐に見舞われていたサンスは、チョ先生に「麺だけでも残さずに全部食べてください」と言われてようやく箸を動かして麺を口に詰め込んだ。それからいちばん恐れていた質問をチョ先生に投げかけてみた。敬愛さんはつらいんでしょうね、と。チョ先生はしばらくサンスを見つめ、「つらいでしょうねと」と一言言った。その言葉に、サンスは目をぱちくりさせて涙を流した。どうしても我慢できない悲しみがこみ上げてきた。そんな自分の姿が恥ずかしくて、「僕、どうしたんでしょうね。この頃大変なことがいろいろあって」と言い訳したが、心はなかなか落ち着かず、見兼ねたチョ先生が「外に出て思いっきり泣きましょう」と言ってサンスを外に連れ出した。それから二人は、下の階の韓国フランチャイズのカフェに入り、コーヒーを頼んで向かい合った。

「チャンシク氏と一緒に暮らし始めた頃の話ですが、どれくらい掃除しなかったのか、僕がほうきで部屋を掃いてと言ってもしばらく呆然として突っ立ってるんです。それから僕に、アニキ、あっちからこっちに掃けばいいんですか？　それともこっちからあっちに？　と訊くわけ」

「ほうきを？」

サンスがナプキンで赤くなった鼻をかみながら答えた。

「そうです。ほうきというものを初めてみる人みたいに。適当にやっていいと言うと、あっちからこっちへだとほこりが自分のほうに舞うし、こっちからあっちへだとほこりが逃げてしまいそうだからとためらってたんです。心というものもそういうものでしょうね。敬愛さんには申し訳ないけど、本人もわかっているはずです。一度使ったことのある心は残ります。使ったことのない心が難しいだけで。つらいでしょうが、この状況に合う心を知っているはずです。コンさんはその力を信じて、あまり自分を責めないでください」

チョ先生はサンスをそう慰めていたが、いざ事務所まで戻ると、ストの際に何が何でも会社をやめずに踏ん張ったほうがいいと敬愛に忠告したのが正解だったのかどうかと悩んだと打ち明けた。敬愛がつらそうだという話をイリョンから聞くたびに訂正したかったけれどチャンスがなかったと。それなのにもう一度奮い立って自分を訪ねてくれたのが奇跡に思えたという。

「そういう人だから」

と言葉を濁したチョ先生は、すぐに表情を和らげてサンスに「もう少し外を歩いてから入ってください。まだ顔が赤いので」と言い残して、先に事務室へと上がっていった。サンスは信号など気にもしないホーチミンの歩行者たちと一緒に道を渡り、敬愛と昼休みによく訪れた市役所の庭園へ向かった。他の何よりも色鮮やかで生き生きとしている木の葉っぱが頭の上で揺れている。目を閉じると、どこかの海辺を訪ねているような気がした。日常の中のそんな風景が、敬愛とサンスの心を和ませてくれた。たとえ二人に言える言葉が「あの契約はどうでしたか」とサンスが尋ね、「パーです、パー」と敬愛が淡々と答える、思うようにいかなくて気が抜けるといった嘆きの言葉ばかりだったとはいえ、風景だけは異なるトーンを見せていた。二人が初めて互いを認識した工場裏の暗い倉庫と比べると、当時も今も特に成果はなく、誇らしい成功はしきりにまたの機会を心待ちにして先送りにされるだけだけれど、二人の時間だけは別々ではなく一緒に流れていたのだ。そのことに思い至ると、「敬愛の異動に抗議しなくては」という闘志が湧いてきた。サンスを虜にした映画にも小説にも、運命に従う登場人物などいやしない。メンバーのいないチームのリーダーを任されてつらかった時も、毎日好きでもない酔い覚めスープ《ヘジャンクク》やふぐスープを飲みながら解決に乗り出したではないか。

　サンスは揺れる木の枝を見上げた。午後の静かな風景を突き破って、ここに私たちの目には見えないある力、強力な情動があるということを暗示しているかのように揺れ動く枝を見上げながら、サンスとしては抵抗——に近いけれど、誰かにとっては徒労にしか見えないはずの行動を取ろうと腹をくくった。ソウルに戻って社長に直訴しようと決心したのだ。

　直談判したり、型破りな決断を下したりして何かやっているという印象を他の誰でもなくみずからの父親や親戚に与えたがる社長となら、話が通じるだろう。サンスはすぐにソウル行きの飛行機を調べ、早々に最短で行ける航空券を購入した。それから電話に出ない敬愛へ、文字を書いては消すことを繰り返しながら完成させた「敬愛さん、心配しないでください。僕が今からソウルに行って解決してくるので。不当な命令をちゃんと正して戻ってきます」というメールを送った。

あれほど大事なメールを送ったのに、夕方まで敬愛からの返事はなかった。サンスはスマホを見つめながら連絡を待ち、帰りの時間になってようやく「今から夕飯を作りますが、いらっしゃいますか？」という返事をもらった。サンスは敬愛の顔を見てすぐに涙があふれ出しそうになったが、普段と変わりない敬愛の表情を目の当たりにすると、そういう激情というか、感情の爆発をぐっと堪えた。しかし、部屋に入ってリビングの片隅にある大きなキャリーバッグと、開いたままの押入れから引っ張り出された床の服を目にすると、込み上げる気持ちを抑え込むために唇を噛みしめなければならなかった。それでも涙が出るかもしれないので、サンスはテーブルにあるインスタントトッポギに目を向け、「こないだも作ってもらってばかりだったから、今日は手伝います。今日は敬愛さんも大変だったでしょうし」と言い、包みを破った。

「いえ、ごはんを炊きました」

敬愛がガスレンジに近づき、鍋のふたを開けて中を見せてくれた。もやしスープだった。

「でも、それも使います。鶏肉の辛みそ炒めにそのお餅を入れようと思って」

敬愛は毎朝鶏を売りに来る少年から、ついに鶏を買ったと言った。

「スーパーでじゃなくて？」

「ホーチミンにスーパーで鶏肉を買う人なんていないと思いますよ。工場の鶏肉がどれだけ不味いか、エイリーンから聞きました」

少年が敬愛の選んだ鶏一羽をどこかへ持っていって屠畜して来る間、敬愛は他の鶏の見張りをしていたという。少年がいなくなる前に鶏を買うことができて、また料理を作ることができてよかったと、一羽を一人では食べ切れないし、冷凍したってもうここにいることもできないから心配したと敬愛は言った。サンスが来る前から漬け込まれていた鶏肉を炒め、小間切れになった鶏肉を食べながら、二人は映画を観た。敬愛好みで、サンスは好きではないホラー映画『スクリーム』だった。必ずしも映画のせいではなかったけれど、映画の中の血だらけのシーンと、いま食べている料理が妙にぴったりで、と同時に妙に釣り合わないように思えて、サンスは食べるのが苦痛になってきた。このような苦痛にはこれまで一度も我慢したことがなかったが、この悲しみの料理を残してしまったら、敬愛がどんな思いになるかわからず、サンスは怪力というべき力を発揮して食べ尽くした。空になったお皿を見た敬愛が「今日何も食べなかったんですか」と訊くほどだった。

「私は三切れしか食べてませんよ。冗談ぬきで」

「鶏肉の辛みそ炒めが好物なもんで。世界でいちばん好きなんです」

映画が終わり、いよいよ殺傷の連続が止まると、敬愛が「やっぱり何度観てもおもしろいですね、最高です」と言った。この映画が子どもの頃から好きだったと、私たちの心の中には「ハローシドニー」と言いながら飛びつきたいと思う、いたずらっぽい殺意があるからだと。コーヒーまで飲んだサンスが、そろそろ自分の急進的な計画について説明しようとすると、敬愛はその話はよそうと言った。そんな話よりEについて話したいと。それぞれが知っている話をすれば、二人はEについてもっとたくさんのことを知ることができるからと。

「まだ知りたいことがありますか？」

「もちろんです。私たちは生き続けながら話すことが増えていくけど、あの子はそうじゃないから物足りないんです」

「物足りない？」

「そう。私は、まだ、ちゃんと謝れていません」

「謝ってるじゃないですか」

「いつですか？」

その瞬間、敬愛は自分が知らないウンチョンとの記憶が語られるかもしれないと思って真剣に耳を傾けたが、サンスは答えることができなかった。ずっと昔の冬に、ウンチョンのボイスメッセージがなくなる前に残っていた敬愛の「ごめんね」という声を覚えているけれど、その話をするためには自分がそのメッセージを聞いていたという話から始めなければならなくて、たくさんの人が死んだウンチョンを懐かしんでメッセージを残したりしたという話をしなければならなくて、その上にいちばん言いにくいこと、ウンチョンがどれほど敬愛を大切に思っていたかを説明しなければならなかった。

「敬愛さんが置いてきたわけじゃないでしょう。運よく生き残ったんですから」

「はい、運がよかったです。私だけ運がよくて」

サンスはパンドミシンのチームリーダーとして敬愛の異動を解決するつもりで駆けつけてきたのに、敬愛が望むものは別にあるらしかった。敬愛はチームリーダーのサンスではなく、ウンチョンを回想し、思い出を分かち合えるサンスを望んでいるようだった。

サンスは映画を撮った日について話した。ウンチョンがサークルで使う「ソニービデオカメラ」を持ってサンスの学校に来た日のことを。今では使わない八ミリテープのビデオカメラだった。カメラには映っていないけれど、サンスの前には鏡が一つあって、カメラを持って後ろに立っているウンチョンが見えた。ウンチョンから「俺が前にいると思って好きなだけしゃべって」と言われ、そうやって終わりのないおしゃべりがカメラに収められた。一人でしゃべっているように見えるけれど、実際は後ろにいるウンチョンと会話をしていたのだ。教室には他の子どもたちがいて、サンスが通っていた学校の生徒たちは疑い深く、当時でもプライバシー意識が高かったために、職員室にまで連絡が行った。カメラを撮っているのが在学生ではないと知られると、二人は職員室に呼ばれ、担任はウンチョンの個人情報を書きとめて廊下に出し、サンスに撮りたくて撮っているのかと確認した。サンスは「もちろんです。僕はこれで大学に行くつもりです」と答えた。

「大学に行く？」

「はい、この映画で賞がもらえたら、自己推薦で行くつもりです」

担任は「ふーん」と言って、約束したとおり夜間自習の時間までには終わらせるようにと言った。それからサンスの継母に連絡したが、幸いにも父親の耳に入ることはなかった。継母はその時すでに、サンスに達成できる未来が兄のような事故を起こさず、父の顔に泥を塗らず、静かに暮らしていくことに限ると熟知していたのだ。だから撮影する間は口を出さずに、あとからサンスを呼んで完成したフィルムを見せてほしいと頼んだ。問題になりそうな内容があれば、父の仕事の邪魔になるかもしれないと思ったのだろう。サンスが断ると、どういう手を使ったのか公募展の担当者からフィルムを入手した。サンスがまだ持っている『心』のテープは、そうやって継母によって手に入れられたものだった。火災が起きた日に完成版を渡すと約束していたウンチョンに、サンスは会うことができなかった。

敬愛がウンチョンの話を聞きたがっていることはわかっていたが、話題はしきりに横へ横へとそれていった。それがサンスのいつもの癖だったけれど、本当に癖のせいなのか、ウンチョンの話をするのが居心地悪かったからかは自分にもわからなかった。一方で、友だちの話をするのが、しかもあれほど仲の良かった友だちの話をするのが、どうしてそんなに居心地悪くてつらいのだろうと思ったけれど、自分の話に注意深く耳を傾けている敬愛の表情を見ると複雑な気持ちになり、ウンチョンではなく自分の話が口から出るのだった。それでサンスは父親から長いあいだ無視され続けた母親が亡くなった札幌の夏と、ある食堂に連れていかれて「味噌酒クッパ」という字を幾通りにも区切って読みながら罪悪感を軽減させようとした夏と、ウンチョンと映画を撮った夏について話した。その幾重もの夏について聞いた敬愛は「夏ってもともとそんな季節みたいですね」と言った。

「私がつらい別れを経験したのも夏だったんです」

それから敬愛は、サンジュとのことを淡々と聞かせてくれた。サンスはすでに数回の手紙で読んで知っている内容だった。ただ、最近の再会の話は語られなかった。

「それでそいつ、いや、彼についての気持ちはどうですか」

「そのままです。ある時間は過ぎ去らずに溶けてしまうものだから、廃棄できないんですよね、心は」

自分が言った言葉なのに、サンスは敬愛の口からその言葉を聞くと胸が痛んだ。「オンニには罪がない」から送られてきた手紙はどれもサンスを悲しませたが、こうして体に痛みを与えるようなものはなかった。サンスは実体を伴うことの恐ろしさについて考えた。誰かを知るということは、こうしてとある形象に息を吹き込ませ、その一部を分け持つということだろうか。自分はそれをずっと怖がっていたのだろうか。そんなの知り得ないことだけれど、重要なのはこれまでサンスが敬愛から受け取って一つずつ完成させてきた、サンスの心の中で、歩き、しゃべり、食べ、飲む敬愛という形象があるということだった。今は淡々とウンチョンについて尋ね、ある夏にガスレンジに載せたトウモロコシの入った鍋を眺めながら耐えてきた日々を思い出しているけれど、敬愛の表情が明るくても、サンスには見るに耐えないスラッシャー映画について一つ一つ評価を述べていても、その心の中で沸き起っているはずの悲しみを、これまで敬愛から送られてきた文章によって確信することができた。

最後にサンスは『心』のエンディングを撮影した日について話した。サンスがバスに乗って母親のいる納骨堂に行くところを撮った日だった。京畿道《キョンギド》の高陽市《コヤン》にある納骨堂に行こうと二人は鐘路《チョンノ》で落ち合ってバスに乗り、ウンチョンはサンスの後ろに座ってビデオカメラで陽が差したり消えたりするサンスの肩を長回しで撮っていた。納骨堂のある停留場に着いた時は、ウンチョンがバスから降りる際に足を踏み外して手からビデオカメラが離れてしまったが、映画はまさにその場面で終わっていた。

「バスから降りようとして転んだんですか？」

「それで足首をケガしました」

素晴らしい演出だと思っていた場面が単なる偶然だったと思うと笑いがこぼれた。最後の場面にあまり深く意味を与えずに、ただ撮影ができる瞬間まで撮影して仕上げたのはいかにもEらしいと思った。大事なのは映画が上映される瞬間、観客と映画の間にある燃える時間だけだという、いま思えば強烈な現在性にすべての心を注いでいた覇気あふれる「シネマキッド」と言うべき少年らしい態度だった。だとしたら、ラストシーンにはその瞬間の生々しいEが記録されていることになる。Eが降りて、Eが倒れて、Eが落として、Eがそのまま映画を終わらせている。敬愛はそのシーンをもう一度見ることができたら、と思った。

敬愛はサンスに韓国に戻ると告げた。サンスが異動のことなら問題ないと、本社に行って解決してくると言っても、敬愛は首を横に振った。

「本当にその件だけでこんな異動を命令したと思いますか？　スト後の数年を振り返ってみたんです。何を避けながら耐えてきたのか、どれほど萎縮していたのか」

サンスは変わりそうにない敬愛の決然とした表情を見て目をそらした。こんなふうに別れを迎えることになるなんて、こんな固い意志に満ちた顔で。

「そこまで言うなら止めませんが、もし僕が信じられないとか、そういうことならちょっと待ってください。解決しますから。僕たちは同じチームじゃないですか」

敬愛はテーブルに手を伸ばして、サンスに握手を求めた。差し伸べられた手は握るしかなく、サンスはしかたなくその手を握った。敬愛はぎゅっと手に力を入れ、「コンさん、それでも二人でここまで来られたんですから」と言った。

「こんなことになったのは、誰のせいでもありません」

オンニには罪がない

帰国した敬愛《キョンエ》の顔が日に焼けすぎているのを見て、イリョンは「あっちには日焼け止めもない？」と尋ね、敬愛は「ないわけないでしょ？　ベトナムを何だと思ってるの」と咎めた。すると、イリョンはふたたび「それじゃあ、あっちの給料があんまりだった？」と尋ね、敬愛は「見た目のことでああだこうだ言わないでよ」と突っぱねた。イリョンは海外生活でずっと食べられなかっただろう韓国料理を食べに行こうと誘ったが、敬愛にずっと食べられなかった韓国料理がないことを知ってがっかりした。イリョンの期待と違って敬愛が食べたかったのは、彼には馴染みのないベトナム風サンドイッチ、バインミーだった。敬愛はバインミーで有名な店を見つけてイリョンを連れて行った。

食事を終えたイリョンと敬愛は、望遠洞《マンウォンドン》の路地に立ち並ぶ店を通り過ぎて遊水池のほうへ足を向けた。望遠と合井《ハプチョン》には漢江《ハンガン》につながるいくつもの道があり、それぞれ雰囲気が違う。堂山《タンサン》鉄橋の下を通って楊花津《ヤンファジン》墓地を横切る道は、住宅街だからか閑散としており、ところどころに黙想しながら祈る人たちが見えた。公園のある道は城山《ソンサン》大橋から近く、船着場があって、遊園地ならではの気楽で賑やかなムードがあった。敬愛が仕事帰りによく通るのは、雨水ポンプ場を通り過ぎるルートで、運動中だったり犬を連れて散歩中だったりする人たちがよく利用する道だった。バスケットやサッカーコートのスタンドがあって、敬愛は爽やかで健やかな日常を過ごしたくなる時に訪ねた。スタンドで横になって寝たり、缶ビールを前に置いておしゃべりしたりする人たちを眺めていると安らかな気持ちになるのだ。敬愛にとってはイリョンも、活気があって健気な日常を感じさせてくれる友だちだったのに、不思議とこの日は、ここではないところ、ホーチミンのことばかり話すようになった。エイリーンのバイクに乗って通り過ぎたメコン川の公園とか、リュックを背負った旅行者たちが雨で泥だらけになった道をぶらついていたビンタンの街とか、熱帯気候特有の日差しと水のおかげで人がごった返す都市でも圧倒的な成長を見せていた街路樹とか。それから敬愛はふと、市庁前の公園でなぜか泣いているホーチミンの女性を見たことを思い出した。ホーチミンに着いて間もない頃のことだったが、これまで誰にも話したことはなかった。

「なんで泣いてるって？　そうだ、言葉が通じるはずないか」

「そうね。とにかくずっと泣いてたの。足もとにバケツが置いてあったけど、身なりがどうもおかしくて」

「心を病んでる人だったかも」

「そうかもしれない。涙をハンカチで拭いては絞る動作を繰り返しながら泣いてたんだよね」

「それで、一緒に泣いた？」

「私ってそんなイメージなわけ？」

「まあね」

「ずっとごはんを食べながら見てただけだよ。そしたら、彼女が泣き続けているのと私がごはんを食べ続けているのがそんなに違わないように思えてね」

「確かに。そんなに違わないかもね」

それからイリョンが、たまたま読んだ新聞であの火災事件があったビアホールの店主が伝道師になったという記事を見つけたと言った。イリョンはふと思い出したかのように何気なく言ったが、敬愛が受けたショックは大きかった。手に持っていた缶コーヒーを地面に下ろして、伝道師？　と繰り返し確かめるほどだった。イリョンはあの事件をいまだ忘れずにいる敬愛のことだから、ひょっとしたらすでに記事を読んだかもしれないと思っていたけれど、敬愛の反応を見て、言うべきではなかったかもしれないともじもじしながら記事を探して敬愛に見せてやった。敬愛はイリョンから送られてきた記事のリンクにざっと目を通し、「わかった」とだけ言ってスマホの画面を閉じた。それからの話題は、イリョンが暮らし方を変えようとしているという話に移っていった。技術の専門学校に入って資格を取るか、大学に通ってみるか、あるいはふるさとの徳積島《トクチョクド》でつり具の店を開くか、結婚するか。敬愛はイリョンの話に耳を傾けながら、悪くないね、いいかもね、と相づちを打っていたが、結婚という言葉を聞いてすぐに「誰と？」と聞き返した。

「わかんない、誰とするかは」

「相手もいないくせに、結婚だって？」

「いるかいないか、知らないだろ？」

「え？」

敬愛が目を丸くすると、イリョンは「付き合い始めたばかりだけど」と言葉を濁した。

「なんなの？　その怪しげな笑い方は」

「どんなふうに笑った？」

「馬みたいにブルルルって笑った」

「ブルルルって何だよ」

「本当だってば。ブルルルって馬みたいに笑ったって」

「呆れた」

春がまた巡ってくることは、他の何よりもまず空気によって知らされる。息を吸うたびに春が感じられるのだ。思えば当たり前なことだった。まだ目も開かない生まれたての赤ちゃんにさえ息を吸う能力はあるのだから。母親から離されて真っ先に身につける能力であるわけだから。空気の微妙な変化を感じ取ること、何が近くにあって何がないかを息で感じ取ること。ミユの赤ちゃんが時計も見ないで毎日同じ時間に泣くことができるのは、そんな空気の変化に気づいているからかもしれない。そう思うと、安堵の気持ちが押し寄せてきた。自分にもできそうな気がしてくるのだ。

別れ際に、イリョンは「始興《シフン》にはまたいつ行くの?」と尋ねた。敬愛は始興に行くつもりはないと答えた。その答えの意味を、イリョンは理解した。

「休みの日に僕も行く」

「どうして? 一人デモなのに」

「朋友が有信だからね。野性の犬だって一匹だけでは絶対出回らない。行動を共にするんだよ」

敬愛は帰国直後に本社を訪ねて十分な説明を求めようとしたが、部長はそんな必要はない、すぐ始興に向かえばいいと言い切った。始興では海外へ出庫する際に必要な包装材を保管する倉庫が敬愛を待っていた。どんな仕事をすればいいかを教えてくれる人はいなかった。かえってセンター長も、突然異動してきた敬愛に本社からどんな指示があったかを知りたがった。本当に知りたいのか冗談なのか、ホーチミンで横領でもしたのかとも訊かれた。

初日に敬愛は倉庫をきれいに整理した。一坪くらいの作業スペースを確保して、机を運び、ホワイトボードをかけ、サンスを真似して「モノは売っても心は売らない」と書いておいた。敬愛が好きな『フランケンシュタイン』の一節も書いてみたが、オンニからのとりとめのない言葉の中で最も名言に思えた「心を廃棄しないでください」という一文を書いては消した。追いやられてきた席にはどうして少しも日が差さないのだろう。席に座っていると、昼なのか夜なのかを知る術がなかった。敬愛は一週間を耐えてみて、使えるだけの年次休暇をかき集め、十日間の休暇を申し込んだ。

チョ先生がチャンシク氏の心を解きほぐすために、まず家中のほこりを払い、洗濯をさせたことを思い出して、敬愛は朝からせっせと体を動かした。ホーチミンに行くからと部屋の賃貸契約を打ち切らなかったのが不幸中の幸いだった。どこへ行ってもまた戻って来られる場所があるということは大事だったから。落ちぶれる時だって、最終的な落下地点は必要だった。敬愛は二度と自分をあきらめないと心に誓った。今度こそは苦痛の中に自分を放っておかないと。体を動かすたびに、何もできず影のように過ごしていたある夏の記憶が、空中に舞い上がるほこりのように浮かび上がった。どんな顔をして、どこで何をしているのかもわからないオンニに勇気づけられ、やっとのことで外に出かけてトウモロコシやらビールやら買ってきたあの頃の記憶が。いま思えば、ストライキ後に会社でのさりげないいじめに耐えていたのは、耐えていたのではなく、自分を放っていた気がしてならなかった。つまり、侮蔑の中へ……。

当時、敬愛をあからさまに嫌っていた課長は、会社から支給された旧正月ギフトを配る際も敬愛の席をすっ飛ばした。ストライキに一緒に参加した労働組合員たちも冷淡だった。解散しかけた労組が立て直された際にも、敬愛の加入だけは認められなかった。敬愛はそれでも構わなかった。その世界もまたそのような秩序で動いているのなら気にするまいと。当時はそう思うことが自分を守る術だと考えていたが、いまは違った。不当なことに不当だと声を上げない限り、自分を救うことはできない。救いは静かにやって来るものではなく、アクティブなアグレッシブさによってやって来るものだと、敬愛は始興の倉庫にいながら考えた。

昼間は掃除をしたりお出かけしたりしたが、夜になるとどうしようもなく寂しさが押し寄せてきた。ホーチミンで続いていた「営業失敗の日々」が、しかし不思議なことに、日頃から誰かと歓待し合える日々だったことを痛感させられた。特別な思い出があるわけではなかった。道路を埋め尽くしていたオートバイ、運転中のエイリーンの小さな背中、管理人が鼻歌を歌っていた青いプール、仕事終わりのビール一杯を待ちぼうけていたチャンシク氏の退屈そうな表情、それからそのすべての風景にいるサンス。サンスは帰国する敬愛に一風変わったプレゼントをくれた。サンスの家の住所とカギだった。敬愛はまだ暗証番号を押すだけのスマートロックを使っていないことに驚き、それからどうしてそんなものを自分にくれるのだろうと不思議に思ったが、部屋に入って何番目かの棚に『心』と書かれた八ミリのテープが入っているという言葉に、胸が詰まるような思いがした。自分の手で渡すことができたらいちばんいいけれど、もしもっと早く観たかったらいつでも——ただ部屋の中を見て自分のことをああだこうだと判断しないで——持って帰っていいと。敬愛はカギを受け取るだけで行くつもりはないと言い、サンスは行くつもりがなくてもカギは持っていてほしいと頼んだ。

「なんのつもりですか？　こないだのようなアピールですか？」

「いえ」

敬愛はサンスの真面目な顔を見てカギを受け取った。サンスが握りしめてカギには温もりがあった。しかし、そのすべての記憶は、ホーチミンとソウルの距離ほど遠く、敬愛は記憶を振り払い、資源ゴミを集めてゴミ置き場へ向かった。家から出てベンチを通り過ぎたその時、見慣れた後ろ姿が目に入った。座る際にいつも膝に肘を乗せて上体をかがめているサンジュ。サンジュがこれから花を咲かせようとしている木蓮の木の下に座っている。あまりにも非現実的に見える光景だった。夢のようだった。もう二度とサンジュには会えないだろうと思っていた。敬愛を見てしばらく黙っていたサンジュは、いつものように腕を上げ、「俺だよ」と声をかけてきた。

「今日は部屋の明かりがついていたから」

サンジュは敬愛がいない間、部屋に明かりがついているのを三回見たと言った。すべて敬愛の母が部屋の掃除に来ていた時だった。

「毎日来てたの？」

「そういうわけじゃないけど」

「母にも会った？」

「いや、あいさつはできなかった」

敬愛の母はサンジュのことを「豆腐」と呼んでいた。家に遊びに来た時にごはんを作ってあげたら、味噌チゲに入った豆腐を食べ尽くしたのだ。世の中で豆腐が二番目に好きだと言うので一番目は何かと訊くと、「敬愛と食べるものすべて」と優しげに答えた。あとから敬愛の母は、ソウルの男って感じだよねと笑った。

「あいさつしたら喜ばれなかったと思うよ」

敬愛が資源ゴミの入っていた空っぽの袋を足先で蹴りながら言った。

「俺って今、君にいけないことをしてるよね」

「……まあね」

それから敬愛は、サンジュが覚えていないある日の電話について話した。敬愛の母ががんの宣告を受けて手術を控えていた日の夜だった。会社でもつらい時間を過ごしていた敬愛は付き添い用のベッドから起き上がると、廊下に出てサンジュに電話をかけた。病院の廊下は夜になると恐ろしいほど静まり返った。病人たちが痛みに耐えながら、ひょっとしたら明日はよくなるかもしれないと期待してそっと目を閉じる時間であることが、敬愛に勇気を与えたのかもしれない。自分も今つらいし痛いから、誰よりも愛していた上に今もなお愛している人から慰めてもらえるかもしれないと。「先輩、母が病気なの。明日が手術だけど、怖くて」と言う自分の声ががらんとした廊下に響いていたことが思い出された。電話が十分も続かず、病室に戻ると寝ていると思っていた母が身を起こして「サンジュに電話したの?」と訊いてきたことが。

「うん」

「何て?」

「頑張ってって」

それは不運に見舞われた誰かを慰めようとするありきたりな言葉だが、その言葉を母に伝えたとたん、敬愛は涙を堪えることができなくなった。診断を受けてから手術するまで、虚しそうな母を急がせ、病院というレールに乗せて淡々と手術までこぎつけてきたのに、サンジュから「頑張って」という明瞭な慰めの言葉を言われた瞬間だけは、どうしようもなく不幸な気分がしたのだ。娘の気持ちに気が付いた母は「弁が立つソウルの男が、なんでそんな気の利かないことを言ったんだろうね」とサンジュの悪口を言った。

「泣かないで。大丈夫だから」

「大丈夫だと思う？」

「そう、大丈夫。あたしゃ胸が片方なくても銭湯に行くつもりだからね。だからあんまり気にしないで」

それからの放射線と抗がん治療は、手術よりも大変だった。友だちの美容室で髪を坊主くらいに短く刈り上げたのに、それでも母の髪の毛はびっくりするほど抜け落ちていった。抗がん剤が体を巡る間、母から「つわりの時みたいにむかむかして、匂いがきつく感じるの」と言われて敬愛はさらに悲しくなった。そう思わないように努めても、母の苦しみには一人の生命を産み、育ててきた時間が影響しているように思えてならなかったのだ。悪い影響を与えているのだろうと。

「ある時までは先輩が必要だったんだろうね。だから長年の想いを断ち切るための勇気が必要だったのかもしれない。なのに、残念ながら先輩のことが好きすぎて断ち切ることができなくて、それでこんなことになっちゃった」

「俺、こないだ離婚した」

サンジュからそう言われた時、敬愛はこの会話を交わしているベンチがどうしてこんなに寒いのだろうと考えていた。時間が逆行して冬が戻り、自分一人でこのベンチに座っているようだと。あそこでつぼみをほころばせている木蓮は幻に過ぎず、自分に春が巡ってくることはないだろうという不安へ陥っていくようだと。しかし、そうなりたくはなかった。

「なんで私にそんなことを言うわけ？　あの夜、バスルームから出て目にした先輩は、憎いほど自分の日常を守ろうとする人だったのに。これからも先輩はそんなふうに生きていけると思うよ。頑張ってとは言わない。先輩にそんな言葉は必要ないから」

敬愛がサンジュを残したまま家に帰る時も、サンジュを二度と会えない人たらしめてから資源ゴミの入っていたビニール袋を片手に握っておんぼろなマンションのガラス戸を開けた時も、サンジュがベンチから立ち上がったのかそのまま座っているのかが気になりながらも振り向くことができずに涙を流すしかなかった時も、それまでとは違うあたたかな空気がその夜のそこら中に漂っていた。風に吹かれている廊下のチラシにも、ほこりのついた窓枠にも、さびついたポストにも。空気があたたかくなって、春が巡ってきたのは間違いないのに、敬愛は階段を上ろうとする足が重すぎると思った。今からでも駆けつけて引き止めれば、サンジュを敬愛の人生の中で死なせずに済む。つまり、サンジュのところに駆けつけて「私にどれくらいひどいことしたかわかる？」だの「謝りたいことあるよね」だの「ごはんは？」だの、あるいはせめて「とにかく今日は帰って」だのと声をかければ。

だが、敬愛はドアにカギをかけ、次の資源ゴミを入れるためのビニール袋をゴミ箱にセットし直し、明かりを消したままテーブルの椅子に腰を下ろした。この部屋にはあまりにも物が多すぎると思いながら。必要のないがらくたの山から、本当に必要なものだけを残しておこうと。ふとオンニに手紙を書きたくなった。最近「オンニには罪がない」のページは、「きっとオンニには罪があるだろう」というムードに変わり果てていた。会員たちが最も怒っているのは、一部の悪質ユーザーが主張していた「オンニが収入を得ようとした」とか「普段から会員たちへの態度に問題があった」とかについてではなく、オンニが何もしようとしないでいることについてだった。オンニはこの世にいないかのように音信を絶ってしまったのだ。敬愛のメールの他にも数十通のメールが「本当にあった恋バナ」といったタイトルで拡散され、他人の人生をそれとなく覗き見ることが好きな人たちがそれを読んでメールを書いた当人を侮辱するコメントを書き込んでいった。そういうサイトを見つけて通報し、既存の運営スタッフを通して当人に被害事実を伝えることは、別の会員たちによって行われていた。自分のメールが流出した会員たちではなかった。今は「オンニには罪がない」のページを開くと、「心からのお願いです。わざわざゴミのようなサイトを訪ねてコメントを読まないでください。ボランティアの会員たちが問題のあるサイトを見つけて証拠を集め、積極的に通報活動を行っています」という告知が表示される。しっかり警戒させるためなのか、誰のエピソードに付いているかわからないコメントの通報例が示されていた。それを見て敬愛は、自分の話には「美人局《つつもたせ》」といったコメントが付けられているのだろうと思った。そんな状況の中で会員たちはオンニが声をあげてほしいと望んだが、オンニはどんなお願いの言葉も掲載しなかった。敬愛はまだサンジュが外にいるかどうか気になったが、窓の外を見る自信がなくてパソコンの前にじっと座り、それから久しぶりに「オンニさま」で始まるメールを書き始めた。

しばらくの間、会社は不思議なまでに敬愛を放置しておいた。敬愛が正門に近づこうとすると警備員が飛び出してきて、「止まってください」と引き止めるだけ。イリョンが敬愛を手伝おうとして一緒にプラカードを持っていると、敬愛と一緒に働いていた総務課の課長がやって来て言いがかりをつけた。

「なんでそこに立ってるんだよ」

「私はただここに立ってるだけですが」

「何だって?」

「通り道だからただ立ってるだけです。ここに立っていたいから」

「二人でいると法律違反だからな。許可が必要なんだよ」

一人デモは許可を得る必要がないが、二人以上になると集会及び示威に関する法律によって事前申告が必要になるということだった。イリョンがそうか、こうやって一緒に立っているだけで敬愛が不利になるのかとためらっていると、あとから車に乗ってきたキム・ユジョンが「カードを一人ずつ代わる代わる持てばいいんですよ!」と教えてくれた。

「そうすれば何も言われません。今、総務部では弱点一つ握ったと大騒ぎです」

敬愛は前回のストライキと似た状況になるだろうと思ったが、いざ始めてみるとまるで違っていた。会社の中なのか外なのかが違っていたし、誰かと一緒なのか一人だけなのかが違っていた。今やっていることの意義について絶えず自分に言い聞かせなければならなくて、そのたびに心が乱れた。そのようにして道端での時間を過ごしていると、周りの視線に耐えるのがつらくなり、するとなぜかEに言われたことがふと頭をよぎった。地下の商店街を通っていてホームレスの女性と子どもを見ながら敬愛が何気なく言った「不幸」という言葉を訂正したEは、当時まだ十七歳だった。あれほど思慮深くなるまで、繰り返される現実にどれほどぶち当たっていたのだろう。数え切れないほどの隕石が衝突してできた月のクレーターのように、日常におけるどんな出来事がEをそうさせたのだろう。敬愛は周りからの視線を受けるたびに、Eから言われた通りに、誰かを不幸だと思う資格はないという言葉をかけてやりたくなったが、そうこうするうちにそうした視線を気負わずに受け流すことができるようになった。誰にもそんな資格がないものなら、敬愛が不幸になることもないだろうから。

とはいえ一人デモは簡単なものではなかった。一人ぼっちだという考えと、敬愛がくたびれるまで放っておこうとする会社と、何もなく過ぎていく日々の他にもより具体的な問題、例えば正門に立っている間もごはんを食べ、トイレに行き、時にはどこかに座って休まなければならないという苦労があった。ある日、トイレにプラカードとビラを持っていくわけにはいかなくてそのままにして公園の公衆トイレまで行ってくると、おそらく会社の仕業だろうが、すべて回収され捨てられていた。しかたなく敬愛は歩いて十分もかかる公園にまですべてを持っていくしかなかったが、それを見かねたカフェの店主がトイレを貸してくれるようになった。サンスが気に入って——値段が安かったからかもしれないが——しょっちゅうランチを食べに行った店だった。敬愛がそうしてもいいかと、目の敵にされるかもしれないと心配すると、オーナーはそんなことで目の敵にするような人はそもそもうちの店に来ないと答えた。

「雰囲気がどうのこうのと言って来ないんです」

もちろんそんな好意はめったに経験できるものではなかった。顔見知りの元同僚たちは敬愛が正門に立っていることをよけい厄介に思い、見ないふりをして通り過ぎて行った。そういう人からは冷気が伝わってきた。しかし、その冷気は攻撃するためでも冷笑するためでもなく、ただ日常を保つためののっぴきならない冷たさだろうという気がした。いつかの敬愛もそうやって通り過ぎていたのだろう。特別に悪いことでも、残虐なことでもなかった。敬愛が不当な異動を訴えるチラシを差し出しても誰ひとり受け取らなかったし、暗々裏に遅刻者から罰金を受け取っている部署の従業員なら敬愛をそっと押しのけて通り過ぎたとしても不思議ではない。そのようにしてかろうじて、本当の時間より二分早く設定されていると誰もが疑っているタイムレコーダーにカードを通すことができるのだ。それでも最初のうちは、社内食堂のおばさんたちが来て水やおやつをくれることもあったし、いまや子どもの読みかけの絵本やおもちゃなどが車の座席に置いてある、いつか敬愛が「笑いの闘争」で気まずい状況から救い出してあげたハン・ダジョンが帰り道に敬愛を駅まで送ってくれることもあった。土砂降りの日だった。車の中でハン・ダジョンは何を言い出せばいいか悩んでいるそぶりを見せ、ようやく「みんなもわかってます。わかってないわけじゃないですから」と言った。

敬愛はそんな一日を過ごしてから家に帰ると、何年前かのように「スト日記」を書いた。日記はEの記録をまとめておいたブログに書いたのだが、そのようにしてカテゴリーがもう一つ増えたブログからは、なんだか意味深長なムードが漂った。相変わらずブログを訪れる人はどこから来てどこへ行ったかわからなかったが、敬愛はブログの訪問者記録に残っているIDの一つが、サンジュのものであることを知っていた。別れが怒りや失望、敵意といったシンプルな感情で訪れるものなら、むしろ受け入れやすいものかもしれない。しかし、誰かと別れるということは、そのように固定されたものではなく、一瞬にして真逆の感情を胸いっぱいに膨らませてしまうために苦しくなるものだった。敬愛は苦しかった。苦しいに代わる言葉は見つかりそうになかった。

「スト日記」を書き終えると、敬愛はあのビアホールの店主、いまや伝道師になったという人を探そうと精を出した。ずいぶんと悩んだ末に、彼が発売したという賛美歌アルバムを聞いたこともある。しかし、すぐに停止ボタンを押して、誰かからパンチでも食らったかのように足下を見下ろしてばかりいた。あの人が本当に悔い改めているとしたらどうすればいいのだろうか。ビール代がもらえないことを心配してドアにカギをかけた店長を雇わず、違法営業をするために関係者たちを賄賂で買収していなかったとしたら、子どもたちにビールを売らずに、あの歓楽街で数多くの店舗を構えてお金を儲けようとしなかったならあの子たちは死なずに済んだだろうにと心から悔い改めているとしたら、涙を流して贖罪のために神から遣わされているとしたら、どうすればいいのだろうか。そう思うと、敬愛はボールが一つ落ちてくるような気がした。そのボールは無色で、形さえ丸いかどうか不明瞭な、まるで月暈のかかった月のような形の何かが敬愛のほうへ放り投げられているような気がするのだ。敬愛の使い方次第で、そのボールは何かを標的にして飛んでいくはずだ。ところが、その終わりについて、少なくとも今は想像することすらできなかった。

そうこうするうちに敬愛は、当時の火災に見舞われた誰かのブログも見つけることができた。仁川《インチョン》で学生時代を過ごしていて「冒険生」という名前を使うその人は、今も仁川で地域活動家として働いていた。若い芸術家たちと展示や公演を企画したり雑誌を刊行したりしているという。ブログには冒険生がアーカイブしたその日の記録がアップされていた。敬愛はそこで、それがただの火災事件で終わらずに警察と公務員とが絡んだ不祥事として捜査できるようになったのは、アルバイトの一人がビアホールにあった帳簿をマスコミに提供したためだったということを知った。二十年近くが過ぎた今では学校に通う子どもを育てているというその人は、当時のことをこのように回想していたという。

「彼はアルバイトの子たちを殴ったりもした。私たちはお金が必要だったが、その理由は様々で、お小遣いが必要な子もいれば、家計を担ってる子もいた。オーナーに殴られながらも慕っていた。言われる通りにした。力があるようだったから。警察に家をタダで貸したり同じ建物の上下階に住んだりしてたからね。大人たちも怖がっていたから、子どもはなおさらだった。それなのに火事が起こると、誰もが真っ先に子どもたちの罪を問うた。煙に窒息して、ケガして、友だちを亡くしたのはこっちなのに、こっちが罪に問われたんだ。君たちはみんな不良だろ？　と。そう、あの日、私たちは確かにあの場所にいた。バイトしに来た子もいたし、お酒を飲みに来た子もいた。でも、それが死んでも許されないことだとしたら、大人たちはどうして私たちを放っておいた？　警察はどうして賄賂をもらって目をつぶり、公務員はどうして事前に施設点検のことを電話で知らせた？　どうしてオーナーが経営する別の居酒屋でお酒を飲み、踊っていた？　私たちがそんなことになる前はどうして平気だった？　死んでも許されない悪いことをしているのに、どうして何もしなかったんだ」

敬愛は会社の正門でプラカードを持って立っている間も、その言葉が思い出されるとどうしようもなく涙がこみ上げてきた。すいとんを一緒に食べたいつかの夏の夕ごはんの時に、すでにこんな苦しみを味わうことが決まっていたなら、どうして祈りなんかしたのだろう。そう思うと、何もする気が起きなかった。だが、そうやって一日をあきらめることは、少しずつ人生をあきらめることになるから、敬愛はそんな昼を過ごしてから部屋に戻り、このすべての不幸をもたらした張本人を見つけ出して、その顔を一目見てみたいという欲望に駆られて、ふたたび情報を探り始めた。記事を書いた記者にもメールを送ったが、記事が出て非難の声が寄せられると、オーナーは姿をくらましてしまったという。追いかけ続けられなくなると、敬愛の心はまたしても地獄になってしまった。

ある日、冒険生が敬愛のブログを訪れ、敬愛が記録しておいたあの日の回想に「こちらの投稿を共有してもいいですか？」とコメントを残した。敬愛はすぐに返事を書くことができなかった。そうやって生き残った人たちと記憶を共有することに、恐れと期待の入り混じった気持ちが芽生えた。二日後に「はい、大丈夫です」と返事すると、今度はより明確な目的を持った——火災事件に関心のある——人たちが敬愛のブログを訪れるようになった。デモをして家に帰ると、敬愛がEに送った手紙や、いま進行中の「スト日記」にたくさんのコメントが付けられていた。敬愛も訪問者たちのブログを訪ね、みんなにとってもまだ進行中の二十年前のあの事件に関する記録を読み、時には事件と関係のない日常の記録にも目を通してみた。すると、苦しみを分かち合うということは、こうして静かに、ゆっくりと進んでいくものなんだという実感が湧いた。夜が更けるように、また同じく夜が明けてくるように。

＊

二億ウォンという売り上げは、サンスがパンドミシンで働き始めて以来、残念ながら一度も手にしたことのない大きな成果だが、たまたま舞い降りた葉っぱやほこりのようになんの感慨もなくやってきた。東洋物産とサインを交わした契約書を机に置いてサンスが目にしていたのは、キム・ユジョンから送られてきた写真だった。「不当な異動命令を撤回せよ」というプラカードを持った敬愛。幽霊扱いしないでください、私は人間です、という文章から始まるビラを会社の正門から出入りする従業員たちに配っているという。

「社長がそのうちサンスさんを呼ぶと思う。どうするつもり？」

「どうするって何を？」

「まあ、サンスさんが首を突っ込む筋合いもないよね。シナリオはそっちのキム部長が書いてくれるだろうし」

しかし、話の終わりにキム・ユジョンは、敬愛が正門の外に立っているのが気になって昼の休憩中にもブラインドを上げて外の様子を見ていると言った。同じ営業職だからか他人事のようには思えないと。写真の中の敬愛は髪を耳の下まで切って、まだ寒いのか無地のマフラーをしていた。そこに立ったまま自分を置き去りにして流れている日常を眺めるだけの敬愛の八時間について、サンスは思いを馳せてみた。それから数日前にＩＤ「凍っているフランケンシュタイン」で届いたメールを思い出した。

「私たちは愛について語り合う仲だから愛について語りたいだけメールを書くべきだと考えていました。それで、話すべきことができる時を待ちました。この頃の私は、愛の対象ではなく、恋に落ちていた自分について考えることに多くの時間を費やしています。あの時間の意味が他人によって決めつけられること、それこそが自分にとってむごいことではなかっただろうかと思うのです。オンニはこの頃つらい時間を過ごされているでしょうし、メールアドレスが流されてしまったことは、こちらとしてもいい気はしません。でも、私たちが一緒に語り合うことだけは廃棄してはいけないと思うのです」

それから敬愛は、サンスが九年ものあいだ熱心に運営してきたのにいまやログインすらできないでいるあのページでの出来事について、サンスが見て見ぬふりしているだろうということを熟知しているかのようにしめくくっていた。会員たちが望んでいるのは、オンニが逃げたり隠れたりしないできちんと責任を取ろうとする「心」なのだろうと。それで十分だろうと。「もちろん長いあいだ匿名で活動してきたオンニにとって、人前に出ることがどれほど難しいことかは承知していますが」と書き、長い省略記号を付け加えていた。それから何か知っているかのように、「実は、私たちには『オンニ』が必要だったというより、時間を整理するための『プロセス』が必要だったわけですから、会員たちはオンニがどんな人であってもがっかりしたりはしないと思います」と綴っていた。きっと大丈夫だろうと。

午後にはキム部長からの呼び出しがあった。キム部長は私たちが——ここを強調した——朴敬愛さんの件を釈明する必要はないわけで、本社が様子を見ながら営業妨害で告発し、勤務地を離脱したとの理由で解雇処分にするだろうと言った。

「朴さんが何かを誤解してでたらめを言っているようですが、証拠もないことで騒いでるんだからかわいそうなもんですよ。コンさんと社長とでコネクションがあるのはわかるけど、社長が興味深そうに聞くからって出しゃばりすぎたら墓穴を掘ることになるでしょうね。役員のことまで話題に上がった時には、切り捨てられるのは身内じゃなくてコンさんのほうだろうし。もうすぐ四十歳でしょ? 独身だからまだわからないかもしれないけど、五十歳からは老後の準備をしなくちゃいけませんよ。何よりも安定がいちばんなんだから」

キム部長の話に、サンスは無力感に襲われた。そうだ、問題は証拠がないということだった。サンスと敬愛は人づてに聞いただけで、それを証明できる紙も写真一枚もお金のやり取りが記されている通帳も持っていない。何もないくせに言いさえすれば解決するだろうと上司に報告をし、相手に警告したということが無謀にすら思えるほど、そもそも勝ち目のない戦だったのだ。サンスはまともに言葉を交わしたこともない何人かの役員から安否を尋ねる電話を受けた。その中にはサンスが幼い頃に、家族ぐるみで江原道《カンウォンド》の束草《ソクチョ》旅行に出かけたという社長の従姉もいた。特に話したいことはないのか、とりとめもなく「体重はどのくらいある？」と尋ねられ、答えたくなかったサンスがそれはプライベートなことですからと答えると、社長の従姉はそれ以上訊こうとしないで「あの時は十歳くらいだったね、本当に元気だったわ」と振り返った。

敬愛には連絡をしなかった。会社から敬愛と絶対に接触してはならないと、どんな言いがかりをつけられるかわからないから格別に気をつけたほうがいいと念を押されたからではなく、申し訳なかったから。サンスは何をどうすればいいのかわからなくて申し訳なかった。敬愛から手助けを求められることも一定の責任を取ってほしいと言われることもなかった上に、ボンクラで、卑怯で、愚か者で、間抜けな人間だから、自分でこれといった方法を見つけることができなかった。サンスにできることは毎日の昼十二時にキム・ユジョンにメールを送り、今日も敬愛がいるのか、プラカードを持って立っているのかと尋ねることだけ。すると、キム・ユジョンからは今日もいるという短い返事や写真が送られてきた。写真に写り込んでいる敬愛の姿に、サンスの心は激しく動揺した。

東洋物産への機械搬入の日、オ課長は急用があると言ってチャンシク氏を連れて出かけてしまった。チョ先生一人で設置できる機械の量ではなく、ずっと前からチャンシク氏と二人で作業をすることになっていた。問題はオ課長がいそいそ出かけながらどんな用事かも教えてくれなかったことで、他社のミシンを設置するか修理するかの用事だろうということは直観でわかった。大事な日なのに、この件を成功させようと敬愛とチョ先生とサンスが東洋物産に足しげく通っていたのに。怒りが込み上げたが、何も言うことができなかった。支社でこんなことがあるのは、もはや公然の秘密だったのだ。サンスは敬愛への不当な処分をやり過ごしたことで、キム部長のやり方を黙認したことになってしまった。トニーまでオ課長に連れて行かれ、サンスはチョ先生とタクシーで移動した。車内で二人はほとんど言葉を交わさなかった。敬愛がいなくなってから、チョ先生とサンスの関係にも変化が起きていた。車内での二人のように、それとなく視線をそらすような関係となった。二人に問題があるというわけではなかった。というより、二人の視線の先にいつも誰かへの申し訳なさがちらついていた。それは腹を割って話すこともできない申し訳なさだった。

千台あまりのミシンをチョ先生一人で設置するのは不可能だった。梱包を解くだけで、チョ先生とユ・ドンシム主任はノックダウンされそうになったが、それでもユ主任は「同胞の精神の見せ場ですね」と笑顔を崩さずに手伝い続けた。

「ところで、朴主任はお元気ですか」

ユ主任の言葉に、サンスとチョ先生はすぐに答えることができなかったが、かろうじてチョ先生が「頑張っています」と短い返事をした。午後になってもミシンの設置があまり進まず、ユ主任はようやく焦りを見せ始めた。設置が終わらず工程に遅れが出るのはあってはならないことだった。機械を売っておいて設置できないだなんて、それで工場に損失を与えるだなんて。それでもコン・サンスたちのこれまでの頑張りを知っているユ主任は、二人を理解しようと努めていた。チームリーダーのサンスが地べたに座り込んだまま考えに耽っていたとしても、エンジニアが一緒に来られなかったからだろうと思うように努めた。だが、全従業員が帰った夜七時を回っても設置が半分も終わっていない状況を目の当たりにすると、いよいよ堪忍袋の緒が切れてしまった。

「困りましたね。明日までには設置できそうですか」

韓国人の社員たちが懸念の声を上げながら帰っていくと、ユ主任のイライラはさらに募った。サンスはオ課長とチャンシク氏に度々催促の連絡を入れたが、ついになんの連絡も取らなくなった。工場を見渡した。ここがミシンなどで埋め尽くされると、気が遠くなるほどの洋服が生産されていくことになるのだろう。しかし、いまはまだ設置の終わらない機械がぽつんと置かれているだけだった。敬愛がホーチミンとビンズオンを行き来しながら手にした成果だというのに。敬愛はホーチミンを離れる瞬間まで、この工場についての情報が詳細にまとめられている書類をサンスに残してくれた。接触した関係者がどんなタイプで、どんなことを求めているのかについての細かなメモが書き込まれていた。マンガ好き、ざっくばらんがもっとも有効、故郷の済州島《チェジュド》で食べた郷土料理のアジスープを恋しがっている、工場の組長のウーンオンの兄弟がみな九老《クロ》工業団地に住んでいる、といったメモだった。しかし、これらはいったい何のための蓄積だったのだろうか。そう思うと、敬愛がこれからは愛の対象ではなく自分について考えてみようとしていると言っていたことと、その結果ふだん出勤カードをタッチして通り抜けていた正門の外に立っていることが思い浮んだ。力をつけていけば、蓄積してきたすべてを失うことになってもかまわないという勇気が湧いてくるのだろうか。オ課長からの最後の連絡があった時に、サンスが「これは深刻なルール違反です」と警告すると、オ課長は「事情がわからないでもないだろうに、どうしたんですか。機械のトラブルを俺にどうしろと」と敬語とタメ口混じりで馴れ馴れしく言い返した。

「いったいどこにいるんですか？　チャンシク氏をすぐに送ってください」

「無理です。ホーチミンからずっと離れてるんですから。いま、クアンナム省にいます」

中部のクアンナム省は、ハノイ支社の管理区域だった。そんなところまで行ったということは、やはりパンドミシンの機械の仕事ではないということになる。ついにパンドミシンのマークが刻まれたミシンを設置し終えることができずに、ユ主任さえ帰ってしまったがらんとした工場でチョ先生と二人で横になろうとした時、サンスは責任を取ろうとする「心」があればいいのだと言っていた敬愛の言葉について考えた。このまま音信不通になってオンニとして過ごした時間を消してしまえばいいと計算ずくで考えてみても、それが他人によって決められ、結論づけられてしまったら、敬愛の言葉どおりあまりにもむごいことかもしれない。あのページで匿名の人たちとたくさんの時間を共有し、たくさんの感情を分かち合ったというのに。

眠れずに寝返りを打っていたサンスは、会員に送った手紙がすべてアップされているページのタブを開いた。それからすべてのメニューを元に戻し、しばらく放置していたチャットに入って運営メンバーと会う約束を取り付けた。

＊

サンスはせめて堅苦しいチェック柄のシャツやスーツだけは避けようと思った。それはあまりにも――語弊があるかもしれないが――男性――ホーチミン支社に異動してからまたもやチーム員なしのチームリーダーになり、会社への報告もしないで勤務地を離脱し、韓国に戻った三十七歳の会社員のように見えると思ったからだ。オンニが男だったという事実だけで、会員たちの期待をすっかり裏切ることになるだろうけれど、それでも印象やら雰囲気やらで多少は会員たちのショックを和らげられるかもしれない。そこでサンスは、ふだんより念入りにひげを剃り、パラフィンワックスでむだ毛を処理した。眉毛もいつもよりきれいに整えたが、眉毛カッターとハサミでチョキチョキと毛の処理をしていると、悲しみのようなものがこみ上げてきた。何が悲しいかはわからなかったが、とにかく表に出て問題を解決しようと決めた自分への憐れみが混ざっていて、悲しみがこみ上げるたびに思い出される雪の中のジェーン・エア、その想像の中の小さくてひんやりとした美しい雪の結晶から生まれる痛みが連想され、ついにはため息が漏れた。しかし、それはすべて幻想だったかもしれない。現実では玄関を開けてマンションを出て、九年ものあいだ自分を女性だと思い込んでいた二万人を代表する三人の運営スタッフに対面しなければならないのだ。

サンスは会員たちの激しい反応を想像した。ドラマのワンシーンのように顔に水をかけられるかもしれない。あなたを信じてたのに！　と。悩みに悩んでサンスが選んだ服は、白いアウターとマンモス柄のTシャツだった。それからカバンを手に取ったが、そこにはエイリーンがヘレナから受け取った書類が入っていた。キム部長たちがクライアントに提供した他社のミシンに関する資料だった。ヘレナは資料を渡しながら、もし追及されるようなことがあってもサンスに盗まれたと白を切るつもりだと言っていたが、それでも簡単に決められることではなかっただろう。こうすれば敬愛が戻って来られるようになるのかと尋ねるエイリーンに、サンスはそれは厳しいだろうと答えた。

「大丈夫です。私がソウルへ遊びに行けばいいですから」

「え？　いつ？」

「いつか、雪が降ったら。敬愛さんが厚着をして遊びにおいでと言ってました。さもないと凍えて、何だっけ？」

「死ぬって？　ここよりずっと寒いんですから。しかも今年の冬は異例の寒波に見舞われてるそうです」

「ああ、アレです。厚着をして来ないと凍えて、くたばるって」

「敬愛さんらしいですね」

「ですよね。本当に敬愛さんらしい」

サンスは部屋を出てからしばらく歩いたところでようやくTシャツに書かれた文字が絶滅という意味の「extinction」であることに気づいた。妙に気後れしてしまった。自分の運命を暗示しているかのようだった。「オンニには罪がない」ではなく「オンニはもういない」ということになってしまう。いなかったのだ、オンニなんか。失恋した誰かに徹夜で手紙を書き、一日に送られてくる数十通ものメールを読みながらできる限りの想像を膨らませ、彼女が失った愛の大きさと温度のようなものを測ってみて、どうすればそれが穏やかに冷めていくか罪を悩むオンニはいなくて、いまは罪だけがあるはずだった。が。人をだまし、欺いた罪だけが。

「延南洞《ヨンナムドン》」と「セントラルパーク」が合わさって「ヨントラルパーク」という妙な名前で呼ばれる公園では、犬とその飼い主たちが散歩をしていた。しっぽを振り、耳をぴんと立てて音を聞き、サンスが通り過ぎると小さくてキラキラした瞳でサンスを識別した。マンモスの絵と絶滅という文字を胸元に刻んで通り過ぎる生命体を。男性だけれど、やむを得ず女性として生きることもあったサンスが、その種の消滅へと足を踏み出している姿を。小川の岸に生えている水草も、川の水を汲み出すポンプ施設も、キックボードのかわいらしい車輪も、チリソースのホットドッグも、この町の初の開花となるかもしれないつぼみも、サンスに漂う悲劇と消滅のムードをかき消すことはできなかった。

サンスがレンガ造りのカフェに入った時、すでにクソな感じとコブラジャと、それから最も頻繁に言葉を交わした愛情火鍋が席についていた。一人だけドアのほうを向いて座っていた愛情火鍋は、サンスと目が合ってからもどんな反応も見せなかったが、サンスがいまからでも逃げ出したがっている足を引きずって行って、「こんにちは。『オンニには罪がない』の管理者です」と声をかけると、持っていたスプーンをバンッとテーブルに叩きつけた。みんなが言葉を選んでいると、愛情火鍋が「思ってたのと、ちょっと違ってたんですけど」と切り出した。口調から伝わる重さは、決してちょっとではなかった。

とにかく会ったからには座らなければならなくて、お茶も頼まなければならなくて、話が本題に入る前にちょっとした世間話をしなければならなかったが、誰ひとり口を割ることができずにいた。沈黙が最も苦手なサンスから話を切り出した。会員たちの近況についての話題だった。愛情火鍋が付き合った外国人彼氏の近況について話し、コブラジャの八千万ウォンものチョンセ[32]契約金を持ち去った教会のお兄さん《オッパ》についても話した。クソな感じはめずらしくもすべての恋が片思いで終わってしまったケースだったが、サンスはみんなの些細なことまで記憶していて、本人でさえ忘れていた記憶を呼び覚ますほどだった。九年もの時間が蓄積されているからこそ続けられる会話だった。楽しいおしゃべりだったが、会話が途切れて沈黙が訪れると、あまりにもたくさんのことを知っているからもはや否定することはできない、オンニであってオンニでないサンス――ガリガリで背が高く、くねくねした髪をエッセンスで湿らせているけれどどう見ても女性ではなく、不運なみずからの運命を暗示しているかのように「絶滅」と書かれたTシャツを着ているサンスの問題が生々しく感じられ、会員たちは深刻な悩みに陥った。二万人あまりの反応が気がかりだった。どう片付ければいいのか。それでつまり、この人があのようなことを言っていたというのか。初雪を一緒に見た

32　韓国特有の住宅賃貸システム。入居時に大家にまとまった金額を契約金として預託し、退去時に全額の払い戻しを受ける。急激な都市化による住宅不足と高金利を背景に維持されてきた制度。

相手のことをどうやって忘れることができますか、と。真夏にも思い出せば降ってくるはずです、あの時の雪片が、手のひらにそっと降ってきたみたいに、と。あの大きな手のひらに雪がひらひらと舞い降りることを想像しながら、外の気温はどうであれ必死に当時の愛の気持ちを喚起させ、慰めようとしていたのか。「私たちは『愛している』という言葉をもったいぶる男たちにしがみつく必要はありません」と言っていたのか。その言葉は息のように冷たい空気に触れるや跡形もなく消えてしまいますから、と。

そうやって長い時間をかけて話し合ってから、四人は一緒にパンを食べた。パンケーキとクロワッサン、そしてエクレアなどを食べながらどのようにして事態収拾への話し合いにこぎつけようかと努めたけれど、ついにこの集まりには相手のことを目で確かめること以外の目的がなかったことに気が付いた。サンスは乗っ取られたアカウントをサイバー捜査隊に届け出て、警察の調べを受け、インタビューにも応じるつもりだと説明した。

「インタビューに、ですか?」

コブラジャが訊いた。

「まあ、そうすれば向こうも下手なことはできないでしょうし」

クソな感じが同意した。

「オンニさんはそれで大丈夫ですか?」

愛情火鍋は「オンニさん」というぎこちない呼び方をした。すると、サンスにはオンニが女性どうしでしか使えない呼称ではなく、誰でも選択しうる呼称のように思えた。それにしても、愛情火鍋から文字やテキストではなく音声で「オンニ」と呼ばれた時、想像していたよりも優しそうな感じがして、サンスは鼻がツンとした。ただ、いくら長いあいだやりとりしてきた仲だとしても、初めて会う席で泣いてはまずいと思い、覆いかぶさってくる悲しみをぐっとこらえようとしていると、愛情火鍋は「いや、そこまでしなくていいですよ」と強く引き止めた。

「インタビューに応じる必要があるなら、私がします。私がオンニだと言いますから。みんなで一緒に出て、私がオンニだと言えばいいんです。困るような質問が出たら、オンニさんが隣で助け舟を出してください」

それはサンスが思ってもいなかった方法だった。誰かが助けの手を差し伸べてくれるとは予想もしていなかった。思えばここにいるみんなで運営していたわけだから、誰がオンニだと言ってもおかしくはない。そう思うと、サンスの心は災いとも言えるこんな人生の危機を、思ったよりあっさりと乗り越えられるかもしれないという期待で膨らんだが、食べたばかりのパンケーキが口の中でとろけもしないうちに、その期待は泡と消えてしまった。愛情火鍋が「じゃないと会員が傷つくはずですから」と付け加えたのだ。サンスの心はふたたび萎み、縮こまってしまった。ショックを和らげるためにも、前に出ないほうがいいのだろうか。つまり公共の目的なら……だけど、そうしたくはなかった。それは今日だけを乗り越えることでしかない。サンスはそんな人間にはなりたくなかった。今日があれば、当然ながら明日があって、明日になれば解決しないといけない問題がある。解決できようができまいが心を注いで、一日をきちんと閉じていく人間でいたかった。

「お言葉はうれしいですが、そうはしたくありません」

「どうしてですか？　そうすれば誰も傷つかないし、驚かないだろうに」

するとサンスは申し訳ない気持ちになり、思わず両手を合わせて改めて謝ったけれど、みずからインタビューに出るという意志だけは曲げなかった。

「それはだまし続けることになりますから。これ以上だますわけにはいきません」


サンスは会員たちと別れて会社に向かって歩き出した。弘大《ホンデ》には昔と違って大きなファッションブランド店が立ち並んでいた。クレーンが動員され、なんらかの建物が立ったあとは、世界のどの街に行っても見られるファッションブランド店が必ずと言っていいほど入店する。すると観光客はその売り場でどこでも見ることができるメーカーの商品を買い、行き交う人たちから判を押したように見られるナイキ、アディダス、サムソナイト、ノースフェイスなどのロゴは、見慣れない風景を慣れ親しんだものに一変させる機能があった。サンスの目にはオープンしたばかりのナイキの前に列をなしている客と、無線機を持って何かを準備している男たちが見えた。いつもなら見過ごしていただろうに、実のところいまは買い物などする場合でもないのに、荷が重く感じられることがあればそれとなく回り道をする性格のためか、サンスは店の前で少しうろうろした。売場にかけられた巨大なブロマイドと商品を見て、この店はエア・ジョーダンシリーズだけを取り扱う店舗であることがわかった。サンスはおのずと母と一緒に行ったアメリカ旅行のことを思い出し、そのときジョーダンが母に何かを耳打ちしていた記憶がよみがえった。サンスは整列させているスタッフにジョーダンが来るのかと訊いた。

「一時間後に着く予定です」

「一時間後？」

「そうです。では、ご整列をお願いします。通行人の邪魔にならないようご協力お願いいたします」

カバンにはホーチミンの仲間たちから用意してもらった書類が入っており、会うべき敬愛はここから徒歩で十五分のところにいつもと同じくプラカードを手にして立っているだろうに、サンスはなぜかここでジョーダンに会わなければならない気がした。アメリカと韓国の両方でジョーダンに会えるだなんて、なんという運命だろう。ジョーダンのことが好きで、ジョーダンのスニーカー、バスケットボール、シューズに熱狂している若者たちが列をなし、スタッフたちがサインをもらえるジョーダンのポスターを配っているのに、サンスはガチガチに緊張していた。もちろん二十六年前にすれ違っただけの東洋人を覚えているはずなどなく、母とのことを説明する前にスタッフによって出口に案内されるだろうけれど、それでも確認すること、母が最も輝いていた瞬間を他の人から確かめることは大事じゃないか。待っている間、サンスは「母さん」と声に出して言うと思い出されるあの憂うつな夏の夜ではなく、この春の日差しにぴったりな、幸せだったころの母が思い出されて嬉しくなった。サンスと一緒にあの夜の街を見下ろしながら、こんな歌を歌ってくれた母さん。

人生を生きていく間にいつか
君の心をゆさぶる
そんな女性に出会うだろう、
その後、街に背を向けることになるだろうが
朝になって目が覚めると
やはり彼女のことが頭から離れないだろう。

君ができるいちばんのことは
恋に落ちること。
君ができるいちばんのことは
恋に落ちること。

考えをめぐらすうちに、サンスはいま自分がどうして日頃一度も思い出したことのないジョーダンに会おうとしているのかに気づいた。勇気が必要だったのだ。ついにジョーダンが着いたのか、あたりが嬉しい悲鳴で埋め尽くされ、列が少しずつ減っていった。一時間半を待ってようやく見えてきたジョーダンは、シルバー色のスーツ姿で、サインをしてからファンとハイタッチをする豪快な人だった。だが、列が短くなり、彼の豪快さが身に迫って来ればくるほど、緊張のあまり口の中が渇いてきた。英語で言うべき文章を忘れないように、頭の中で何度も何度も繰り返してみた。覚えていますか？　一九九二年に僕と僕の母は見た、あなたを、試合に私たちは韓国の政治団体の一員として招待された、あいさつの時、あなたが母に言ったことは何か。母の明るい笑顔……というような、Ｇｏｏｇｌｅ翻訳で完成させた文章を。ようやく順番が回ってきて紙を差し出した時、名前のところには敬愛と書いてほしいという言葉が口から出た。名前まで書いてほしいだなんて、慌ただしいイベントでは叶わないことだったが、それでもジョーダンは応じてくれた。その間、サンスが頭の中で転していた文章をたどたどしく訊き始めると、案の定スタッフに止められ、後ろのファンからも「質問は禁止です。サイン会の基本ですからね」と咎められてしまって縮こまったのだが、しかたなく空気を読んで言いかけた言葉を呑み込み、「ソーリー」と謝って背を向けようとしたその時、マイケル・ジョーダンが「ヘイ」とサンスを呼び止め、「最善を尽くして!」と声をかけてきた。ありふれた言葉なので別に感動はしなかったが、ジョーダンが「You did your best!(すでに最善を尽くしているけどね)」と付け加えた時には、いまにも泣きそうな顔で振り向き、手を振った。

あとからその話を聞いた敬愛は、お母さんもその言葉を言われたかもしれませんねと言った。あのようなスーパースターがファンにかける言葉なんて決まってるだろうから、と。

敬愛は二か月ぶりにサンスと顔を合わせてもそれほど驚かず、ただ手に持っていたプラカードを下ろして「久しぶりです」と握手を求めた。そのようにして握り合った敬愛の手が冷たくて、ここに立ちながら敬愛が経験したであろう困難が伝わってくるようだった。敬愛はサンスがどうして本社を訪ねて来たのか、自分と関連があるのかとは訊こうとしなかった。知りたくもないようで、自分と関係があるとも思っていない様子だった。サンスも社長の反応が見当もつかなくてわざわざ言いはしなかったが、敬愛が近くのカフェでトイレを済ませ、サンドイッチを食べるまで、敬愛の代わりにプラカードとチラシを見守ってやった。

サンスが部屋に入った時、社長は片隅にあるステップボックスで運動をしていた。一定のリズムでステップを上り下りしながらテンポを取る音が、まるでドドドドドドと工場のミシンがかけられる音のように聞こえた。無意識とは怖いもので、だから運動でもこんなものを選んでいるのだろう。サンスを見た社長はちっとも驚かず「おおっと、本当に来るとはなあ」と言うだけで足を止めようともせずに「それで、証拠でも持ってきたのか？　契約書とか？」と訊くので、サンスは面食らってしまった。

「どうしてわかったんですか？」

「役員から偽の契約書を持ってくるだろうと言われたもんでね。コン・サンスさんにもそういう野心があったとはな。支社を自分の手柄にするつもり？　仕掛けてるのは誰？　曹操役は誰なんだ？　正門に立ってプラカードを持っているあの女か？」

「社長、朴敬愛さんです」

「なんだって?」

「あの女じゃなくて、朴敬愛さんです」

するとと社長はなんともうるさかったステップボックスから下りてサンスを睨み込むと「卓球しに来いと言ったのに、どうして来ないんだ」と問いかけた。

「ホーチミンからどうやって行けばいいんですか」

サンスは計画が何もかも水泡に帰したかのような気がした。社長が役員たちから何かを吹き込まれたせいで、サンスの用意してきた証拠が何もかも水泡に帰してしまったのだ。もしかするとサンスがあれこれやっているうちに、社長は何かをやってみようとする意欲を失い、会社がうまく回ればいいけれど、ダメならダメでより未来志向型で顔の立つ第四次産業に名乗り出る気になっているのかもしれない。真のコネ入社は、サンスではなく社長なのだから。浮ついてばかりいる人生なのだから。サンスは絶望とともに湧き上がる憤怒のせいでこっそりと社長を罵った。社長がいかに情けない人間かについては、小さい頃から継母に聞かされてきた。宇宙産業に参入すると言って人工衛星まで打ち上げたことがあるのだが、そうやって空に飛ばしたお金が少なく見積もっても数億ウォンに上ると。継母は暇を見つけては社長のヘンテコな行動について語り続けた。とはいえ、周りには暴力や薬物や飲酒などで親を苦労させる人が大勢いて、社長がやったことなんかはどこかアグレッシブさを感じさせるものだった。ある日、昼間からお酒を飲んだ社長が当時のことを回想しながら、寂しくてやったと冗談なのか本気なのかわからない言葉を漏らしたことがある。

「あれを打ち上げようとロシアまで行ったけど、知ってるよな？　ロシアのマフィア、あんな奴らにまで会ったんだよ」

「マフィアですか？」

「ああ、マフィア。アイツらに訊かれたんだよ。なんで衛星を打ち上げたいのかって。それでこう言った。アイエム・ソー・ロンリー。すると、かっこいいと、ツァーリだと大騒ぎでな」

株式会社の王だからツァーリと言えばツァーリだけれど、この世で最も愚かなツァーリじゃないか。自分はなんのためにこんなことまでやっているのだろう。職を失う覚悟で書類を渡してくれたヘレナにも、どんな騒動が起きるか目に見えているのに応援してくれたエイリーンとチョ先生にも、この仕事はあまりにも切実だったのに、工場の所有者ときたらここですっかり穏やかな日々を過ごしているじゃないか。サンスはすべてをあきらめたかったが、藁にもすがる思いで会社の予備費が不当に使われていると、従業員の個人事業を後押しする羽目になっていると、売上が右肩上がりに伸びているように見えても、それは書類上そう見えているだけで、支社の状況は悪化していると説明した。この間の不正は偶然ではなく毎日の課業のように繰り返されてきたことだと。

「つまり、俺をだましてるってことだね？」

「だましてるんです。完全にだましてる」

「俺を甘く見たわけか」

「そうなんです、カモにされてるというか」

社長は信じていなさそうだったが、気分を損ねてはいるようだった。そろそろ怒りがこみ上げるから誰かを呼び出したり咎めたりして騒ぎたいのに、ここでべらべらしゃべりたてている小僧はマニュアル通りならこの部屋に入って立っている立場でもないけれど、父親どうしが浪人塾の同期である上に同じゴルフ集まりのメンバーだから追い出すわけにはいかなくて、それでもむりやり追い出そうとすればできなくもないのだが、予想以上にヘンテコな奴でコイツの父親経由で会長がよけいな話を耳に挟みはしないだろうかと気になり、嫌な気持ちを引きずったまま数分間考え込んでいた。つまり、どうやって顔をつぶさずにいま湧き上がるこの感情——誰かにだまされたことでじわじわとこみ上げてくる怒りと緊張と疑惑——を解消すればいいか。やがて社長は、三者対面をすることにした。そうでなくても、頭を悩ませるこの出来事、要するに誰かの話が正しいと思っていたら、別の誰かが駆け込んできて違うと言い張り、また別の誰かが言い逃れしようとするこの状況を、空中へと重い発射体ひとつを打ち上げるみたいに、一気に解決してしまおうと思ったのだった。出勤するたびにプラカードを持った誰かが車の前を塞いでシュプレヒコールをあげるので昼休みでもいつもみたいに卓球ができなくなっているのに、お姉さんたちからはあの議員の息子はどうしたの？どうしてそんな面倒なことが事前に防げなかったの？　と癇癪を起こされ、親戚たちからはあっちの慣わしを無視してはいけない、水清ければ魚棲まずっていうだろう、営業やってればいろいろあるさ、と言われる中で、何日か前に父からも呼び出されて、宣言でもするかのようにこう言われたじゃないか。

「世界は変わった」

「それじゃどうすればいいんですか」

「どうするも何も、事業はうまく回ってるんだからそのまま回しておけばいいわけだが、四季による移り変わりが楽しめるのは山や野原だけで、事業というものは東南アジアのリゾート地の天気みたいに、なあ、ゴルフしに行ってるからわかるだろ？　誰もがのんびりとしていて、あーあたたかいなあ、今日もあたたかいし、明日もあたたかくて、明後日もあたたかいだろうから、何も心配することがないなあってなる。リラックスして穏やかに過ごせるようにしてくれるだろ？　とにかく会社っていうものは、そうやって静かで穏やかに回るべきなのさ。温度差があると風邪を引くし、風邪を引いたら俺みたいな年寄りは肺炎になって息絶えてしまうわけだ。この会社も人間でいえば還暦を過ぎているんだから」

それなのに、月曜日からサンスがこの部屋に押しかけてきたのだ。社長は全役員を会議室に呼び出した。そこには設置の際にテストしてみただけで一度も使ったことのない設備――取引先の中にはまだメールのやり取りをするのに三日もかかる奥地もあるので、こんな最先端の設備は最先端の産業をリードしているという社長の妄想を後押しするためであって、特に使い道は見つからなかった――があり、それを利用して三者対面を行うためだった。平日の午後だというのに役員や部長などの幹部たちはあまり残っていなかった。社長がみんなどこにいるのかと問い詰めると、部長が「みなさん、外回り中だそうです」と言葉を濁した。

「それにしても、みんな抜け出しすぎじゃないか」

すると、社長の義兄であるチャン取締役が、営業部員がこんな時間に社内にいてどうするんだと、こんな時間に社内にいるほうがおかしいだろうと、軽く一発お見舞いするかのようにサンスを見た。それからついにホーチミンの従業員たちとのビデオ通話が始まった。サンスはオ課長やキム部長とつながれば書類のことでやり合ってみようと思ったけれど、社長が真っ先に呼び出したのは、社長の言葉通りに言えば「エンジニアたち」だった。会長は普段から「この国ではいつでも戦争が起こり得る」という恐怖を抱いており、だからいつでも近隣国に避難できるように計画していたけれど、その際に船に乗せるものとしては、個人金庫と息子とエンジニア一人を挙げていた。そうすればどこに行っても一からやり直すことができて、あとは現地で調達すればいいと。その話を聞きながら、社長は会長にとって自分が金庫とエンジニアに挟まれている存在だと思い、残念ながら父と母の関係など、これほど取るに足らないものなんだと考えた。誰かから三つだけ選びなさいと言われたわけでもないのに、わざわざ三つだけを選択して母の前で吹聴するものだから息子としては少しも嬉しくなかった。だが、父親の言葉というのはこういう瞬間に果てしなく影響を与えるもので、社長はチャンシク氏とチョ先生二人だけを呼び出した。チョ先生はサンスと似たような趣旨の話をして退いた。チョ先生に気づいた取締役の一人が、「あの人、ストライキに参加してクビになったけど、コンさんのおかげで復職できた人ですよね」と言った。

「いい年なのに、復職ですか?」

別の取締役が訊いた。

「人生二毛作ってわけか」

チャンシク氏は初めてのビデオ通話に慣れないのか、しきりに画面に耳を当てようとした。

「あれをやめさせて。顔が近すぎて気持ち悪いんだよ」

チャンシク氏の後ろにいたオ課長が、社長の話を聞いたらしくチャンシク氏に顔や手の距離を程よく調整してやった。社長はチャンシク氏に他社のミシンを設置してきたのかと尋ねた。チャンシク氏が「どこでですか？　中国で？　ここで？」と言うので、ホーチミン以外の支社でもそういう不正が行われているんだと、少なくともサンスはそんなことを考えた。しかしチャンシク氏は、社長の質問にサンスの期待を裏切るような返事をした。前を直視できずに赤くなった顔を手のひらで擦り、何を見ているのか落ち着かない様子で嘘をついた。一度だけ、他社のミシンを設置したことがあるけれど、それは協力関係にあるライバル社の社長に頼まれたからだと。生まれてこの方、懐を肥やすようなことはしていないし、本当にそうやって不当な利益を得ていたとしたら、それは会社に多大なる迷惑をかけることになると。

「パンドミシンから給料をもらってるのに、裏でそんなことやってパンドミシンの仕事をすっぽかすのは良心に恥じるべきことだと思います」

「それはつまり、やっていないということですね？」

社長から直に訊かれてチャンシク氏の顔に緊張が走った。彼にとって社長は、怒鳴るオ課長やキム部長とは次元が違う存在だった。社長は工場を建て、回し、人を採用して、その人が暮らせたり暮らせなかったりするお金を握っている。

「はい、やってません」

「それじゃあ、さっきの人が嘘をついているということですね」

「誰がですか？　チョ先生が？」

「そうです。エンジニアどうしで話の食い違いがあるということは、どちらかが嘘をついているということになるでしょう？」

するとチャンシク氏は言葉を失った。隣でキム部長かオ課長から「ちゃんと答えてください」と言われているのに、間の抜けた人みたいに口を開けたまま、何かを試みようとした。たとえば、考えるというようなことを。ここで話したことによってどんなことが起きて、社長が二人のうちのどちらかは信じられない、嘘をついていると判断した場合にはどんなことが起きるかを考えるというようなことを。

「それでは社長、これからどうなりますか？　クビですか、チョ先生は」

「頑張って働いているキム部長と他の従業員たちに濡れ衣を着せて仕事を邪魔する人間がいるなら、会社として適切な処置を取るべきでしょう」

するとチャンシク氏は右側へと首を回した。そこにチョ先生がいるようだった。その束の間に、チャンシク氏の顔にはなんらかの理由で長年押しやっていたか捨てるべきだった感情、つまり自分をしっかり持っている人間だけが感知できる変化する気持ちというものがちらつき始めた。

「そろそろ終わりにしましょうか」

チャン理事が言い、社長が「そうですね」と答えると、チャンシク氏はどもりながら、すぐ目の前に自分の話を聞かなければならない誰かがいるかのように手を振って「誤解です」と言った。

「チョ先生は嘘をつくような方ではありません。こんなふうに暮らしている私でも虫けらなんかじゃなくて人間ですから、それくらいはわかります。チョ先生は、誰かを陥れたり悪さしたりするような方ではありません。それだけはどうかわかってください」


会社から歩いて出てきたサンスが隣に立つと、いつもの癖のようにタバコを取り出した敬愛は、この間も警備に咎められたと言ってタバコをポケットにしまい直した。サンスは社長に一度も見せられなかった書類の束から、しわくちゃになったジョーダンのサイン紙を取り出して敬愛に差し出した。敬愛は紙を受け取り、「ジョーダンから応援されるなんて、世界じゅうから応援されてるみたいですね」と言った。

「テープは、取りに行きました?」

「あ、そうだ。カギを返さなくちゃ」

「まだ取りに行ってないのに、カギを返してどうするんですか?」

ウンチョンの話になると、敬愛の表情が少し和らいだ。それから敬愛は、ネットで見つけたブログと、海の漂流中に偶然互いを見つけ合ったかのような、ブログのユーザーたちとの出会いについて語り始めた。彼らはパンドミシンのことを知りもしないのに、「スト日記」の読者になったのだと。

「ホーチミンにはいつ戻るんですか。一緒に食事でもしないと」

サンスは敬愛と「オンニには罪がない」のことがすべて解決するまでホーチミンには戻らないつもりだったが、まだわからないと返事した。

「日曜日の予定はどうですか？　ちょっと寄りたいところがあるけど、よかったらカギを返しに行きます。他の日は、ご覧の通り忙しいので」

サンスは社長室での出来事について話したかったが、まだ何一つ確定されていないのに敬愛を揺さぶりたくなかった。敬愛は二人で立っていると法律違反になるからそろそろ帰ってほしいと言った。サンスはもう少し敬愛のそばにいたかったが、敬愛から帰ってと言わんばかりに肩をポンと叩かれてその場を離れざるを得なくなった。その軽いタッチによって、間もなく明かされるだろう事実、サンスが「オンニには罪がない」のオンニであるというまぎれもない現実が思い出されたのだ。日曜日にも敬愛には会えないだろう。何もかもが明らかになってからは、少なくとも当分は会えなくなるはずだった。もしかしたら最後かもしれないのに、サンスはそんなそぶりを見せないように手を差し伸べて敬愛と別れの握手をした。

*

敬愛は夢を見た。顔のない誰かが訪ねてきて、敬愛とごはんを食べる夢だった。それが誰か気になったが、だんだんその空っぽの顔をなんとなく受け入れられるようになり、敬愛はその人と会話をし、ごはんを食べ、お茶を飲んでから散歩をした。道は見覚えがあるようでもないようでもあった。Eに関係しているところのようでも、サンスと歩いたホーチミンのどこかのようでもあって、数多くの映画で見てきた単なる道、誰かが歩いているから道だと思えるような道を歩いた。ところが、歩けば歩くほどその人の顔の輪郭がかすんでいき、肩もかすんで、間違いなく握っていたような手もかすんで、足もかすんでいっていることがわかった。その人は空中へ、まるで砂糖のように溶け込んでいくようだった。敬愛は自分の言葉やら息づかいやら手振りやらが、コップをかき混ぜるティースプーンのように、その人の姿をよけいに消してしまわないかと心配し、何もしないように努めていた。その人が消えていくことを止めようと最善を尽くしたが、防ぐことはできなかった。しばらくしてすっかり消えてしまったことが感覚ではわかったけれど、顔をあげて確認することはできなかった。直視できない、とつぶやきながら敬愛は夢から目が覚めた。しかし、起きてからはその夢をまざまざと記憶に留めておきたいと思った。その空っぽの顔をちっとも訝しく思わずにごはんを食べ、散歩していたときの感覚を、誰を当てはめても構わなくて、ひょっとしたら他の誰かではなく自分だったかもしれない夢の中の相手を……。

敬愛が久しぶりに教会に行きたいというと、母はとても喜んだ。ほぼ二十年ぶりだねと言われ、敬愛はそこまでじゃない、そんなに年取ってないよと言い返した。敬愛の母は安山《アンサン》に美容室を移してからも、長年通った九老《クロ》の教会に通い続けていた。二人は昔から好きだったそうめんの店に寄り、灰色に輝くカタクチイワシ煮込みの出汁と麺を啜った。隣席の年寄りたちは、頼んだ料理が出てくるまで紙コップに入れてもらった出汁をスプーンで少しずつ啜りながら春でも凍りがちな体を温めていたが、その姿を見て敬愛は、ああこれぞ九老だと考えた。Eに会いに行く道すがら地下鉄一号線の電車の中で見た仁川の地名があの子を思い出させたように、九老は敬愛のある時期を物語ってくれた。九人の長寿の老人が暮らしている町。九老というその名は、工業団地となった今ではこの町にふさわしくないように思えたり、ぴったりに思えたりした。時間が積もり積もったもの、曲がりくねっているもの、耐えているもの、折れないでいるもの、元の場所にじっとしているもの、色が褪せたもの、柔軟なもの、悲しみに溺れていないものは、夕暮れになって仕事から帰る人たちの姿でもあったのだ。

久しぶりに会った教会の人たちは、敬愛を昨日も会ったかのように迎えてくれた。敬愛の成長を見守り、少なくとも教会にくる敬愛の母から近況を聞いている人たちだった。礼拝の時間には、神の声を届ける牧師が中心になるけれど、主日の教会をいっぱいにするのは、こうして互いの毎日を案じる人たちの忙しさだった。神の言葉を聞くあいだは神の言葉に耳を傾けるが、それから一時間、二時間と時間が経てばまた人間の心が戻ってきて、半日の短い付き合いの中でも互いを憎んだり、妬んだり、感動したりする。その日の様子もあまり変わらず、敬愛に結婚はしたのか、彼氏はいるのか、いるなら信仰がある人なのかどうかと詰め寄り始め、敬愛の母が「いい加減にしてよ」と止めに入ろうとした。「みんなに返事しようとして口がすっぱくなりそうよ」と。

その日の礼拝にはゲストがいた。その男はクラシックギターを手に持ち、自分の信仰を告白して、歌を歌った。敬愛は広い礼拝堂の最後列に座っていたが、男の声に――コンテンポラリー・クリスチャン・ミュージックを歌うたいていの人の声はそうだが――聞き覚えがあり、顔にも見覚えがあるような気がした。つまり、いつか敬愛が早朝に届けられた新聞を読んでいて死傷者のリストから知っている人の名前を探していた時も、記事で「ドアを閉めて」だの「警察に賄賂を渡して」だのといった文章を読んだ時も、それから最新の記事でも確認した顔。あの顔に似ていると思った。敬愛は檀上で歌っている男が本当にその人物ではないかとスマホで検索してみたが、似ているようで似ていないような気がした。

「運命的な事件で犯罪者になってから、その試練がどれだけ辛かったことか。刑務所にまで入れられましたから。そんなある日、刑務所の窓から光が差し込み『あなたは、わたしの子。わたしがあなたを生んだ』という声が聞こえました。この私を賛美で仕えさせようと、神様がすべての苦しみと試練を与えられたのです。すべてを神様に捧げることにしました。その時、天国の門が開かれたのです」

礼拝場に拍手が沸き起こり、男はもう一曲歌って舞台から降りていった。敬愛がさっと立ち上がって男の出たドアから追いかけながら「すみません」と声をかけると、男は振り返った。檀上から降りてきた男の顔は、スポットライトを受けている時よりもずいぶん老けていてみずぼらしかった。敬愛は彼に何かを訊こうとしたが、何かを訊こうとするそばから質問が消えていくようだった。あの火事の関係者ではないかと尋ねようとしたが、近くで見た男は、当人ではない気がした。

「罪を犯されたんですか」

それでも敬愛は尋ねた。

「罪を犯しました」

彼はあっさりと認めた。それ以上のことを訊くことができずにいる敬愛に、肩のギターをかけ直しながら、今度は彼が尋ねた。

「姉妹さん、出口はどこにありますか。この階段を上がったところにありますか？」

敬愛はこみ上げてくる何かを堪えようとぎゅっと握ったこぶしを解き、玄関の方向を指差した。それから玄関へ向かう男の後ろ姿を最後まで見届けた。


何度かの日曜日が過ぎていく間も、敬愛はサンスのところを訪れなかった。サンスは敬愛から日曜日にくると言われたから、日曜日にはできるだけ外出もしないで敬愛が来るのを待った。何よりも怖いのは、カギだけが宅配で届けられたり、郵便ポストに入っていたりすることだった。もう会う用事などないかのように、このままどんな接触もないまま終わってしまうのが二人の運命であるかのように。それは何よりも悲しい想像だった。サンスが自分を男だと打ち明けた時に、激怒した何人かの会員が詐欺罪で告発すると言って賛同者を集め、実際に手続きを踏み始めたことよりも悲しかった。サンスは会員たちの心を変えようと、自分が一つ一つの話をどれほど大事に思っていたのか、自分がどれだけ当たり前にオンニの味方になってきたかについて、要望があるたびに会員たちの集まりに出席して、あやまり、弁解したが、それで心を変えてくれる会員もいれば、依然として冷たく背を向ける会員もいた。オフ会ではサンスと同じく女性のふりをした若い男性会員たちが出席して「誰でもオンニになる自由がある」という論旨の長い文章を読み上げることもあった。そこには「オンニ」がもとから性別と関係なく使われていた言葉であるという、ネット版の百科事典からの引用があって、サンスを少しばかり慰めてくれた。

オフラインで会えるようになると、ページの雰囲気は少しずつ落ち着いていった。IPアドレスから所在地を検索したが、海外のサーバーだったためハッキングした人を見つけられないという予想通りの報告を受けた時も動揺しなかった。すでに会員たちは次の話題に移り始めていた。オンニが女であろうと男であろうと関係なく、この先どうするべきかという問題だった。

サンスの話が記事になると、これまで結んできたほとんどの関係からヤジの言葉が、そよ風に吹かれる花粉のように飛んできた。継母は今度もいろいろと口を利いて記事を止めようとしたが、そのうちあきらめてしまった。

「オンニには罪がない」ページの閉鎖は、誰でもなく会員たちが反対した。それまではサンスのページだったから自分の思い通りに開いたり閉じたりできたけれど、アカウントを渡した今は、後ろに引いていた。サンスを「赦した」会員たちからそう要求されていた。引き続き違法なやり方で掲載され続けているサイトのリストは、会員たちからの通報で更新され、削除のリクエストが送られていたが、会員たちは相手の違法行為にいつまでも防御的に対処することは無理だと判断した。被害を被った会員からは、いっそのこと自分たちの文章を電子書籍にしようという声が上がった。愛の喪失と苦しみに満ちている、一人の人間と一人の人間の出会いによって行われる最もドラマチックなプロセスへの告白を覗き魔たちに晒すのではなく、「オンニ」と「オンニ」が一緒に取り組んだ心の闘争という文脈上に置くこと。簡単ではなかったが、同意が得られ、やがてメールが流出した会員の中で同意しない会員は一人だけになった。凍っているフランケンシュタイン、敬愛だった。

凍って解けないその心について思いを馳せると、サンスは我慢のならない悲しさを覚えた。電話をかけたくなった。名前を呼びかけて申し訳ないと謝り、すべてを打ち明けましょうかと尋ね、僕はあの頃のウンチョンがピジョをどれほど大事にしていたかを知っていながらも一言も口にしませんでしたと打ち明けたかった。が、待たなければならなかった。敬愛のほうから話しかけてくるまで。いつもの敬愛なら罵倒したり怒りに満ちた毒舌を吐いたりすることもあるだろうが、そうやってでも敬愛から声をかけられれば、サンスはいつまでも泣かずにいられるような気がした。今の唯一の救いは、本社の営業部に復帰できた敬愛と一緒に働いているキム・ユジョンから、彼女の便りを耳に挟むことができるようになったことだった。

サンスがパンドミシンをやめたのは「オンニには罪がない」の事件があったせいでもあったが、敬愛と対面する自信がなかったからでもあった。ホーチミン支社では、チョ先生がエイリーンと一緒に誰もが離れてしまった営業3チームを守っており、オ課長は昇進した。キム部長は会社を辞めて各種のミシンを取り扱う販売会社を立ち上げたという。サンスが退職届を提出したという話を聞いているだろう敬愛からはメール一通も送られてこなかった。連絡を待つ気持ちを抱くのが間違っているのではないかとキム・ユジョンに訊かれ、サンスはそんなはずはないと答えた。いつかの日曜日に一度は敬愛が訪ねてくるだろうと。

どのみちいつも何かを待ち焦がれる人生だったサンスにとっては、さほど大変なことでもなかった。敬愛はこの世を去った人でもなく、十九世紀のブロンテ姉妹の作中人物でもなく、ブロマイドの中にだけ存在するヒロインでもない。目を閉じれば今でもとてつもなく複合的な実感をもって思い出される対象だった。敬愛とは思い出があり、交わした言葉があって、感情の行き違う瞬間と失敗の体験としばしばの落胆と互いを不器用に慰め合った日々があった。このようなものが少なくともサンスにはあまりにも鮮明で、サンスは待つことができた。「オンニたちの心を癒す本当のオンニになりたいです」という気恥ずかしい見出しの記事が掲載され、するとすぐに「そんなことなら〇〇〇取れ」「変態だろ」といったコメントが付けられる中でも、いつも待ち続けることができた。誰かを待つということは、自分をきちんと整えることだと、自分を見捨てないことが誰かを待たなければならない人としての務めであると心に誓った。最善を尽くして、みじめにはなるまいと。

梅雨が終わる頃になると、この時期は何といってもジメジメして不快指数が高いから、敬愛も来ることができないだろうと思った。みんながバカンスに行く真夏には、誰かを許すのにこの温度はあまりにも不快すぎるだろうと、立秋の頃には営業部員にとって第三四半期の営業実績は外せないものだからと思うようになった。秋が深まった頃、おそらく敬愛は永遠にやって来ないだろうという考えを初めて抱くようになった。

本の制作が終盤に差し掛かったある日、サンスは新しい職場での面接を受けて帰宅した。カルチャーコンテンツの制作会社で、もちろん先方の要求は、サンスが「オンニには罪がない」で行っていたこと――恋愛相談――を自社のサイトで連載することだったが、サンスはこれ以上あのページのことで何かをしたくなかった。サンスからの提案は、コンテンツ開発担当として採用してほしいということだった。会社はサンスの拙い英語と感傷的すぎる文章力、それから作文よりも著しく劣る会話能力をテストした上で彼を合格させたが、それは彼が読み、鑑賞してきた膨大な量の恋愛小説と映画のためだった。ようやく新しい仕事を見つけて家に帰る電車の中で、サンスは二人のことを思い出した。一人は敬愛で、もう一人は父であり国会議員も務めたコン・ヒョサンだった。父が生きてきた世界と比べれば、サンスの世界は呆れるほど複雑で、感情的で、不安定で、計り知れなくて、不可視的なことに熱を入れ、徒労に終わるはずのことに力を注ぐ白昼夢を見る人間たちの世界に過ぎないだろうが、父と何かを話したくなった。このコン・サンスが新しい仕事を始めるということを。しかし、思い切って電話をかけた時、コン・ヒョサン議員は自分が息子と話していることすら認識できないほど酔っぱらっていた。酔っぱらっていても自分が生涯を通して繰り返してきた言葉は忘れられないのか、広開土太王[33]と民主主義と経済改革と資本主義、社会の正義といった単語を並べてからふと父親に戻って「お前、アメリカに行くかい？」と尋ねてきた。いったいアメリカには何があって、何度も何度もアメリカに行けというのだろうか。

「行きません。お父さん、僕はここを離れません。新しい仕事も見つけました」

「新しい仕事だと？　どんな仕事だ？」

「聞いてもわからないと思いますが」

「聞いてもわからないと思うことを、なんで言うんだ」

その通りだと思ってサンスは少し戸惑ったが、「お父さん、僕はお父さんが悪かったと思い

33 高句麗第十九代王。四、五世紀に高句麗の領土を最も広げたことで知られる。

ます」と言った。

「俺が悪かった、だと？」

「はい、そうです」


それから一人で夕飯の支度をし、洗い物をしながら、雨なのに窓はちゃんと閉まってるだろうかと目で確かめる夜だった。激しい秋の雨に当たって葉を落としたもみじがいくつかベランダの窓に張り付いている。リビングのソファに座っていつものように映画を見ていたサンスは、窓に張り付いている小さな葉が、まるで誰かの手のようだと思った。それから今日があの日だと、ウンチョンがそれ以上の恩寵を祈ってくれずに去ってしまった日だと考えながら、棚からあの八ミリテープを取り出した。見るつもりはなかった。日曜日ではなかったから。しばらくそのまま座り込んでいたサンスは寝落ちしてしまい、真冬が来るまで絶対にボイラーをつける気はないけれど、今日は特別に寒いと思った。布団もかぶらずにこのまま眠るには、足の指の先が凍えるほど寒いと。そんなことを考えながら眠っていて、暖かい何かが自分を覆っていることを感じて目を覚ますと、毛布だった。部屋の中で誰かが自分の許可も取らずにお湯を沸かしているのが見えた。それから、部屋を見回しているのが。本棚をぎっしり埋めている文庫版の小説とビデオテープと、すでに死人となったけれど依然としてポスターの中では笑っている俳優たちと、きれいに乾いているアジサイの花とレースを重ね合わせたカーテンと、オンニの手紙を印刷した紙と、水気を絞り切った布巾と、自動車税納付期日の手書きメモといったものを……。自分に背を向けたまま立っている人の傾いた首、長くなってポニーテールに束ねた髪の毛と狭い肩は、サンスが一日に何度も思いを馳せていたあの姿だった。

サンスは話を始めた。それは秋深まる十月のある日、二人が抱え込むしかなかった誰かとの別れについての回想だが、それでもあの夜に度々繰り返された話は、とうの昔の冬、ごめんね、もう少し時間がかかりそうだから雪を先に送るよ、という敬愛の声を繰り返し聞きながら一緒に泣いていた自分に関する話。互いに気づいていなかったけれど、こうして振り返ってみると、どこかに間違いなく存在した、とある心についての話だった。

＊フェイスブックページ「オンニには罪がない」のコンセプトは、インターネットから着想を得たものですが、特定の集まりとは関係がなく、すべてフィクションです。
＊「オンニには罪がない」のモットーで、五章のタイトルでもある「殺人は恋愛のように、恋愛は殺人のように」は、詩人カン・ソンウンの同名の詩から借用しました。
＊敬愛が音声メッセージで残した最後の言葉は、シン・ヨンモクの詩「涙を使い果たした体のように」の一節を変奏させたものです。
＊デリ・スパイスの曲は「猫と鳥に関する真実（or 虚構）」から引用したものです。（ＫＯＭＣＡ承認済み）
＊チェ・スホン「ホーチミンにおける韓国人工場マネージャーの超国籍的な暮らし：職場と居住生活の空間を中心に」「ベトナム工場労働者の抵抗に関する現地研究への省察」「ベトナムに居住する朝鮮族工場マネージャーの超国籍的な暮らしと文化政治」を参考にしました。
＊九章に登場するヨンウクの文章は、「オーマイニュース」二〇〇一年八月二日付の記事を参考にしました。

あとがき

物語を書き終えることができました。心を尽くしました。

二〇一八年の初夏
キム・グミ

訳者あとがき

仁峴洞火災事件とセウォル号事件

本書は二〇一八年にチャンビから刊行された『敬愛《キョンエ》の心（경애의 마음）』の全訳である。著者が書いた初の長編小説で、「デビュー以来、精力的な活動を見せてきた作家の才能と力を見せつけた秀作で、特にセウォル号事件以後を生きる若者たちの苦悩と愛、心の動きを鋭くとらえた」（又玄《ウヒョン》芸術賞の審査評）と評価された。また、最終候補に残ったハンギョレ文学賞と大山文学賞では、「ユーモアを忘れないあたたかいまなざしで、最大限真面目に登場人物たちに接近しようとする作家の態度が際立った。どこか物足りないところがありながらも、一方で芯のある人物たちの善良な『心』を事細かく見つめながら、著者はその心と対比される韓国社会の裏面にスポットライトを当てていく」（ハンギョレ文学賞の審査評）、「はっきり対比される個性豊かなキャラクターを生み出し、多彩な生の断面を捉えながら読み手を引き付ける潑剌とした文体で、心の傷からの癒しというテーマを展開していく書き方が、実に印象的

だった」(大山文学賞の審査評)と高い評価を受けた。

物語の中心にあるのは、仁川《インチョン》ビヤホールでの火災事件だ。半島《パンド》ミシンで同じチームに配属された敬愛とサンスは、この事件によりそれぞれにとって唯一の友人だったウンチョン(E)を失う。二人にとって大きな喪失感を抱くことになるこの事件は、一九九九年に仁川市で実際に起きた事件をもとにしている。

一九九九年十月三十日の夜、仁川市仁峴洞《インヒョンドン》にある商業ビルで火災事件が起きた。この事件では死者五十六人を含む百三十人以上の死傷者が出ており、そこには近所の高校に通う学生たちが多く含まれていた。どうしてビヤホールでの火災で多くの高校生が犠牲になったのか。そこには、大人のモラルの問題があった。

まず、ビヤホールに高校生が大勢いたのは、店主の不正による結果だった。韓国では青少年保護法によって未成年者(十九歳未満)の飲酒が禁止されている。しかし、店主は警察や公務員に賄賂を渡し、未成年者を相手にして営業する違法行為を犯していた(事故当時は、違法行為が摘発され、閉店処置が取られていたにもかかわらず、無許可営業中だった)。この不正に加担した警察や公務員は四十人にも上るという。モラルの欠如した大人たちが不正を犯した結果、事件があった日に学校の学園祭を終えた大勢の高校生が、打ち上げのためにビヤホールを訪れ、火事に巻き込まれてしまった。

あれほどまで深刻な事件になったのは、雇われ店長（当初は店主と報道されたが、後の調べで雇われ店長だったことがわかった）の無責任が原因だった。火事に気づかなかった店長は、店から出ようとする子どもたちにお金を要求しながらドアをふさいだ。そのようにして悶着しているうちに、火事が大きくなったためドアから出ることができなくなってしまったのだが、すると店長は店内に子どもたちを残したまま、一人で非常口から店を抜け出した。店から出られなかった犠牲者たちの多くは、トイレの中で折り重なった状態で見つかったという。

悲劇はさらに続く。この事件で批判されるべきは、店主、一人で逃げた雇われ店長、賄賂を受け取って違法行為に目をつぶった警察と公務員であるはずなのに、犠牲者の学生たちへの非難が絶えなかった。未成年者のくせに飲酒をしたから、という理由だった。その後、被害者や遺族たちに浴びせられた言葉がどんなものだったかは、作中に描かれた通りだ。被害者と遺族たちは「不良」という烙印のせいで十分に悲しむことすらできなかった。遺族たちには、死んだ子どもを利用してひと儲けしようとしているという非難まで寄せられた。あまりにもひどい誹謗中傷で、被害者と遺族たちは、事件の名前から「ビヤホール」を取ってほしいと求め、現在は「仁峴洞火災事件」と言われている。

この小説で、仁峴洞火災事件のことを知った読者は、二〇一四年に三百四人が死亡し、同じく犠牲者の多くが高校生だったセウォル号沈没事件を思い出さずにはいられなかった。セウォル号事件後も、高校生が修学旅行に行く途中だったことから、遊びに行く高校生をそこまで哀悼しなければならないのか、という非難の声が寄せられていたのだ。死んだ子どもを利用して儲けようとしているという非難も、繰り返された。

著者は韓国の文芸誌「AxT」とのインタビューで、この作品が「セウォル号事件と関連付けて読まれることを心配した」（「あまりにも小説の未来、キム・グミの心」、拙訳、『韓国の小説家たちⅡ』所収、クオン）と言って、セウォル号事件について書けるようになるにはまだ時間がかかるという認識を示している。

しかし、セウォル号事件と仁峴洞火災事件が、著者の中で何らかの化学反応を起こしたことは間違いない。『敬愛の心』刊行後に行われたブックトーク（https://www.youtube.com/watch?v=fpN0h3-Vhfl）で、仁峴洞火災事件を題材にした理由について訊かれて、大人の作り上げた世界はこれほど耐えられないまでに暴力的でなければならなのかと考えざるを得なかったし、それから今という時代について考える時に、当時に抱いていた疑問に立ち戻って考えなければならない現実がある、と答えている。

九〇年代という問題

著者は、作家には誰もが変奏させながら書き続ける時代や時期があるようだと言いながら、自分にとってはそれが仁峴洞火災事件の起きた九〇年代末と二〇〇〇年代初めで、その頃大人になった自分にとって、大人になることの意味やこの社会についてたくさん考えを巡らせた時期だからだと語っている。

九〇年代というのは、韓国社会にとって華やかな時代だった。韓国は六〇年代から本格的な経済開発の政策が実施され、急速な経済発展を遂げている。その速さは、世界が驚くほどのものだった。一九八八年にはソウルオリンピックが開催され、九一年には北朝鮮と一緒に国連に同時加盟し、九六年には経済協力開発機構に加盟するまでに至る。

しかし一方で、急速な経済発展の歪みが浮き彫りになった時代でもある。九四年には聖水《ソンス》大橋が崩壊し、登校中だった高校生を含む四十九名の負傷者を産み、九五年には江南《カンナム》のシンボル的存在だった三豊《サンプン》百貨店が崩壊し、死傷者が千四百人以上にも上る大惨事が起きた（この事件に関しては、チョン・イヒョン『優しい暴力の時代』［斎藤真理子訳、河出文庫］に収録された「三豊百貨店」をご覧いただきたい）。これらの事件は、手抜き工事など関係者の不正行為や管理の甘さなどが原因になったことが後から明らかになった。工期を短縮するため、利益を最大化するため、楽をするためなどなど、さまざまな「ユトリ」（三四二頁）を見せてきた結果だったのだ。ちなみに「ユトリ」（ユドリとも発音される）は、日本語の「ゆとり」に由来した言葉で、その時その時の事情や状況に合わせて融通を利かせるという意味で使われている。

失われていくものを描く文学

経済発展第一主義により、韓国では「ユトリ」を発揮するのが良しとされ、その結果、さまざまな社会問題が露呈した。仁川育ちのキム・グミは、発展のため古い歴史のある街があっさりと壊されるのを目の当たりにして「資本の力に個人は勝てない」という感慨を抱いたという。しかし、だからこそ文学では、資本の力によって失われていくものを描くのだという考えを明らかにしている。

部分的に成功を収めることは、あるかもしれないけど、結局は負けるだろうということぐらいは、都市に住む人間なら誰もが知っています。フィクションに価値を見出せない人には意味のないことだろうけれど、フィクションを読む人には、そういった敗北のプロセスの中で起きる、なかったことにできない複雑な気持ちや内面があると言うことを伝えたい。(「あまりにも小説の未来、キム・グミの心」)

この作品の中で大事なものは、何よりも「心」だ。『敬愛の心』は大事な友人、恋人、家族を亡くし、壊れてしまった心を守ろうとする「心の闘争」なのだ。心は、時には部屋から出るのもままならないくらい沈み、時にはさまざまな考えが次から次へと湧き出るほど浮き上がる。中で繰り返し見られる憂うつ感と高揚感は、まさにサンスと敬愛の心が闘争中であることの証だろう。評論家のパク・ヘジンは、「愛について書かれたキム・グミの小説は、初めは恋愛小説として読めるが、二度目には傷ついた人間についての心理小説として、三度目には回復する人間についての哲学小説として読むことができる」としている。その上、サンスと敬愛という共同体を「愛の弁証法」として読み取りながら、大切なものを喪失して過去にとらわれている二人にとって、互いの存在が世界との断絶を乗り越える契機になっていると指摘する（「心の十二方向」）。二人の心は、現実ではサンスと敬愛として、オンラインではオンニとfrankensteinfee-zingとして、重奏的に交差していく。

オンニという言葉について説明しておこう。オンニは、肉親に限らず女性が親しい目上の女性に使う呼称だ。しかし、サンスは自らを「オンニ」と呼ぶことで、ある種の男性「免除」（四三頁）状態に自分を置いている。高圧的な父、暴力を振るう兄などで表象されている「男性的暴力性」に苦しめられてきたサンスにとって、それはごくごく自然な感覚だったに違いない。アカウントが乗っ取られ、男性であることを明かされてしまう危機が訪れるのだが、サンス以外にも男性の「オンニ」たちがいたことがわかり、そのうち会員たちは「オンニが女であろうと男であろうと関係なく」(四一五頁)問題解決のために協力し合う。つまりオンニは、暴力性にあふれた世界に対抗し、連帯する可能性としての代名詞となるのだ。物語の中で、生物学的性別のくくりは無効化されている。

最後に本書に登場する地名について紹介したい。

まず、敬愛の地元として登場する九老《クロ》。ソウルの南西部にあるこの街は、今はデジタル産業の中心地として生まれ変わっているが、軽工業が盛んだった七〇、八〇年代には工場団地として知られる場所だった。労働者の中には十代から二十代の若い女性が多く含まれていた。劣悪な状況で、一か月に一日か二日しか休めずに毎日十時間以上ミシンをかけなければならない女工たちの苦労は、申京淑《シンギョンスク》が実体験をもとに描いた長編小説『離れ部屋』(安宇植《アンウシク》訳、集英社)で知ることができる。労働者たちの多くは、工場近くにある安普請の部屋で三、四人が共同生活をした。部屋は十二平米くらいで、キッチンはついているが、トイレは共用だった。朝になるとそのトイレに長蛇の列ができたという。こうした家がびっしりと並んでいる町は、「蜂の巣村《ポルチプ》」と呼ばれた。敬愛が暮らしていた九〇年代以降には、産業の中心が重工業に移ったことによって工場で働く労働者の数が減り、蜂の巣村には安い部屋を求めて集まって来た貧しい人たちが増えているという。

ウンチョンの家がある仁川は、黄海に面した港都市で、鎖国政策を取っていた朝鮮が日本の強要によって開港した港の内一つだった。済物浦港《チェムルポ》（現、仁川港）を通して、日本人、中国人、西洋人が入ってきて、港の近くに日本と清国の租界地が作られた。今でも日本の租界地には木造の日本家屋が数多く残されているし、長崎出身の貿易商、堀久太郎が建てた韓国最初の西洋式ホテル「大仏ホテル」の建物が復元されている（このホテルを舞台にした長編小説、カン・ファギル『大仏ホテルの幽霊』［小山内園子訳、白水社］がある）。また仁川にウンチョンと敬愛が訪れたような古い映画館が多いのも、日本との関係がある。開港後に押し寄せてきた日本人の娯楽のためだったからだ。一八九五年当時、日本人は仁川に四千人あまり、ソウルには千人あまりが住んでいたという。そのため、映画が観られるほどの財力を持つ日本人が多く住んでいる仁川に、たくさんの映画館ができたのだ。

日本とたくさんのかかわりのある釜山生まれ、仁川育ちのキム・グミの小説には、日本とのつながりを感じさせる話がしばしば登場する。本書には、サンスの母が父との離婚後に家族がいる日本の北海道に戻って暮らしていたこと、母の葬儀のためにサンスが北海道を訪れた際の記憶が綴られているし、掌編小説「牛カツが食べたい」ではそれぞれ異なる悩みを抱えている女友だち三人が、東京旅行中に葛藤を乗り越えて牛カツの店に駆け込む話が出てくる。今年の夏から韓国の文芸誌「創作と批評」に連載中の「大温室修理報告書」では、韓国の皇室庭園である昌慶宮《チャンギョングン》の大温室を作った日本の造園家、福羽逸人《ふくばはやと》の話が登場する。こうした設定について著者に尋ねると、「日本と中国は訪ねた経験も多く、日常的にさまざまな経路でつながりを持つためか、まるでいとこのような親しみを感じる」と答えてくれた。今後も日本と韓国とのかかわりが、著者の目を通してどのように描かれるか、楽しみにしていきたい。

『敬愛の心』を翻訳し始めた頃に、新型コロナウイルスが流行し始めた。どんな病気なのか、どう感染するのか、何もかもがはっきりせず、感染者は爆発的に増えて行った。そのうち、緊急事態宣言とともに不要不急な外出の自粛要請が出て家に留まることになった。遠くにいる家族とはいつ会えるか見通しが立たなかった。そんな疎外感の中で、この小説に向かい続けた。「心を廃棄しないでください」「最善を尽くして、みじめにはなるまい」といった言葉を噛みしめながら。

翻訳をめぐる悩みに真剣に耳を傾け、訳が終わるまで励まし続けてくださった編集者の松井智さん、訳者の質問にいつも丁寧な返事をし、優しい言葉をかけてくださったキム・グミさん、翻訳の相談に乗ってくださった小山内園子さんにお礼を申し上げます。

敬愛の心を込めて　すんみ

キム・グミ（金錦姫）

一九七九年、韓国・釜山生まれ。出版社勤務を経て、二〇〇九年に短編「きみのドキュメント」でデビュー。一四年に発表した最初の短編集『センチメンタルも毎日だと』で申東曄文学賞を受賞。一五年に「趙衆均氏の世界」、一六年に「あまりにも真昼の恋愛」（ともに『あまりにも真昼の恋愛』［晶文社、すんみ訳］所収）、一七年に「弔問」で若い作家賞に三年連続で選ばれ、同じく一七年に「チェスのすべて」で現代文学賞、一九年に『敬愛の心』で又玄芸術賞、二十年に「わたしたちはペパロニからやってきた」で金承鈺文学賞を受賞。他の著書に、長編小説『ポクジャヘ』、連作小説『クリスマスタイル』、エッセイ『植物的楽観』などがある。

すんみ

翻訳家。成蹊大学非常勤講師。訳書にキム・グミ『あまりにも真昼の恋愛』（晶文社）、チョン・セラン『八重歯が見たい』（亜紀書房）、ユン・ウンジュ他『女の子だから、男の子だからをなくす本』（エトセトラブックス）、ウン・ソホル他『5番レーン』（鈴木出版）、キム・サングン『星をつるよる』（パイ インターナショナル）、共訳書にチョ・ナムジュ『私たちが記したもの』（筑摩書房）、イ・ミンギョン『私たちにはことばが必要だ　フェミニストは黙らない』（タバブックス）、ホンサムピギョル『未婚じゃなくて、非婚です』（左右社）などがある。

敬愛《キョンエ》の心《こころ》
二〇二四年三月一〇日　初版
著者　キム・グミ
訳者　すんみ
発行者　株式会社晶文社
〒一〇一-〇〇五一
東京都千代田区神田神保町一-一一
電話〇三-三五一八-四九四〇(代表)・四九四二(編集)
https://www.shobunsha.co.jp
印刷・製本　ベクトル印刷株式会社
Japanese translation © Seungmi 2024
ISBN978-4-7949-7391-7　Printed in Japan

好評既刊

あまりにも真昼の恋愛　**キム・グミ　すんみ訳**

今日でなくても、私たちはいつかきっと会えるはず——。あらゆる価値観が解体されていく揺らぎの時代を生きる人々の心の質感を鮮やかな文体で描く。第七回若い作家賞大賞を受賞した表題作など九作品を収載。

ギリシャ語の時間　**ハン・ガン　斎藤真理子訳**

ある日突然言葉を話せなくなった女と視力を失っていくギリシャ語講師の男。二人の出会いと対話を通して人間が失った本質とは何かを問う。アジア人作家として初めてマン・ブッカー国際賞を受賞したハン・ガンの長編小説。

続けてみます　**ファン・ジョンウン　オ・ヨンア訳**

幼い頃に父を工場の事故で亡くしたソラとナナは、母と行き着いた暗い半地下の住居で少年ナギと出会う。世界の片隅でひっそりと寄り添う三人に訪れる未来のかたちとは——。現代韓国文学の旗手が、みずみずしくも濃密に生の息遣いを描く。

魔法少女はなぜ世界を救えなかったのか?
ペク・ソルフィ、ホン・スミン　渡辺麻土香訳

少女文化コンテンツがもつ二面性への問いを発端とし、ディズニープリンセス、おもちゃ、外遊び、ゲーム、魔法少女アニメ、文学、K-POPアイドルまで、子どもたちが触れるコンテンツが内包するジレンマ、問題点を洗い出す。

ママにはならないことにしました　**チェ・ジウン　オ・ヨンア訳**

ある日「1人ぐらい産んでおいたら?」と姉に言われ不安が止まらなくなった著者は、同じく「ママにならない」選択をした17人の女性たちに会いに行くことにする。出生率が「1」を切る現代の韓国で、子どもを持たずに生きる女性たちの悩みと幸せ。